JN015858

傷痕のメッセージ

Message of scars

Mikito Chinen

知念実希人

角川書店

傷痕のメッセージ

Contents

005 プロローグ

009 第一章 胃壁の暗号

107 第二章 蘇る千羽鶴

Message of scars

第三章　二十八年間の沈黙　205

第四章　死者からのメッセージ　282

エピローグ　339

プロローグ

ラテックス製の処置用手袋を嵌めた手で、チューブ状になっている内視鏡のプローブを摑みながら、堀寛太は荒い息をつく。医師になって三十年以上、多くの大手術を執刀し、救急では生死の境を彷徨う患者も数えきれないほど治療してきた。しかし、いまだかつてこれほどまでの緊張をおぼえたことはなかった。

「本当に……やっていいんだな？」

マスクで覆われた堀の口から、震え声が漏れる。

「さっきから何度同じ質問をするんだ、いいからさっさとやれ」

処置用のベッドに横たわった老齢の男が苛立たしげに吐き捨てた。

「けれど、こんなこと許されるのか……。それに、うまくできるかどうかも分からないんだ。こんな常識外れの処置、経験がないから」

「なあ、堀先生」

男は上体をおこすと、堀と目を合わせる。心の奥底まで見透かすような眼差し。三十数年前、狭い部屋でこの男の取り調べを受けた記憶が蘇り、背筋に冷たい震えが走る。

「どんなことにも『初めて』はあるだろ。初めての注射、初めての診察、初めての手術、そして……初めてのお薬を使ってのちょっとした悪戯」

男は目を細める。堀の口からくぐもったうめき声が漏れた。

「それを乗り越えて、あんたは医者としての腕を磨き、こうしてなかなかでかいクリニックまで開業したんだ。それなら、今回の『初めて』だってうまくこなせるはずさ」

内視鏡の挿入に備え、男の咽頭にはすでに麻酔がかかっている。呂律が怪しくなっている声が、堀には地獄の底から響いてくるかのように聞こえた。

いや、実際この男はいま、地獄の底にいるのかもしれない。目の前の男が置かれている状況を思い出し、堀はからからに乾いた口腔内を舌で舐めて湿らせる。

求めている常識外れの処置を行わなければ、この男は自分を地獄の道連れにするだろう。

医師として必死に働いてきた。妻をめとり、一人娘を育て上げ、病院を開業して地域医療に貢献してきた。娘は去年結婚し、数ヶ月後には初孫が生まれる予定だ。三十年以上かけてこつこつと積み上げてきた財産、それを守るためにはどんなことでもしてやる。

決意を固めた堀は、プローブを摑む手に力を込めた。

「分かった、やる。やってやる。だから姿勢を戻せ」

「そうこなくっちゃな、さすがは院長先生だ」

男は左側を下にした半身の姿勢でベッドに横になり、枕に側頭部を乗せる。

滑りをよくするために、内視鏡のプローブに局所麻酔薬であるリドカインのゼリーを塗りながら、堀はわきに置かれたモニター画面の端にセロハンテープで貼られたメモ用紙に視線を送る。

そこには、意味の分からない文字の羅列が記されていた。

「このメモ、どういう意味なんだ?」

「詮索するな。あんたには関係ないことだ。この処置が終わったら、あんたはこの件についてすべて忘れる。もちろんそのメモに書かれている内容もな。その代わりに、あんたの秘密は永遠に

プロローグ

葬り去られる。そういう約束だっただろ」

「……ああ、そうだな。たしかにそういう約束だった」

　器具台の上に置かれていたマウスピースを手に取った堀は、男に差し出す。

「これを口に嵌めろ。処置中にプローブを嚙まないためのものだ。唾液が口に溜まるが、呑み込まずに外に出せ」

　堀はベッドに金属製の膿盆を置き、男の口から零れる唾液がその中に落ちるようにする。

「やるぞ。後悔しないな」

　マウスピースを嵌めているため喋れない男は、「早くしろ」とでも言うように、かすかにあごをしゃくった。堀はプローブを慎重に男の口に差し込んでいく。先端が喉を通過する際、咽頭反射で男が軽くえずいた。その顔が苦しそうに歪んでいるのを見て、堀はわずかに溜飲を下げる。

「食道に入ったぞ。もう苦しくないだろ」

　堀はモニターを見る。そこにはぬめぬめと光沢を放つ粘膜の管が映し出されていた。プローブを送っていくと、モニターの映像は食道から胃へと変化していく。堀は左手でハンドルを操作してプローブの先端を動かしつつ、右手でプローブの位置を調整して胃壁の様子を確認する。健康な状態では薄いピンク色をしている粘膜は、赤黒く充血し、ところどころに瘢痕による引き攣れが認められた。

「汚い胃だな。長年の炎症で粘膜が萎縮しているし、いたるところに胃潰瘍の痕がある。あんた、どれだけストレス溜め込んでたんだよ。まあ、あんな仕事していたら当然か」

　胃全体を一通り確認した堀は、モニターから男に視線を移す。男と目が合った。底なし沼を彷彿させる昏く深いその瞳に吸い込まれていくような錯覚に襲われ、堀は軽く頭を振った。

「それじゃあ、はじめるぞ。助手の看護師もいないから、どれだけ時間がかかるかは分からない。

体にもかなり負担がかかるはずだ。それでもやるんだな？」

　最後の確認をする。男は無反応だった。

「聞くだけ野暮ってもんか。こんな依頼をしてくるんだ。頭のネジが外れちまっているよな」

　大きく舌を鳴らした堀は、モニターを睨みつけると正面に映る胃粘膜に向かって慎重にプローブを進めていく。

　本当にできるだろうか？　脳に湧いた疑問を、頭を振って頭蓋の外に放り出す。

　できるかじゃない、やるんだ。三十年以上かけて積み上げてきたものを守るために。

　やがて、画面いっぱいに赤黒い粘膜が映し出される。プローブの先端から伸びた金属が、その粘膜に触れたのを確認すると同時に、堀の指がハンドルのわきについているボタンを押し込んだ。

　警告するかのような電子音が空気を揺らし、白い煙で映像が見えづらくなる。

　氷のように冷たい汗が頬を伝うのを感じながら、堀は歯を食いしばって両手を複雑に動かし、内視鏡を操り続けた。

第一章　胃壁の暗号

1

あと一年もこんなことを？

顕微鏡から顔を上げた水城千早は、染みの目立つ天井を見上げる。口から零れたため息が、様々な薬品の匂いがブレンドされた空気に溶けていった。

東京都港区神谷町にそびえたつ純正会医科大学附属病院、その三階にある病理診断室。先週からここが千早の職場だった。

何時間も続けて顕微鏡を覗いていたため、目の奥が鉛でも詰まっているかのように重い。両手でこめかみのマッサージをしながら、千早は部屋を見回す。数人の病理医が顕微鏡を覗いては、黙々と電子カルテにレポートを打ち込んでいた。

この雰囲気、苦手だ。まだ病理部に来て一週間程度しか経っていないのに、外科医として毎日のようにオペに入っていたのがはるか昔のことのように感じてしまう。

千早の専門は腹部外科だった。医大を卒業し、二年間の初期研修を終えたあと、純正医大第一外科医局に入って三年間、外科医としての修業に日夜明け暮れた。しかし、純正医大第一外科では伝統的に、中堅医局員に一年間の病理部への出向を課していた。

　検査や手術によって採取された細胞を観察する病理診断は、臨床の現場ではとても重要だ。とくに腫瘍に対しては、それが良性のものか、それとも悪性、つまりは『癌』と呼ばれるものなのかは、病理医が腫瘍細胞を顕微鏡で観察して判定を下す。そのため病理医は『ドクターズ・ドクター（医師の中の医師）』とも呼ばれていた。

　外科医の仕事は癌との戦いと言っても過言ではない。外科医は『敵』である癌についてより深い知識を持つため、病理学を学ぶ必要がある。それが、第一外科医局の方針だった。

　病理学が重要だって言っても、一年もこんな陰気な部署で働かせなくてもいいじゃない。

　千早は再びため息をつく。標本を薄く切り出してプレパラートを作り、それをいくつもの薬液につけて染色し、さらに顕微鏡で時間をかけて細胞の性質を調べてレポートを書く。手間と時間がかかるそれらの作業は、自他ともに認める大雑把な性格の千早にとって、まさに拷問だった。

　肩を落としていると、横から声がかけられる。

「水城先生、ため息ばっかりついていないでちゃんと仕事して」

「……はい、刀祢先生、すみません」

　千早は謝りながら隣の席を見る。そこには若い女性医師が背中を丸めるようにして座っていた。大きな眼鏡の奥の瞳は、眠そうに細められている。着ている白衣にはしわが寄り、いたるところに染色薬の染みがついていた。

「よろしくお願いねぇ」

　いつも通りの間延びした口調で言って顕微鏡を覗きはじめた彼女の姿を、千早は横目で観察する。ほとんど日に当たったことがないかのような蒼白いその顔には、まったく化粧が施されていない。肩にかかる黒髪には軽くウェーブがかかっているが、パーマをかけているというより、寝癖を直していないだけのように見える。常に寝起きの雰囲気を醸し出しているこの女性こそ、病理部での千早の指導医である刀祢紫織だった。

この子が指導医だってことが、居心地の悪さの根源よね。千早は内心で愚痴をこぼす。

千早と紫織は元々、純正医大医学部時代の同級生だった。病理部の教授が「知り合いに指導してもらった方が緊張せずに仕事ができるよね」と、紫織を指導医にと言い出したのだ。しかしそれは、千早にとってありがた迷惑以外のなにものでもなかった。なぜなら元同級生といっても、学生時代、千早と紫織はほとんど会話を交わしたことがなかったのだから。

実習のグループで一緒になったこともないし、千早が空手部に所属していたのに対して、紫織は特定の部活動に入っていなかった。千早にとって紫織は、『元同級生の他人』でしかない。

だからこそ千早は、「いえ、同級生を指導するのは刀祢先生もやりにくいと思いますし……」と、やんわり断ろうとした。しかしその前に、紫織が例の間延びした口調で「私はかまいませんよぉ」と言ったのだった。かくして、ほとんど面識のない元同級生が指導医という、どうにもやりにくい状況に追い込まれている。

再び顕微鏡を覗きはじめた千早は、側面についている摘みを回して、ピントを合わせていく。いま観察しているプレパラートは、子宮頸部から採取された細胞を染色したものだった。

細胞はきれいに並んでいるし、核の異常も認められない。数分間かけて観察を終えた千早は、わきに置かれていた電子カルテのキーボードを叩きはじめた。

『細胞の異形成を認めず　class I』

所見を打ち込み終えると、千早は隣に座る紫織に「確認をお願いします」と声をかける。紫織は「ん」とつぶやくと、キャスター付きの椅子を滑らせて近づいてきて千早の顕微鏡を覗き込む。千早の報告書は、指導医である紫織に最終確認をしてもらわなければならない。

「異形成はないけど、表層部にほんの少しだけ炎症細胞が浸潤してる」

数十秒して顔を上げた紫織はぼそりとつぶやくと、椅子を回して電子カルテに向き直る。

『細胞の異形成を認めず、ただし表層に炎症細胞の浸潤を認める　class II』

報告書を修正した紫織は、再び椅子を滑らせて自分の席へと戻っていった。

この一週間でそんな対応にも慣れている。千早は「ありがとうございます」と無味乾燥な礼を口にすると、マウスを操作して画面に表示されている『登録』のアイコンをクリックする。最初は、紫織にどういう態度を取ればいいのか迷った。とりあえず、指導医だからと敬語を使うようにしたが、結果的にその選択は正しかった。適度な距離感を保つのに、敬語は役に立つツールだ。

観察を終えた検体を顕微鏡から取り外し、新しいプレパラートをセットする。

あと一年、こんな生活に耐えられるだろうか。

今日何度目か分からないため息を吐くと、千早は顕微鏡のレンズに顔を近づけていった。

仕事を終えた病理医たちが次々と部屋から出ていく。紫織も誰にともなく「お疲れ様」とつぶやくと、席を立って出入り口に向かっていった。扉の向こう側に指導医の姿が消えるのを見送った千早は、肺の底に溜まっていた空気を吐き出す。掛時計の針は午後五時過ぎを指していた。病理部では基本的に、午後五時になると勤務が終了する。

外科では、定時に仕事が終わることなどほぼなかった。毎日のように行われる定時手術、外来業務、病棟回診や指示出し、処方箋（しょほうせん）・注射箋の入力、カルテの記載、さらには突然飛び込んでくる緊急手術。それらの仕事を勤務時間内に終えることなど、ほぼ不可能だ。加えて、教授回診や頻繁に行われるカンファレンスでの症例報告の準備もある。二十四時間、仕事に縛られ続ける生活。しかし、そんな毎日に充実感をおぼえていた。

千早は背もたれに体重を預けると伸びをする。脊椎（せきつい）がこきこきと音を立てた。

粘着質な疲労をおぼえながら立ち上がったとき、「水城先生」と声をかけられる。振り返ると、病理部の部長にして、純正医大病理学教室の教授である松本一哲（まつもといってつ）が手招きをしていた。

千早は「はい」と早足で松本の席の前まで移動し、直立不動の姿勢を取る。大学の医局は主任教授を頂点とするピラミッド構造となっており、大学の卒業年次によって明確な上下関係が築かれがちだ。特に外科系の医局ではその傾向が強くなり、『軍隊』と揶揄（やゆ）されることすらある。

「そんなにしゃちほこばることないよ。ここは外科じゃないんだから、もっとリラックスして」

松本は人の好（よ）さそうな笑みを浮かべる。定年退職を来年に控えているというから現在は六十四歳のはずだが、しわが多い顔と真っ白な髪のため、さらに老けて見えた。

「ここに来て一週間になるけど、どうかな？　少しは慣れてきたかな？」

なんと答えるべきか一瞬迷う。松本は「率直な感想を言ってくれるかな」と肩をすくめる。

「正直に申しますと、まだ慣れてはいません。外科とはあまりにも勝手が違うもので」

「外科じゃ定時に帰るなんてないだろうからね。特に教授の私を置いて先に帰るなんてさ」

松本はけらけらと笑い声を上げた。

「けど、みんなちゃんと決められた分の検体は終えてから帰っているんだよ。自分の仕事が終わっているんだから、義理で残るなんて馬鹿らしいでしょ。時間内に仕事をしっかり終わらせる。

それが私のポリシーなんだよ。だからさ、水城先生も割り当てられた仕事が終わっていたら、他のドクターが残っていても気にせず定時で帰っていいからね」

躊躇いがちに「はい……」と頷くと、松本が目を覗き込んできた。

「まだ、うまくなじめない原因がありそうだね。もしかして、人間関係かな」

図星をさされ、千早は言葉に詰まる。

「無口なスタッフも多いけど、みんな気のいい連中だよ。もう少し時間が経てば、打ち解けてくるよ。これまで外科からうちに出向したドクターたちは、みんなそうだったからさ」

「はい、皆さんにはよくして頂いています」

たしかに、病理医たちが気を遣ってくれていることは感じていた。

そこで言葉を切るつもりだったが、無意識に「ただ……」と声が漏れる。

「ただ、なんだい？」松本は首を傾ける。

「なんと言いますか……、刀祢先生に負担をかけているのではないかと思いまして……」

「刀祢君に負担を？」

「は、はい。刀祢先生もまだ私と同じ卒後六年目ですから、指導しながら自分の仕事をこなすのは大変ではないかな、と。特に、元同級生の私を指導することに戸惑っているかもしれませんし」

言い終えたあと、激しい自己嫌悪に襲われる。戸惑っているのは彼女ではなく私だ。無口で、ほとんど感情が読めない元同級生の指導医に対し、やりにくさをおぼえているだけだ。

発言を撤回しようと口を開きかけるが、その前に松本が軽く手を振った。

「そんな心配はしなくていいよ。彼女はうちのスタッフで最年少だが、病理医としての能力は他のドクターたちに勝るとも劣らない。だから、君の指導を負担になんて思っていないはずさ」

「でも、いつもなんと言いますか……、気怠そうにしているので」

「君の指導医になる前から、刀祢君はあんな感じだよ。というか、学生時代は違ったのかな？」

千早の脳裏に、教室の隅で覇気のない様子で文庫本を読んでいる紫織の姿が浮かんでくる。

「いえ、たしかにいつもあんな感じでした」

「でしょ。あれが彼女の素なんだよ。だから、気に病む必要はないさ。それにもうすぐ、元同級生の君でも知らない刀祢君の一面を見ることができるかもしれないよ」

松本は子供のように悪戯っぽい表情を浮かべた。

「病理医としての彼女の本領が発揮されるのは、この病理診断室じゃないんだよ」

「どういう意味でしょう？」

「すぐに分かるさ。ここは千床を超える大病院だ。最近少なくなっているとはいえ、平均すると週に一回くらいは依頼がくるからね。そうしたら、彼女の出番だよ。そのときは君も付き添いなさい。刀祢君の熱を間近で感じれば、彼女を見る目も変わるはずだ」

松本は席を立つと、白衣に包まれた千早の肩をポンと叩いた。

「それじゃあ水城先生、お疲れ様。また明日。出るときには消灯をお願いね」

狐につままれたような気分の千早を置いて、松本はさっさと病理診断室から出ていってしまう。

一人取り残された鼻先を、細胞固定用のホルマリンの刺激臭がかすめていった。

2

蛍光灯の光に煌々と照らされた廊下を進んでいく。三階にある病理診断室をあとにした千早は、その足でエレベーターに乗り、二十五階にある外科病棟へとやってきていた。

ナースステーションの前を通ったとき、「よお、水城」と明るい声がかけられた。見るとステーションの奥で、三年先輩の外科医である向井陽介が片手を振っていた。

「お疲れ様です、向井先生」千早は電子カルテの前に座っている向井に近づいていく。

「おう、疲れているよ。さっきまで海老沢教授執刀の食道癌の手術の第一助手を、八時間ぶっ続けでやっていたからな。ようやく病棟に戻って、回診だけ済ませたところだ」

向井はわざとらしく首を鳴らすと、皮肉っぽく唇の片端を上げる。

「なに骨を前にした犬みたいな顔しているんだよ。そんなに手術に入りたいのか?」

内心を的確に言い当てられた千早は、「誰が犬ですか」と誤魔化す。

「まあ、俺も一年出向したけど、病理はきついよな。分かるよ」

「あの、向井先生。ちょっと話聞いてもらってもいいですか」

千早は椅子を引いて、向井の隣に腰かける。陽気な反面、細かいことにもよく気づき、医局のムードメーカーである向井は、若手医師たちの兄貴分のような存在だった。

「まったく、この前の小鳥遊といい、お前たちってなにかと俺に相談してくるよな」

外科で同期だった同僚の名前が出て、千早は「あの件は……」と言い淀む。去年、院内で起きたとある事件のせいで、その同僚は外科の医局を去り、今年から総合内科医局に移っていた。

「あいつの悩みは洒落にならなかったからな。手術して治した患者に首を吊られたなんて、人生観が変わるのも仕方ないか。で、水城。さすがに、お前の相談事はあれよりは軽いだろ」

「え、ええ、もちろんです。あの……」

千早は慣れない病理の仕事でストレスが溜まっていること。さらに、親しくない元同級生が指導医で、どう対応していいか分からないことなどを話した。

千早の相談を一通り聞いた向井は、「そうだなあ」とあごを撫でる。

「病理の仕事についてはそのうちに慣れるって。それに、外科医にとって病理学が重要なのは間違いない。将来、一流の外科医になるための修業だと思えば、やる気も湧いてくるぞ」

たしかに、医局命令で無理やり押し付けられていると思うから、つらいのかもしれない。

「あと、指導医については、もっとそいつのことを知ろうとしてみた方がいいんじゃないか」

「知ろうと、ですか？」

「元同級生が指導医ってことに戸惑いすぎて、お前はそいつとの間に壁を作ってる感じがする。だからさ、距離を詰めてそいつのことを観察してみろよ。そうしたら、意外な一面とかが見えてきて、それがきっかけで打ち解けたりできるかもしれないぞ」

「そんなもんですかねえ……」

声に疑念が滲んでしまう。向井は芝居じみた仕草で両手を広げた。

「まあ、無責任な他人のアドバイスだよ。参考程度に聞いといてくれ。まだまだ時間はあるんだ。そのうちに苦手意識も薄くなるさ」

向井に軽い口調で言われるとそんな気もしてくる。千早は椅子から腰を上げて頭を下げた。

「ありがとうございます。少し気が晴れました。忙しいのに、時間取らせてすみませんでした」

身を翻しかけた千早の腕を向井は摑む。

「なあ、水城。相談事ってのは、それだけでいいのか？」

千早が「え？」とつぶやくと、向井は電子カルテの画面を指さした。胸の中で心臓が跳ねる。そこには、これから千早が面会する患者の診療情報が表示されていた。

「病理の方の悩みは、ゆっくり解決すればいい。まだまだ時間があるからな。けれどこっちは、それほど時間はない。分かっているだろ」

錆びついたかのように動きが悪い首関節を動かし、千早は「分かってます」と頷く。

「ナースからの報告で、お前が毎日見舞いに来ていることは知っている。そして毎回、数分で病室から出てくることもな」

向井がまっすぐ目を覗き込んでくる。千早はその視線から逃げるように目を伏せた。

「しかたがないんです。なにも話すことがないから。……なにを話していいか分からないから」

「その気持ちは分からんでもないよ。ただな、本当にそれでいいのか？」

「……向井先生には、関係ないじゃないですか」思わずそんな言葉が口をついた。

「関係なくはないぞ」

返ってきた柔らかい声に、千早は顔を上げる。向井は微笑みながら、電子カルテのディスプレイを指さした。

「俺はこの患者の主治医だ。そして……」

向井の人差し指が、千早の鼻先に突きつけられた。

「お前は俺の大切な後輩だからな」

「向井先生……」

「後悔して欲しくないんだよ。お前たちの関係がちょっと複雑なのは、なんとなく分かってる。いまの状況で、お互いにどんな話をすればいいのか分からないのも理解できる。けどな、このままだと間違いなく後悔する。だからさ、お前から一歩だけ歩み寄ってみろよ」

「歩み寄って……」千早はそっと口の中で転がした。

「そうだよ。いまの状態なら、まだ何週間かは猶予がある可能性が高い。だから、まず一歩だけ踏み込んでみろ。それを毎日続けていけば、わだかまっていたもやもやも晴れていくかもしれないぞ。なんといっても……家族なんだから」

家族。その言葉が千早の心を大きく揺さぶった。千早は胸元に手を当てる。掌（てのひら）に心臓の鼓動が伝わってきた。そう、あの人と私は家族だ。このまま終わっていいわけがない。

「おっ、いい表情になってきたな。それじゃあ、温まっているうちに顔を見せに行ってきな」

「はい、ありがとうございます」

千早は心から礼を言うと、ナースステーションをあとにして看護師たちが忙しそうに行き交う廊下を進んでいく。慣れ親しんだ外科病棟の喧騒が懐かしかった。目的地に近づくにつれ、心臓の鼓動が加速していく。個室病室の扉の前にたどり着いた千早は、目を閉じて深呼吸をくり返したあとノックをし、そっとレバーに手を伸ばした。

引き戸を開き、室内に入る。六畳ほどの殺風景な部屋。窓辺に置かれたベッドに男が横たわり、時代小説の文庫本を読んでいた。その姿を見て千早は軽く唇を噛む。

痩せた男だった。ほとんど脂肪のない顔は、頭蓋骨にそのまま皮膚が貼り付いているかのようだ。目は落ち窪み、眼球が飛び出しているように見える。入院着の襟から覗く胸元には肋骨が浮き出て、袖から出た腕は枯れ木のように細い。耳にかけられたプラスチックチューブが鼻まで延び、ベッドサイドに置かれたモニターには心電図の波形が映し出されていた。

医療従事者でなくても、この姿を見れば気づくだろう。男が重い病に冒され、残された時間がわずかだということに。

肝内胆管癌の全身転移による悪液質。医学的には、男の状態はそう説明できた。肝臓で生成される胆汁を胆嚢へと送る管、その組織から生じた癌細胞が全身にばらまかれ、肝臓、肺、リンパ節、腹膜、大血管、ありとあらゆるところでコロニーを作っている。それらの癌細胞は、血中から絶え間なく栄養を吸い取っては、無秩序に増大を続けている。

千早が声をかける前に、男は読んでいた文庫本をベッドわきの床頭台に置いた。

「今日は早いな」ひとりごつように男はつぶやく。

「いまは少し暇だから」千早は緩慢にベッドに近づいた。「調子はどう？　……父さん」

「まあまあだな」

千早の父親である水城穣は、いつもと同じ言葉で答えた。

千早は「そう」とつぶやくと床頭台に立てかけられていたパイプ椅子を広げ、そこに腰かける。重い沈黙が部屋に満ちる。穣は口をつぐんだまま、遠くを見る目で窓の外を眺めていた。

子供の頃から、父と話すことは少なかった。警備員として忙しい勤務をこなしていた父は、いつも帰りが遅かった。まれに家族三人で夕食の食卓を囲むときも、主に会話をするのは千早と、母の葉子だった。千早が高校二年のとき、病魔が母の命を奪うまで。

乳癌により母を喪うと同時に、千早の生活から家族団欒というものは消え去った。父が夕食前に帰宅する頻度はさらに減った。部活を終えて帰宅すると、冷蔵庫に用意されている夕食をレンジで温め、一人で食事をするようになった。休日など、ごくまれに父と食事をするときも、ほとんど会話はなかった。食器が当たるカチャカチャという音がやけに大きく聞こえるダイニングで父と二人でいることに、いつしか息苦しさをおぼえるようになった。

だから、純正医大医学部に合格した千早は、家を出て学生寮での一人暮らしをはじめた。電車で数十分のところに住む父とは、年に数回、外でしか顔を合わさなくなった。六年間の医学部の生活を終え、国家試験を終えて多忙な研修医生活に入ってからは、さらに会う機会は減った。

ただ、父を嫌っていたわけではなかった。不器用なりに、父が愛情を注いでくれているとは感じていた。母が亡くなったあと、それまでほとんど料理などしたことがなかった父は、朝早く起きて弁当と夕食を作ってくれるようになった。千早が緊張しつつ、「将来、医師になりたい」と伝えたときは、「お前の人生だ、やりたいようにしろ。学費はどうにかする」と分厚い唇の端をわずかに上げてくれた。

家族の核であった母を失って、お互いにどう接していいか分からなくなっていただけだ。時間が経てばいつか、また父と『家族』に戻ることができる。漠然とそんな期待を抱いていた。しかし、一年前、父に癌が発見され、その未来予想図は木っ端みじんに砕かれた。

すでに癌は全身に転移しており、根治治療は不可能な状態だった。そのことを知った千早は父を必死に説得し、純正医大附属病院の外科で治療をはじめた。

当初は外来で行う化学療法により腫瘍はだいぶ縮小したが、半年ほど経つと抗癌剤の効果がなくなり、再び癌は増殖しはじめた。父は出来るだけ自宅で過ごし、警備員の仕事を続けることを希望していたが、一ヶ月ほど前に外来では疼痛がコントロールできなくなり、さらに全身状態も悪化したためこの病室に入院することになった。それ以降は、癌に対する積極的な治療は行わず、主に苦痛をとる緩和療法を行っている。

日に日に父が衰弱していくのを、千早は毎日こうして目の当たりにしている。外科医になって、多くの患者の癌を治療してきたというのに、唯一の肉親を救うことができない無力感に容赦なく責め立てられた千早は、椅子から腰を浮かしかける。

父が入院してからというもの見舞いに来るたび、この鉛のように重い沈黙に耐えきれなくなり、十分もしないうちに「また明日くるから」と部屋をあとにしていた。

——お前から一歩だけ歩み寄ってみろよ。

数分前、向井からかけられた言葉が耳に蘇る。

そうだ、このままじゃだめだ。千早は乾燥した唇を舐めると、そっと口を開いた。

「桜……」囁くように言うと、穣が振り返る。

「なにか言ったか？」

「桜、綺麗に咲いてるね。窓から見えるでしょ」

神谷町にそびえ立っているこの純正会医科大学附属病院本館の窓からは、主に灰色のオフィス街しか見えない。しかし、この部屋は近くにある有名な寺院を見下ろす位置にあり、その境内に植えられている桜を眺めることができた。

「ああ、たしかに見えるな」

穣は最低限の言葉で返事をする。会話が終わらないよう、千早は必死に話題を探す。

「今年は開花が遅かったから、まだ散ってないんだよね。ねえ、父さん覚えてる？　私の高校の入学式。あのときも校庭の桜が満開で、お母さんと三人で写真撮ったよね」

穣は「そうだったな」と一言だけつぶやいた。再び部屋に沈黙が落ちる。

やっぱりだめだ。千早は肩を落とし、口を固く結んだ。向井に言われたとおり、なんとか歩み寄ろうと試みたが、父からは突き放すような反応しか返ってこない。

心が折れてうなだれていると、「千早……」と遠慮がちな声がかけられた。千早は顔を上げる。

「仕事は……相変わらず忙しいのか？」

「いまはそれほどでもないかな。どうして？」

「いや、なんとなく表情が疲れているように見えたからな」

慣れない病理部での勤務と、目に見えて悪化している父の病状に対するストレスが顔に出ていたのかもしれない。千早は慌てて作り笑顔を浮かべる。

「ちょっと仕事で覚えなくちゃいけないことが多くてね。そのせいかも」

「覚えなくちゃいけないことっていうのは、新しい手術の方法とかか？」

千早は「そんなとこ」と適当に誤魔化す。病理部への出向の話はしなかった。その話題を口にすれば、どうしても愚痴っぽくなってしまう。病床の父に、無駄な心配をかけたくない。

「しかし、お前が外科医になって患者を治しているなんてな。いまだに信じられないな」

穣はわずかに目を細める。

「予防接種を嫌がって泣いていたのにな」

「それって、幼稚園生の頃でしょ。もう二十五年以上前の話じゃない」

「二十五年、……そうか、あれから二十五年以上も経つんだな」

穣は遠い目で天井あたりを眺める。なにを思い出しているのだろう。家族三人で過ごした記憶だろうか。ほのかな期待を抱きながら、千早は口を開く。

「ねえ、父さん覚えてる？　中学の入学式でさ……」

数少ない、父が参加してくれたイベントの思い出を千早は口にしていく。それらを聞くたびに、穣は「ああ、覚えているよ」とかすかに微笑んで頷いてくれた。

父との距離が縮まっている。その実感が、千早の舌の滑りをよくしていた。

親子の何気ない会話。それを交わすことができず、十年以上父と距離を取ってきた。しかし、母の死で動揺した自分が、勝手に壁を作っていただけなのかもしれない。少し歩み寄れば、父も常に顔の前に置いていた新聞紙という壁を取り去って、向かい合ってくれていたのかもしれない。もっと時間があれば、普通の親子に、普通の家族になれていたかもしれないのに……。

必死に父に話しかけつつ、千早は胸に湧いた後悔を振り払う。

いや、まだ遅くはない。まだ時間はあるはずだ。本当の家族になるための時間が。

千早がさらに言葉を重ねようとしたときノックの音が響き、引き戸が開いた。

「水城さん、夕食ですよ」

盆を手に部屋に入ってきた看護師は、千早に気づいて足を止めた。

「あっ千早先生、お邪魔してすみません。よろしければ、あとにしましょうか？」

「ううん、大丈夫。もう帰るところだったから」

いつの間にか一時間近く話し込んでいた。これほど父と会話をしたのは久しぶりだ。緊張で少し疲れている。体力が落ちている穣の疲労はさらに強いだろう。切り上げるにはちょうどいいタイミングだった。それに娯楽が少ない入院患者にとって、食事は数少ない楽しみだ。

これから病状が進んでいけば、肝不全や悪液質の進行による強い倦怠感で、体が食物を受け付けなくなる。やがて肝臓による老廃物の処理が不十分となり、毒性を持った物質が血流に乗って全身を駆け巡る。その結果、脳の機能が低下する肝性脳症という状態に陥ってやがて昏睡に陥り、ほどなくして他の臓器も静かに自らの役目を放棄していく。そして、最後は心臓がゆっくりと命を刻むことを止める。

これから父の身に起こることを、どこまでもリアルに想像することができた。これまで、何十人、何百人と、同様の患者を看取り、死亡を宣告してきたから。

あと何回、父は食事を楽しむことができるか分からない。なら、その邪魔をするべきじゃない。

看護師は「失礼しますね」と言って、ベッド柵に渡したテーブルに夕食が載った盆を置いた。保温機能のある配膳車から出されたばかりの味噌汁から、うっすらと湯気が立ち上り、粕漬けの鮭から食欲を誘う香りが漂ってくる。ほうれん草のおひたしの前にある茶碗には咀嚼しやすいように粥が入っているが、それを抜かせば家庭で出る手の込んだ夕食といった様相だ。

看護師は「ゆっくり食べてくださいね」と部屋から出ていった。

「それじゃあ、いただくとするかな」

軽く手を合わせると、両手で味噌汁の椀を持ち上げてすすった穣は、弱った体に染み込ませるように十秒ほど口に含んだあと、喉を鳴らして嚥下した。

「……うまいな」

ほう、と穣は息をつく。まだ父が食事を楽しめている、そのことに喜びをおぼえつつ千早は椅子から腰を上げた。

「それじゃあ、父さん。そろそろ私、行くね」

穣は「そうか」とあごを引く。その顔に、わずかに名残惜しそうな表情が浮かんでいる気がして後ろ髪が引かれる。千早は「ゆっくり、ご飯楽しんで」と扉に向かっていった。

母が死んで以来、ずっと父との間に立ちはだかっていた壁に亀裂を入れることができた。食事がしっかりとれるなら、まだ時間はあるはずだ。病理部に出向しているおかげで、幸い明日以降も十分に面会時間を取ることができる。焦らず少しずつ距離を縮めていけばいい。

「なあ、千早」

扉のレバーに手を伸ばしかけたとき、背後から声がかけられた。振り返ると、穣がさっきまで読んでいた時代小説の文庫本を手にしていた。

「よかったら、本屋でこの続きを買ってきてくれないか。この病院の売店には売ってないんだ」

千早は数回まばたきをしたあと、顔をほころばせた。

「分かった。駅前に大きな書店があるから、そこで買って明日持ってくる」

「悪いな手間をかけて」

「気にしないでよ。血の繋(つな)がった親子なんだからさ、当然でしょ」

親子、思わずその言葉が口をつき、千早は気恥ずかしさをおぼえる。しかし、どこか浮ついた気分は、父の反応を見て霧散した。

「血の繋がった親子……」穣は味噌汁の椀を盆に戻しながら、低くこもった声でつぶやいた。

「ど、どうしたの？」

ただならぬ様子に千早は声をかける。穣は味噌汁を見つめたまま、ゆっくりと口を開いた。

「……親子じゃない」

「え？」

聞き返すと、穣は首を回して千早の目をまっすぐに見た。底なし沼のように昏く深い瞳。そこに吸い込まれていくような錯覚に襲われる。

「たんに血が繋がっているからといって、親子になれるわけじゃない」

穣の言葉は、千早の耳には人工音声のように無味乾燥に響いた。

「なんで、そんなこと言うの……。なんで、いま……」

わずかに開いた唇の隙間から、かすれ声が漏れる。

せっかく壁を取り払えると思った。また『親子』に戻れると思った。しかし、穣から返ってきたのは、お前とは親子などではないという明らかな拒絶だった。

「事実だからだ。それを忘れるな」

それ以上の会話を拒否するかのように穣は箸を手にすると、鮭の身を崩しはじめる。

身を翻した千早は、勢いよく扉を開けて病室を出た。

鉄の鎖で心臓が締め付けられているかのような鈍痛が、胸の奥にわだかまっていた。

3

けたたましい電子音が部屋の空気を攪拌する。深い眠りの底から一気に意識を掬い上げられた千早は、目を見開くとナイトテーブルに手を伸ばす。スマートフォンが光りながら着信音を鳴らしていた。

寝起きの目には明るすぎるディスプレイに『純正医大附属病院』の文字が浮かんでいる。ナイトテーブルに置かれたデジタル時計には、『AM4：28』と表示されていた。

四時半か……、眠いはずだ。千早はしょぼしょぼする目をこする。かすかに緊張をおぼえているものの、眠気は完全には去っていなかった。週に一回は、深夜に病院から緊急連絡がある。その多くは担当している患者の病状が悪化したというものだ。

大きな急変ならすぐに病院に向かわなければならないが、発熱程度なら当直医に対応を頼み、朝一に様子を見にいけばいい。重い頭を振りながら、千早は『通話』のアイコンに触れる。

『水城先生、二十五階病棟の夜勤ナースです！』スマートフォンから若い女性の声が響いた。

「うん、分かってる。誰か急変したの？」

『そうです、急変したんです。すぐにいらしてください！』

切羽詰まった声を聞いて、千早は居ずまいを正す。どうやら、シビアな状況のようだ。

「焦らないで、しっかり報告して。急変したのは誰で、どんな具合なの？」

私の担当患者でいま状態が悪いのは……。そこまで考えたとき、思考に掛かっていた靄（もや）が一気に晴れた。室温が一気に氷点下まで下がったような気がする。

担当している患者なんているわけがない。先週から病理に出向しているのだから……。

両手が震えはじめる。その震えは水面に走った波紋のように、すぐに全身へと広がっていった。

『水城先生……』

スマートフォンから発せられる押し殺した声が鼓膜を揺らす。

『急変されたのは水城先生のお父様です。……かなり厳しい状態です』

手から零れ落ちたスマートフォンが、フローリングの床に落ちて乾いた音を立てた。

薄暗い廊下を息を切らして駆けていく。病院から連絡を受けた千早は、すぐに着替えて自宅マンションを出ると、タクシーを拾って病院へやってきていた。

エレベーターで二十五階に着くと、開きはじめた扉の隙間に体をねじ込み、靴を鳴らして廊下を走る。足が縺れ、何度も転びそうになりながら穣の病室の前にやってきた千早は、荒い息をつきながら扉に向かって手を伸ばそうとする。しかし、体が動かなかった。

怖かった。扉を開けることが。その奥に広がる光景を見ることが。

血が滲むほどに強く唇を噛むと、千早はレバーを横に引き、病室へと足を踏み入れる。

暗い廊下とは対照的に、眩しいほどの蛍光灯の明かりに照らされた空間。その奥にあるベッドに穣は横たわっていた。鼻に挿されていた酸素チューブは取り去られ、ベッドのわきに置かれている心電図モニターのディスプレイは暗転していた。

「父さん……」

千早は薄氷の上を歩くような足取りでベッドのそばまで進んでいく。穏やかな顔で目を閉じているその姿は、気持ちよく眠っているように見えた。

千早はそっと父に手を伸ばしていく。指先が頰に触れた瞬間、熱湯にでも触れたかのように千早は手を引いた。喉の奥から「ひっ」と声を漏らしながら、数歩後ずさる。

父の肌は冷たく、そして硬かった。まるでゴムでできた人形のように。

この感触を千早は知っていた。命の灯が消えた人間の感触。

「父さん……」

同じ言葉が口から漏れたとき、「水城」と背後から声を掛けられた。千早は緩慢な動作で振り返る。いつの間にか、向井と若い看護師が、出入り口近くに立っていた。

「……向井先生」千早は弱々しい声でつぶやく。

「一時間ほど前に、急に酸素飽和度が低下してナースステーションのアラームが鳴った。当直の俺が呼ばれて診察したところ、すでに意識はなく、血圧も低下していた。酸素をマスクで十リットル投与し、ドパミンの投与も開始したが反応しなかった」

硬い声で告げられる向井からの報告を、千早は立ち尽くして聞く。その内容がうまく脳に浸透していかない。

「すぐにお前に連絡するようナースに指示し、その後も処置を続けたが、二十分前に心肺停止状態になった。ＤＮＲは確認していたので、蘇生術は施さなかった」

ＤＮＲ、心肺停止状態に陥った際は、心臓マッサージや人工呼吸を行わないという取り決め。蘇生術により体を痛めつけることなく自然に看取るため、末期癌患者では多くの場合、前もって家族と相談してその取り決めを交わすことが多い。

「分かり……ました」混乱状態のまま声を絞り出す。

「じゃあ、確認させてもらってもいいか」

近づいてきた向井が言う。意味が分からず、「確認？」とつぶやくと、向井は痛みに耐えるような表情になって、硬い声を絞り出した。

「死亡確認だ」

「あ、ああ、お願いします」

口が勝手に動く。誰かに操られているような感覚に襲われながら、千早は向井がベッドのそばに近づいていくのを呆然と眺めた。

「水城さん。失礼しますね」

向井は白衣の胸ポケットからペンライトを取り出し、穣の瞼を開いて光を当てていった。瞳孔の対光反射が消失していることを確認した向井は、続いて聴診器を耳にかけると、集音部を穣の胸に当てて呼吸と心臓の鼓動が停止していることを確認していく。死亡確認のルーティーン。これまで自分も医師として何百回とくり返してきたどこか儀式めいた一連の動作。

聴診を終えた向井は、ベッドに横たわる穣に対して「お疲れ様でした」と静かに声をかけたのち、振り返って千早と向き合った。

「五時十七分、ご臨終です」

低い声で宣告をすると、向井は深々と頭を下げる。看護師もそれに倣った。

こんなとき、なんて答えれば？　脳神経がショートしているかのように思考がまとまらない。

ああ、そうだ。「お世話になりました」だ。ようやく気づいた千早は頭を下げる。

「おせ、お世話に……」

そこまで言ったところでむせ返った。視界に映る白い床が、なぜか急に滲みはじめる。なにが起こったか分からないまま、再び礼を言おうとする。しかし、開いた口から零れたのは悲痛な嗚咽だった。千早は慌てて泣き声を抑え込もうとする。しかし、それは胸の内から止め処なく湧きあがり、喉を通って口から溢れ出した。

うまく呼吸ができない。息苦しさをおぼえた千早は、顔を上げて姿勢を戻す。その瞬間、涙で歪んだ視界の中、蒼ざめた顔でベッドに横たわる父の姿が飛び込んできた。千早は息を吸うことも忘れ、ただ父親に視線を注ぎ続ける。

ああ、父さんは逝ってしまったんだ。残酷な現実が心に染み入ってくる。

千早は足を踏み出す。雲の上を歩いているかのように足元がおぼつかない。左右にふらふらと揺れながらベッドに近づいていくと、向井がすっと道を空けてくれた。

ベッド柵を摑んだ千早は、血の気の引いた顔で目を閉じている父に向かって声をかける。

「父さん……、父さん、なんで……」

もはや、言葉は続かなかった。千早は縋りつくように温度を失いつつある穣の体に抱き着くと、その胸元に顔をうずめた。

深い慟哭が、薄い毛布の生地に吸い込まれていった。

背中を曲げて椅子に腰かけた千早は、焦点の定まらない瞳でテーブルの表面を眺め続ける。

穣の死亡宣告を受けてからすでに三十分以上経過していた。

十数分間、千早は穣の遺体に縋りついて嗚咽を上げ続けた。体中の水分を排出するかのように泣き、胸の中に吹き荒れていた感情の嵐がいくらか凪いできたタイミングで、見計らったかのように看護師が声をかけてきた。

「水城先生、よろしければお父様の体を綺麗にさせていただきます。そのあと、ゆっくりとお別れの時間を取っていただきますので、一度、面談室でお待ちいただいてもよろしいでしょうか」

遺体についている点滴ライン等の管類を取り、顔や体を拭いて綺麗にした後であらためて遺族との面会時間を取る。病院で患者が亡くなった際の、マニュアル通りの対応だった。

千早が緩慢に顔を上げると、「そうしてもらった方がいい」と向井がハンカチを差し出してきた。受け取ったハンカチで、涙と鼻水で汚れた顔を拭った千早は、何度もしゃくりあげながら「よろしくお願いします」と言うと、とぼとぼと病室をあとにして面談室へとやって来ていた。

十脚ほどの円形のテーブルが並び、自動販売機も置かれた広々とした空間。昼間は常に入院患者と見舞客たちが話をしているフロアも、夜も明けないこの時間には千早一人しかいなかった。

もう涙は出なかった。さっきまで吹き荒れ、心を切り刻んでいた哀しみも消えていた。ただ、胸郭の中身をごっそりと抜き取られたかのような喪失感が全身を支配していた。

ゴトンという音が響き、千早は反射的に振り返る。いつの間にか、出入り口近くの自販機の前に向井が立っていた。近づいてきた向井は、無言で缶コーヒーを差し出してくる。

「……ありがとうございます」

受け取った千早は、プルタブを開けると温かいコーヒーを一口含んだ。コクのある苦みと砂糖の甘みが舌を包み込む。鉄のように硬く冷えていた心が、ほんの少しだけ温かくなった気がした。

「悪かったな」向井は椅子を引くと、千早の隣に腰かけた。

「なにがですか？」

「もう少し時間があると思っていた。だから、昨日あんなアドバイスを……」

「謝らないでください。私もまだ、何週間かは余裕があると思っていました」

癌患者、とくに末期まで癌が進行している患者はいつ急変して命を落としてもおかしくない。それは癌治療に携わる者の常識だ。にもかかわらず、すぐにでも別れの刻が来るという可能性から目を背けていた。

「私こそ、すみませんでした。あんなに取り乱してしまって。医者のくせに情けない……」

向井が掌を突き出し、千早のセリフを遮った。

「いまは、お前は医者じゃない。大切な人を喪った家族なんだ。だから、哀しむのは当然だ。パニックになってもいいんだ。謝る必要なんてない。親子だったんだから」

「親子……」

無意識に零れたその言葉が、シャボン玉のようにふわふわと漂い、消えていく。

親子……、たしかに続柄としては父と自分は親子だった。しかし、実際は……。

——たんに血が繋がっているからといって、親子になれるわけじゃない。

昨日の別れ際、穣からかけられた声が耳に蘇る。ナイフで刺されたような痛みが胸に走り、千早は小さくうめき声を上げる。

心配そうに「大丈夫か？」と訊ねてくる向井に、千早は胸元を押さえたまま頷いた。

お母さんが死んで以来、父さんと私は『親子』ではなくなった。そして、再び『親子』に戻るチャンスを私は失ってしまった。永遠に……。

後悔が血流にのって全身をめぐり、酸のように心身を蝕んでいく。

「なあ、水城。来てくれる親戚とかいないのか？　これからなんというか……、葬式とかいろいろ大変だろ。支えてくれる人がいた方がいい」

「……いませんよ、そんな人。私はもう、独りぼっちなんです」

兄弟はいないし、祖父母は他界している。母方に叔父が一人だけいるが、数年会っていない。

独りになってしまった。この世界にたった独りで残されてしまった。耐えがたい孤独感が背中にのしかかってくる。千早は座ったまま体を丸めると、がたがたと震えだした。

「水城、大丈夫だ。俺たちがついてる。お前は独りなんかじゃないぞ」

向井が躊躇いがちに、背中を撫でてくれる。医局という仮初めの家族の中で、兄貴分的な存在がいま隣にいてくれる。押しつぶされそうな孤独感が、わずかに軽くなる。

「ありがとうございます。向井先生」

心からの感謝を口にしたとき、背後から靴音が響いた。振り向くと、黒縁の眼鏡を掛けたスーツ姿の中年男が面談室に入ってきていた。

「失礼いたします。水城千早さんでしょうか？」

「は、はい、そうですが……」

戸惑う千早に大股に近づいてくると、男は慇懃に頭を下げた。

「このたびはご愁傷様でした。私、こういうものです」

両手で差し出された名刺には、『弁護士　野々原正』と記されていた。

「弁護士……さんですか？」千早はおずおずと名刺を受け取る。

「はい、水城穣さんが亡くなったという連絡を受け、やってまいりました」

「連絡？　誰から連絡を受けたんですか？」

千早が訊ねると、野々原の代わりに向井が「俺だ」と答えた。

「向井先生が？　どういうことですか？」

「穣さんの希望だ。自分が死亡したときは、お前とこちらの弁護士さんに連絡して欲しいって」

「父さんの希望？」

聞き返すと、野々原が大きく頷いた。

「はい、そうです。水城穣さんはご自身が亡くなった際、すぐに病院に駆けつけて遺言を伝えるよう、私に依頼されていました」

言葉を切った野々原は一度軽く咳ばらいをする。

「遺言書はのちほどお目にかけますが、内容としてはご自身の財産は全て娘である水城千早さんに譲ること、そして……」

「待ってください！」

千早は声を張り上げる。野々原は「なんでしょうか？」とわずかに首を傾げた。

「まだ、父が亡くなったばっかりなんです。いまはそんな話を聞きたくありません。ちゃんとお葬式をして、落ち着いてから……」

「それでは遅いんです」

千早の声に被せるように、野々原は言った。千早は「遅い？」と眉根を寄せる。

「そうです。葬式のあとでは依頼人のご遺志が果たせなくなってしまう。だからこそ私はこうして、未明にもかかわらず急いでやって参りました」

「葬式のあとじゃだめって……、父はいったいなにを望んでいたんですか？」

不吉な予感に声を震わす千早の前で、野々原は低い声で言った。

「自分の死亡が確認されたら、すぐに遺体を解剖して欲しい。それが水城穣さんの希望です」

「解……剖……？　父の遺体を解剖するって言うんですか⁉」

千早が耳を疑うと、野々原は大きく頷いた。

「その通りです。死亡後、自らの体をできる限り早く解剖してもらいたいと、生前、依頼人は希望しておられました。そして、その遺志を正式な文書にして私に保管させていらっしゃいました」

「待ってください！　なんで解剖なんてしないといけないんですか？」

「それについては、私もうかがっておりません。ただ、死後に解剖してもらえるように法的な手続きを整えて欲しい。そう依頼されただけですから」

淡々とした野々原の答えに、千早は頭痛をおぼえる。

「簡単に解剖って言いますけど、色々種類があるんですよ」

警察が遺体を検案して、事件性が高いと判断されたときに行われる司法解剖。事件性があるかどうかの判断が難しい際に行われる行政解剖。そして、病死した人物に対して行われる病理解剖。死亡後すぐに行われる解剖は、その三種類に分類される。

「もちろん知っています。依頼人は明らかに病死ですので、行うとしたら病理解剖になると思います。それをお願いいたします」

「そんなこと、できるわけないじゃありませんか！」

千早が声を荒らげると、野々原はすっと目を細めた。

「できない？　どうしてでしょう。調べたところ、ある程度以上の規模の病院では病理解剖が可能だということでした。特に大学病院では患者が死亡した際は基本的に、解剖を希望するか否かを訊ねることになっているとうかがっています」

野々原の言うとおりだった。病理解剖の目的は、解剖によって疾患の詳細や、治療がどのような効果を上げていたかを明らかにすることにある。それによって得られた情報は、今後の医療の発達への糧となる。そのため、医学の発展に寄与することを求められる大学病院では、患者の遺族に対して積極的に病理解剖を要請してきたという歴史があった。

しかし、時代は変わった。ＣＴ、ＭＲＩ、超音波検査をはじめとする画像診断の急速な発達により病理解剖の重要性は低くなってきた。

家族を喪って深い哀しみにひたっている遺族に対し、解剖を提案するのは簡単なことではない。病理解剖の重要性が低くなってきている現状では、なおさらだ。そのため、近年はルーティーンワークとして、希望すれば病理解剖ができることを遺族にさらりと説明するにとどまっている。主治医が病理解剖をしっかりと要請するのは、極めて珍しい疾患によって患者が死亡し、解剖により今後その疾患に対する治療の進歩が見込める場合ぐらいだ。

「たしかにその通りですけど、解剖するかどうかを決めるのは遺族です。そして、私は父の遺体を解剖させるつもりはありません」

千早がはっきりと宣言すると、野々原はこめかみを掻いた。

「困りましたね。ご遺族であるあなたは解剖を明確に拒否しておられる。しかし亡くなる前にご本人は強く解剖を望んでおり、私はそのご遺志を尊重したいと思っている。さて、どうしたものか」

芝居がかった口調で言うと、野々原は唇の端をわずかに上げた。

「まあ、どうしても折り合いがつかないとなると、法廷に判断を委ねるしかありませんね」

「法廷!?」千早は目を剝く。

「そうなります。民事裁判というものは、今回のようにお互いの主張が対立した場合に、どちらの言い分が正しいかを専門家である裁判官に判断してもらうシステムですので」

「だからって、いきなり裁判なんて……」

「私だって、裁判に持ち込みたいわけではありません。しかし、依頼人は『どんな手段を使ってでも、俺の遺体を解剖できるようにしてくれ』とおっしゃっていました。ですから、ご許可がいただけない場合はすぐにでも訴訟の手続きに入らせていただきます」

迷いのない野々原の口調からは、それがたんなる脅しではないことが伝わってきた。

「訴訟って……、そんなことになったら判決が出るまでにどれだけかかるんですか？」

「それはケースバイケースです。ただ、お互いの主張が正面からぶつかった場合は、判決までの時間は長くなる傾向にあります。特に、今回のような裁判は前例もないですから、何ヶ月、もしくは年単位になる可能性すらあります」

「その間、父の遺体はどうなるんですか！」

嚙みつくように言うが、野々原はほとんど表情を変えなかった。

「どこかに保管していただくしかありませんね。腐敗しないよう冷凍するとか、ホルマリンかなにかの薬液に漬けるなどして。それにかんしては専門外なので、病院にお任せいたします」

眩暈をおぼえて千早は軽くよろける。

「……早く、葬式をあげて父を弔いたいんです。……安らかに眠らせてあげたいんです」

弱々しい声を絞り出すと、野々原は肩をすくめた。

「それならば、解剖に同意なさることをお勧めします。解剖さえ終われば、すぐにでも葬儀の手続きに入ることができます。あなたのご希望通り、お父様を弔うことができますよ」

「解剖に同意……」

たしかに、病理解剖は数時間で終わる。解剖さえすれば、今日の午後には葬儀社に連絡し、遺体を自宅に運ぶことができるだろう。そして、週末をめどに葬儀を……。そこまで考えたとき、ステンレス製の剖検台が置かれた解剖室の光景が脳裏をよぎり、千早は体を震わせる。

これまで、主治医として数回、病理解剖に立ち会ったことがあった。執刀を行ったベテラン病理医たちは、手術で使うメスよりもはるかに無骨で巨大な解剖用のメスを手慣れた様子で振るい、遺体の皮膚を切り、骨を断ち、内臓を取り出していった。病理医たちが遺体に敬意を払っているのは、彼らの言動から十分に理解していた。しかし、あまりにも機械的な一連の作業は、どこか『解体』という言葉を連想させた。

この一年、必死に闘病を続けてきた父の姿が走馬灯のように脳裏をよぎる。

父さんはもう十分に苦しんできた。数えきれないほど侵襲性のある検査を受け、抗癌剤の副作用や癌性疼痛に耐えてきた。だからもう、これ以上、父さんの体に傷をつけたくない。

「やっぱり無理です。解剖の許可なんて出せません！」

「それでは、法廷で争うということでよろしいでしょうか？」

「どうしてそうなるんですか！」

千早は怒りに任せ、わきにあったテーブルを叩く。重い音が面談室に響き渡った。

「私はただ、もう父を楽にしてあげたいだけなんです。なんで、その邪魔をするんですか」

視界が滲む。千早はじんじんと痛む手で目元を覆うと、口を固く結んだ。そうしないと嗚咽が漏れてしまいそうだった。

「水城……」

少し離れた位置から聞こえてきた声に、千早は濡れた目元を拭ってそちらに視線を向ける。ずっと黙って成り行きを見守ってきた向井が、心配そうな表情を浮かべていた。

「すみません、向井先生。大声出したら、病室の患者さんたちに聞こえちゃいますよね」

「いや、それは気にしないでいい。お前の気持ちは十分に理解できるし。ただ、このままだと落としどころが見つからないだろ。だから、第三者が入った方がいいんじゃないかと思ってな」

「第三者？　先生のことですか？」

「いや、俺じゃない。彼女だよ」

向井が指さした方向を見ると、いつの間にか面談室の出入り口付近にスーツ姿の若い女性が立っていた。長身の女性だった。おそらく一七〇センチはあるだろう。タイトなパンツスタイルのダークスーツが、細身のボディラインを際立たせている。意志の強そうな切れ長の瞳は、濃いアイシャドーで縁取られ、やや肉厚の唇には薄い紅色のルージュが塗られていた。

ファッションショーのモデルのようなスタイルだが、整っている顔に浮かぶ、硬くどこか寂しげな表情のせいか、濃い紺色のスーツがまるで喪服のように見える。

「え、どなたですか？　向井先生が呼んだんですか？」千早はまばたきをくり返す。

「俺が呼んだというか、解剖について折り合いがつかないのが目に見えていたから、念のために連絡を入れたんだ。そうしたら、『すぐに行きます』って……」

向井は歯切れ悪く言う。その口調からは、彼自身も戸惑っている雰囲気が伝わってきた。

「連絡を入れたって、どこにですか？」

「病理部のオンコールだよ」

「病理部？」

千早は聞き返す。純正医大附属病院の病理部では、夜間に死亡した患者の病理解剖を行うことになった場合に備えて、オンコール態勢を取っていた。当番にあたっている医師に連絡が入り、必要なら夜間でも病院に出向いて遺族に病理解剖についての説明を行うのだ。

「でも、病理部にあんな人……」

先週から出向しているので、病理部の医師たちは全員知っている。あんなモデルのような女性などいなかったはずだ。千早はスーツ姿の女をまじまじと見つめる。そのとき突然、デジャヴに襲われる。この女性とどこかで会ったことがある。けれど、それがどこか分からない。

眉間(みけん)にしわを寄せて記憶を浚(さら)っていると、女性が近づいてきて、深々と頭を下げた。

「水城先生、このたびはご愁傷様でした。心よりお悔やみ申し上げます」

「あ……、ご丁寧にありがとうございます」千早は慌てて会釈する。

「失礼ですが、お二人の話を少しだけ立ち聞きしてしまいました。私でしたらお力になれるかもしれません」

「お力になれるかもって……、どういうことですか？」

「もし、病理解剖をすることになった場合、おそらく私が執刀することになります。なので、参考になるのではないかと思います」

「あなたが執刀？　でも、執刀はこの病院の病理医が担当するはずじゃ……。あの、失礼ですけど、どちら様でしょう？」

女性は不思議そうに首を傾けると、口を開いた。

「分かりませんか。……刀祢紫織なんですけど」

「刀祢!?」千早の声が裏返る。

「ええ、そうですけど。なにかおかしいですか？」

千早は女性を凝視する。注意深く観察すると、たしかに目の前に立っているのが病理部の指導医だということに気づく。普段ノーメイクの顔には化粧が施され、寝癖のついている髪はきれいにセットされ、眼鏡の奥でいつも眠そうに細められている目はアイシャドーで縁どられている。丸まっていることが多い背中も、いまは芯が入ったかのようにまっすぐに伸ばされていた。

「おかしいってあなた、その恰好……」

「病理解剖にかかわるときは、このスタイルです。医学の発展のために解剖させていただくご遺体と、そのご遺族に敬意を込めて」

いつもの覇気のない喋り方とはまったく違う、凛とした口調。そこに込められた熱意が伝わってくる。

「あ、えっと、ごめんなさい、刀祢先生。タメ口を使っちゃって。それに呼び捨てに……」

まだ頭の中が整理できておらず、思わずそんな言葉が口をつく。

「いいんですよ、水城先生。いまのあなたは病理部に研修に来ている外科医ではなく、大切な方を亡くしたご遺族です。ですから、私も敬語を使わせていただきます」

「そ、そう」

「向井先生から、大まかな説明は伺っています。お父様は亡くなったあと、ご自分の体を解剖して欲しいと望んでおられたと。それで、水城先生はそれに反対なんですね」

水を向けられた千早は、「もちろん」と頷く。紫織の登場で乱れていた思考がようやく戻りはじめていた。

「どうして反対か、伺ってもよろしいでしょうか？」

「どうしてって、当然じゃない。家族の体を切り刻まれたくないからよ」

家族、その言葉を口にした瞬間、鋭い痛みが胸に走る。父さんは私を家族と認めていなかった。

そんな私に、父さんの希望を拒否する資格があるというのだろうか。

「その気持ちはとても理解できます」

紫織が大きく頷くと、野々原が一歩前に出た。

「しかし、解剖して欲しいと望んだのは依頼人本人なんですよ。その希望をないがしろにするのは、倫理的にも法的にも問題があるはずです」

「弁護士さんのおっしゃることも分かります。お二人の主張はどちらにも一理ある。ここはまず、感情的にならずに論点を整理した方がよろしいのではないかと思いますが、いかがでしょうか？」

紫織の提案に、千早と野々原は躊躇いがちに頷いた。

「なぜ水城穣さんが死後に解剖を望んだのか。まずそれについて話し合うべきだと思います。そこに納得できる理由があるなら、水城先生も解剖に理解を示してくださるかもしれませんから」

場を仕切りはじめた紫織は、野々原に視線を向ける。

「弁護士さんはさっき、その理由についてなにもご存じないとおっしゃいましたよね。それは職務上、依頼人の秘密を話せないということですか？　それとも、本当に水城穣さんからなにも聞いていていないんですか？」

「なにも聞いていていない」野々原は即答する。「私も簡単にこんな常識はずれな依頼を受けたわけじゃない。依頼人には何度も理由を聞いた。しかし、彼は最後まで話してくれなかった」

「そうですか。では、水城先生」

急に水を向けられた千早は、思わず「はい」と背筋を伸ばす。

「あなたは、なにか心当たりはありませんか？」

「心当たりって、自分の体を解剖して欲しがる理由？　そんなの普通はあり得ないでしょ」

千早が答えると、紫織は「そんなことはありません」と首を横に振った。

「え、どういうこと？」

「ごく稀にですが、死後にご自分の体を解剖して欲しいと望まれる方がいます。その多くは、強い医療不信に陥っている患者さんです」

千早の口から「あっ」という声が漏れる。解剖はその人物が受けた医療行為によって生じた結果を、どんな検査よりも明確に白日の下に晒す。医療過誤があったのではないかと疑っている患者なら、それを明らかにするために自らの解剖を望んでもおかしくない。

「水城先生、お父様から医療不信をにおわせる発言を聞いたことはありませんか？」

千早は横目で向井を見る。その顔は緊張でこわばっていた。穣の目的が医療過誤を告発することだったとしたら、その矛先はおのずと主治医だった向井に向けられる可能性が高くなる。

「ありません」千早ははっきりと言い切った。「これまで父の口から医療従事者に対する文句なんて一言も聞いたことがない。それどころか、父は凄く感謝していた。みんなが自分のために一生懸命になってくれているって」

「そうですか。では、その可能性は低いですね」

紫織が頷き、向井が安堵の吐息を漏らすのを見ながら、千早は不安をおぼえる。

たしかに、父の口から医療に対する文句を聞いたことはなかった。ただ、最後まで家族だと認めていなかった自分に、父が本音を語ったという保証はどこにもない。

父さんはずっと鬱憤をため込んでいたのではないだろうか。もしかしたら、自分の目の届く範囲で治療を受けてもらおうと、私がこの病院で治療させたことすらも不満だったんじゃないか。

千早が視線を落としていると、紫織が声を上げる。

「弁護士さん、解剖を希望する理由以外で、水城穣さんがなにか言っていたことはありませんか。

少しでも参考になりそうなことがあったら教えてください」

野々原が「そうだな」と腕を組む。紫織が間に入ってから、それまで完全に平行線をたどっていたやり取りが、情報の交換へと変化していた。

「……たしか、依頼人はこんなことを言っていた。自分にはやり残したことがある。このままでは、死んでからも重荷を背負い続けなければならないと」

「つまり、解剖をされることで、その重荷をおろすことができるということでしょうか」

「言葉通りにとれば、そういうことになるな。それに、こんなことも言っていた。これは、大切なものを守るために自分ができる最後の仕事なんだって」

「最後の仕事……」

千早はその言葉を口の中で転がした。次々と新しい情報が出てきている。しかし、なぜ父が解剖を望んだのか、その謎は解けるどころか深まっている。

「どうやら、解剖をしないことにはなにも分からないようですね。紫織がふぅと息を吐いた。

「え？　どうするって!?」急に話を振られた千早は、甲高い声を上げる。

「ここまでの話をまとめると、お父様の意図を明らかにするためには病理解剖を行う必要があるようです。そして、いまこの場でサイコロを握っているのはあなたです」

紫織の切れ長の瞳が千早を捉える。

「あなたの許可があれば、解剖をすることができます。けれど、どうしても許可できないとおっしゃるなら、ひとまずご遺体を保管したうえで裁判所の判断を仰ぐことになるでしょう」

「でも、父さんを解剖なんて……」

視線を彷徨わせる千早の手を、近づいてきた紫織の両手が優しく包み込んだ。

「どちらにするかは、あなたが決めることです。けれど、もし許可をいただけるなら、私は最大限の敬意をもって解剖にあたります」

「最大限の敬意……」

千早がくり返すと、紫織は大きく頷いた。

「ご遺体にメスを入れられ、内臓を摘出される。一般的な感覚では簡単に受け入れられるものではありません。病理解剖を受ける患者さんとご遺族は、医学の発展のためにそれを許可してくださるのです。執刀医がその気持ちにこたえるため、最大限の敬意を払うのは当然です」

静かな口調。しかし、そこに内包された火傷しそうなほどの熱意に、千早は圧倒される。

「私は解剖によって、亡くなった患者さんの本質を明らかにしたいと思っています。その方がどのように生まれ、どのように人生を送り、そしてどのように最期を迎えたのか。可能な限りの情報をご遺体から読み取り、そしてその方が遺した想いを感じ取る。その方の最期の声を、全身全霊をもって掬い上げる。それが私にとっての病理解剖です」

語り終えた紫織はそっと手を引いた。

――彼女の本領が発揮されるのは、この病理診断室じゃないんだよ。

病理部長の松本から言われた言葉が耳に蘇る。いまならその意味が理解できる。解剖室こそ、刀祢紫織という病理医が最も輝く場所、彼女にとっての本当の仕事場なのだ。そして、彼女はそこで病理解剖という言語をもって、亡くなった患者と会話をしようとしている。

軽い頭痛をおぼえた千早は、顔をしかめてこめかみを押さえる。脳裏に昨日、病室を出るときの光景がよぎった。

――たんに血が繋がっているからといって、親子になれるわけじゃない。

病室を出る寸前、父にかけられた冷たい言葉。それがいまも棘となって胸に刺さっている。

なぜ、父が最後まで心を開いてくれなかったのか。なぜ、一人娘である自分を嫌っていたのか知りたかった。

会話の少ない親子だった。ただ、心の底では父と腹を割って話したいと願っていた。けれど、その機会は完全に失われてしまった。しかし、いま目の前に、遺体の想いを掬い上げるという病理医がいる。彼女ならもしかしたら、父が遺そうとした言葉を私に伝えてくれるかもしれない。

「もし……」千早は躊躇いつつ話しはじめる。「もしあなたが執刀したら、なんで父さんが自分を解剖させるのか解明してくれるの？　父さんがやり残したってことを見つけてくれるの？」

「約束はできません。ただ、全力を尽くします」

覇気を込めて言う紫織と視線を合わせながら、千早は乱れに乱れている気持ちを鎮めていく。絡まり合った糸を、一本一本慎重に解いていくように、胸に渦巻く数多の感情を整理していく。

自分が本当に望んでいることを見つけるため。

数分間、悩みに悩んだあと、千早は静かに言った。

「……分かった。あなたならいい。あなたが執刀してくれるなら、解剖に同意する」

触れれば切れそうなほどに張り詰めていた空気が弛緩する。こわばっていた野々原の表情が緩むのを横目で見ながら、千早が「ただし」と付け加えた。

「その解剖には私も立ち会わせて。それが同意する条件」

「いえ、それはちょっと……」

「なにか問題ある？　あなたは私の指導医よ。あなたが病理解剖をするときは、助手として私が付き添うのは当然でしょ」

「でも、ご家族の解剖に立ち会うのは……」

紫織は助けを求めるように向井に視線を送った。

「水城、少し落ち着けよ」向井が千早の肩に手を置いた。「外科でも、身内の手術に入るのはご法度だ。それくらい知っているだろ」

「それは、動揺して手元が狂う可能性があるからですよね。けれど、手術と違って解剖なら、少しくらい手元が狂っても大きな問題にはなりません」

「でもな、遺族に見られていたら解剖医もやりにくいだろ」

たしなめるような向井の言葉を聞きつつ、千早は紫織を見る。

「あなたはさっき、最大限の敬意をもって解剖を行うって言ったわよね。それが本当なら、私に見られても平気なはず。そうじゃない？」

挑発的に言うと、紫織は数秒考え込んだあとあごを引いた。

「ええ、私は平気です。ご遺族に見られていても、いつも通り丁寧に解剖できます。ただ……あなたは平気なんですか？」

質問を返された千早は、喉を鳴らして唾(つば)を飲み込む。肉親が、父親が目の前で解剖されることに耐えられるだろうか？　冷静でいられるだろうか？　自問するが答えは出なかった。

「……分からない」

正直に答えると、紫織は「なら、やめた方が……」と形の良い眉を寄せる。

「分からない……。分からないけど、あなたが本当に解剖することで想いを掬い上げてくれるっていうのなら、私はその場にいないといけない。私はその瞬間に立ち会わないといけないの」

千早は胸に宿る感情を言葉に換えて紫織にぶつける。

「……後悔しませんね？」紫織は押し殺した声で言った。

「もし立ち会わなければ、私は間違いなく一生後悔する」

紫織は「承知しました」と会釈をすると、向井に向き直る。

「解剖は午前十時から行います。向井先生は主治医として、それまでに必要な手続きを整えておいてください」
紫織のよく通る声が面談室に響き渡った。

4

ステンレス製の剖検台が蛍光灯の光を鈍く反射する。その上に置かれた白い布を、手術着姿の千早は見つめ続ける。

自らが立ち会うことを条件に病理解剖を行うことを決めた千早は、病理解剖承諾書にサインをすると、当直医用の仮眠室へと向かった。少し横になって休むよう、向井に指示された。

部屋の明かりを消し、年季の入ったシングルベッドに横になったが、眠ることはできなかった。解剖の件で一時的に忘れていた喪失感、父親を喪い、この世界に一人遺されてしまったという実感がじわじわと湧きあがってきて、闇を見つめる瞳から涙があふれてきた。最初のうちはシャツの袖で目元を拭っていたが、きりがないので十数分もするとただ頰を伝うままに任せた。洟(はな)をすすりすぎて目の奥が痛くなり、涙を吸い込み続けた枕のカバーが絞れそうなほどに濡れた頃、ベッドわきの内線電話が鳴り、一連の手続きが終わったので一時間後に解剖をはじめると向井から連絡があった。

仮眠室を出た千早は、ロッカールームで火傷しそうなほど熱いシャワーを頭から浴びたあと、手術着の上に白衣を羽織ると、純正医大附属病院新館の地下にある解剖室へとやって来たのだった。

刺激を孕(はら)んだホルマリンの匂いが漂うこの部屋に入ると、すでに向井が待っていた。その奥にある剖検台の上に、人の形に盛り上がった白い布が置かれているのを見て、心臓が大きく脈打った。それからの十数分、千早は数メートル先にある剖検台を眺め続けている。

「水城、お前、本当に大丈夫なのか？　立ち会うにしても、俺と交代をした方が良くないか？」

見ていられなくなったのか、向井が声をかけてくる。

担当患者が病理解剖を受ける際、主治医は少し離れた位置で見学し、病理医が述べる所見の記録などの雑務を行うことになっている。それに対し、助手である千早は剖検台を挟んで病理医と向かい合い、目の前で遺体が解剖されるのを見守りつつ、それをサポートする必要があった。

「大丈夫です。……やれます」

「やれますってお前、顔が真っ青だぞ。下手すりゃ、倒れそうじゃねえか」

たしかに布の下に横たわる父の姿を想像するだけで、額から脂汗が止め処なく湧きだしてくる。さっきから雲の上に立っているかのように足元が定まらない。

「でも、私がやらないといけないんです」

千早は喉の奥から声を絞り出す。父がやり残したことがあるなら。死んでも死にきれない理由があったとしたら、唯一の肉親である自分にそれを解決する義務がある。それが、父のために自分ができる唯一のことだ。その想いがかろうじて、千早の体を支えていた。

「おまたせしました」

扉が開く音に続き、涼やかな声が聞こえてくる。ふらつく頭を回して解剖室の出入り口を見た千早は、口をあんぐりと開く。

そこには紫織が立っていた。三時間ほど前、面談室で会ったのと同じダークスーツ姿の紫織が。パンプスを鳴らしながら千早の前を通過した紫織は、剖検台の向こう側へと回り込んだ。

「ちょっと、なんなのよその恰好は!?」

上ずった声を上げると、紫織は目をしばたたいて自分の体を見下ろした。

「なにかおかしいですか?」

「おかしいですかって……。あなた、これから解剖をするんじゃないの?」

「ええ、そうですけど」

「その服装でやるつもりじゃないでしょうね!?」

ついさっきとは違う意味で眩暈をおぼえる千早に向かって、紫織は柔らかく微笑む。

「まさか、ちゃんとジャケットは脱いでから解剖着を着ますよ。それに、長靴にも履き替えます。ヒールが高いので、このままだとバランスを崩しやすいから」

「そういうことじゃなくて……」

千早は言葉を失う。病理解剖では胸腔と腹腔に収められているすべての臓器を摘出する。当然、その過程で、血液や腹水・胸水などの体液に触れることになる。解剖着を上から着こむとはいえ、スーツを着たままそれを行う病理医など、聞いたことがなかった。

「けど、そんなことをしたらスーツが汚れるんじゃ……。匂いも染みつくだろうし」

「汚れや匂いなんて、クリーニングに出せば済むことです。ご遺体に最大限の敬意を払うなら、できるだけフォーマルな服装で臨む。それが私のスタイルです」

宣言するように胸を張りながら言うと、紫織は剖検台の上の布に手をかけ、そっとめくる。剖検台に横たわった穣の顔が露(あら)わになった。その表情は穏やかで、顔色が土気色に変色していることを除けば、ただ眠っているかのように見えた。

半開きの千早の唇から「……父さん」と、蚊の鳴くような声が漏れる。

「水城穣さん、解剖を担当する刀祢紫織と申します。失礼のないよう、全力で執刀させていただきますので、どうぞよろしくお願いいたします」

微笑みながら柔らかく言ったあと、紫織は深々と一礼すると、「では、準備をします」と解剖室の出入り口付近に戻る。脱いだジャケットを靴棚の上に無造作に置き、パンプスから長靴に履き替えると、紫織は振り返って千早を見る。

「水城先生、助手をしてくださるならそろそろ準備をしていただけますか？」

常識外れの紫織の言動に固まっていた千早は、声をかけられて我に返った。

これから、本当に父さんを解剖するんだ。そして、私はその助手を務める……。

出入り口に近づきながら千早は顔から血の気が引いていくのを感じる。なぜ父が解剖を希望したのか、やり残したこととはなんだったのか、どうしても自分の目で確認したくて助手を申し出た。しかし、実際にこの解剖室にやってきて、ホルマリン臭い空気を吸うたびに決意は萎み、代わりに後悔が膨らんできた。すでに倒れそうなほどに消耗している。こんな状態で、父の体が切り開かれていくのに耐えられるのだろうか。

「水城先生」

俯いていた千早ははっと顔を上げる。紫織がブラウスの上から解剖着を着こんでいた。

「水城先生は病理解剖の助手は初めてですよね。私ができるだけ詳しく指示を出しますので、ゆっくりでいいのでサポートをお願いします。あと、少しでも調子が悪くなったら遠慮せずに言ってください。すぐに代わりの病理医を……」

「大丈夫よ、そんな心配しなくて」

言葉を遮るように千早は言う。注射を嫌がる幼児を諭すような口調が癪に障った。

私は外科医だ。血を見ただけで立ち眩みを起こすようなやわな女じゃない。何千件という手術に立ち会ってきたし、救急でも数えきれないくらい交通事故で重症多発外傷を負った患者の治療を行った。血塗れの修羅場を何度もくぐってきたのだ。心配される筋合いなんかない。

「けれど、ご家族の解剖に立ち会うのはとてもつらいことだと思います。だから、くれぐれも無理をなさらないでください」

「……ねえ、それやめてくれない」

解剖着を手に取りながら千早は小声で言う。「それと言いますと?」と紫織が首を傾けた。

「だから、その敬語よ。なんか背中がむずむずするからさ」

「けれど、水城先生はご遺族ですし……」

「遺族に敬意を払ってくれるのは十分に分かった。けどさ、あなたは指導医なの。私はこれから、あなたの指示を受けながら解剖の助手をする。なのに、いつまでも慇懃な態度を取られるとやりにくいの」

「たしかに一理ありますね」

「私も余裕なくて、あなたに敬語使うの忘れてるしさ。少なくとも今日のところはお互いタメ口にしてくれない。その方がやり易い」

紫織はほっそりとしたあごに指を当てて少し考え込んだあと、すっと片手を差し出してきた。

「じゃあ、そうしましょう。よろしく、千早。私のことは紫織でいい」

いきなり名前で呼ばれるとは思っていなかった千早は、紫織の切り替えの早さに面食らう。べつにそこまで距離を詰めるつもりはなかったんだけど……。内心で愚痴をこぼしながら、千早は「……よろしく、紫織」と握手をした。

「それじゃあ、早く用意をして。あまりご遺体を待たせたくない」

紫織は長い黒髪をポニーテールにして、それを包み込むようにしながら防護キャップをかぶり、感染防御用のゴーグルが付いたマスクをつけていく。千早もそれに倣い、準備を進めていった。

最後にラテックス製の手袋を二重にして嵌(は)めた二人は、剖検台へと近づいていく。

いよいよ始まる。剖検台を挟んで紫織と向かい合う位置に立った千早は、細く長く息を吐いて必死に緊張を希釈していった。

紫織が「失礼します」と遺体にかかっている布を取る。露わになった穣の全身を見て、千早は奥歯を噛みしめる。ミイラという単語が思わず頭をかすめてしまうほどに、その体は痩せ細っていた。あばら骨の一本一本が、はっきり数えられるほどに浮き上がっており、骨の上に直接皮膚が張り付いているかのようだった。腕は枯れ木のように細く、乱暴に扱えば簡単に折れてしまいそうだった。筋肉と脂肪が落ちた大腿部では、余った皮膚が幕のように垂れ下がっている。

もともと小柄で華奢な父だった。かなりひどい腰痛もちだったこともあり、よく警備員などやってられるなといつも思っていた。しかし、ここまで骨と皮だけになっていたなんて……。

立ち尽くす千早の前で、紫織はわきにある解剖器具が置かれているカートから数枚のガーゼを手に取ると、ごく自然な手つきでそれを下腹部に置いて陰部を隠した。

紫織は腰を曲げて穣の耳元に口を近づけると、囁くように言う。

「全力で執刀させていただき、学ばせていただきます」

遺体から学ぶ。学生時代、病理学や解剖学の授業で何度も聞いた『屍は師なり』という言葉を千早は思い出す。遺体を解剖し、そこからさまざまな情報を学び取ることで医学は進歩を遂げてきた。だからこそ、遺体を解剖するときは感謝と敬意をもって当たり、医師として成長するための学びを得なくてはならない。

「そのうえで、あなたが伝えたかったこと、そのメッセージを絶対に読み取らせていただきます。ですから、安心してお休みください」

紫織は再びカートからガーゼを手に取り、それを穣の顔に載せると、少し離れた位置に立っていた向井を見た。

「まず外表の観察をはじめます。記録はよろしいでしょうか？」

「あ、ああ、どうぞ」

千早と同様、紫織の言動に呆気に取られていた向井は、慌てて記録用紙を手に取った。

「全身に悪液質によると思われる、著しいるい瘦を認めます。浮腫は確認できません。皮膚には黄疸によると思われる軽度の黄染が……」

遺体に顔を近づけ、目を大きく見開いて観察しつつ、紫織は体表から読み取れる所見を述べていく。向井がそれをせわしなく、記録用紙に鉛筆で記入していった。

「それじゃあ千早、お願い」

不意に声をかけられた千早は、「え？　え？」と目を泳がせた。

「前面の観察は終わったから、次は背中側を観察するの。体をこっち側に九十度起こすから」

「あ、うん、分かった」

遺体の腕の付け根辺りと腰を手で支えた千早は、紫織の「一、二の、三」という合図とともに力を込める。瘦せ細って軽くなり、さらに死後硬直によって全身が固まっている穣の体は、想像よりもはるかに容易に起こすことができた。

「背中にはわずかに浮腫を認める。死斑は……」

身を乗り出した紫織による外表観察は三分ほどで終わり、遺体はまた剖検台に仰向けに寝かされる。解剖室に重い沈黙が落ちた。

「それでは、これより病理解剖を開始させていただきます。よろしくお願いいたします」

紫織が深々と一礼する。千早と向井もそれに倣った。

カートに手を伸ばし、紫織がメスを手にする。外科の手術で使うものよりも無骨で大きい解剖用メスが、蛍光灯の光を鈍く反射した。

穣の肩口にそっとメスを添わせた紫織は、滑らせるように手を胸元まで移動させると一度手を引き、今度は反対の肩口から胸元まで同じようにメスを進めていく。

柔らかい……。紫織の手つきを眺めながら、千早は内心で感嘆する。これまで見てきた病理解剖では、かなり力を込めて皮膚を切り裂いていく病理医が多かった。しかし、紫織の皮膚切開はまるで撫でているかのようだった。無駄な力が入っていないからだろう。紫織がこれまでどれだけ多く、そして真摯に解剖を行ってきたかを感じ取ることができた。

両肩から胸元へと切開を行った紫織は、続いて二つの切開線が交わる胸元から腹部に向けてまっすぐに皮膚切開を行っていく。途中、へそをわずかに避けてメスは下腹部まで進んでいった。体幹の皮膚に、Y字形の切開線が描かれる。

「千早、お願い」

声をかけられた千早はすぐになにを指示されているかに気づき、手を伸ばそうとする。しかし、神経が断線したかのように動かなかった。全身の細胞が、指示された行動を拒否していた。千早は、俯いて自分の手首を摑む。

「千早」

名前を呼ばれて顔を上げた千早は、紫織と目が合う。紫織の瞳に、弱々しく背中を丸めている自分の姿が映った気がした。

「もし、助手ができないなら、すぐに言って。代わりを呼ぶ。あなたの都合で、お父様を待たせるわけにはいかない」

有無を言わせぬ口調。千早はマスクの下で唇を嚙む。

これまで父との対話を避けてきた。その結果、本当の親子になる前に父は逝ってしまった。

紫織の言うように、病理解剖が遺体と対話し、その想いを汲みあげるものだとしたら、これが父さんと会話をする最後のチャンスだ。それをみすみす逃すというのか。

あごに力がこもり、尖った犬歯が薄く唇を破った。鋭い痛みが、断線していた神経を繋ぐ。千早は震える手を伸ばして、メスによって切開された皮膚の隙間に指を差し込んだ。ラテックス製の手袋を通して、皮下にある結合組織の硬い感触が伝わってくる。

「交代しなくて大丈夫？」

「もちろん！」腹の底から声を出すと、千早は指先を鉤状にして皮膚を手前にめくった。

「じゃあ、進めましょう」

紫織は露出した結合組織にメスを添わせていく。千早によって引かれ、テンションがかかっている結合組織は、熱したナイフでバターを裂くかのように切断されていった。紫織がメスを持った手を左右に動かすたび、皮膚が大きく剝がされていく。千早はできるだけ、遺体の頭側を見ないようにしながら、紫織のサポートを続けていった。

十分もかからず、体の前面の皮膚は剝がされ、左右に展開される。皮膚の下に隠れていた肋骨、肋間筋、腹筋などが露わになった。

紫織はみぞおち辺りにメスを当て、腹筋とその下にある腹膜に小さな切開を入れる。

「腹水の噴出を認めず。大量の腹水貯留はなかったと思われる」

メスをカートに戻した紫織は、代わりに解剖用のハサミを手に取る。その刃先をメスで開けた穴に差し込んだ紫織は、迷いのない動きで腹膜を一気に切り裂いた。

胃、肝臓、大腸、小腸。腹腔内に収められていた臓器が露わになる。

腹腔の右上部に収められた巨大な臓器、肝臓を視界にとらえた瞬間、千早の喉からうめき声が漏れた。赤黒く光沢を放っているその表面に、野球ボール大の白い塊が顔を出していた。

「肝臓に拳大の腫瘍塊を認める。原発巣と思われる」

紫織が独り言のようにつぶやいた所見を、向井が記録用紙に書き込んでいく。

これが父さんの命を奪った原因……。巨大な金平糖のような塊を千早は睨めつける。

「また、腸管や腹膜にも播種によると思われる転移巣を認める」

淡々と述べながら、紫織は腹腔内に手を差し込んで横隔膜の位置や臓器の様子の確認や、吸引機による腹水の採取を行っていく。

「続いて、肋骨を外して胸腔内臓器の観察を行います」

抑揚のない口調で宣言した紫織は、メスで手早く胸鎖関節を切断すると、続いて肋骨剪刀を手にする。無骨な二つの刃が肋骨を挟み込んだ。

父親のあばら骨が切断されていく音が、千早の耳にはやけに大きく響いた。


「十二指腸球部に、潰瘍によるものと思われる変形が……」

紫織の言葉が解剖室に響く。彼女の両手には、食道と十二指腸が付着した胃が摑まれていた。

病理解剖がはじまってからすでに三時間以上が経っていた。すべての臓器は穣の体から摘出され、剖検台のそばに置かれた観察台の上に広げられている。この二時間ほど紫織は、摘出した臓器を一つ一つ切り開いては、肉眼での観察を行っていた。大量にあった臓器の観察も終わりに差し掛かり、いま紫織が手にしている胃を含めて、二つ、三つしか残っていない。しかしいまだに、穣が末期の癌に冒されていたこと以外、これといった特別な発見はなかった。

重い疲労をおぼえながら、千早は剖検台に視線を送る。臓器が摘出された穣の遺体には、最初と同じように白い布がかぶせられていた。臓器の観察が終わると、体内に脱脂綿を詰めたうえで外した肋骨を嵌め直し、皮膚を縫合する。それによって病理解剖は終了する。

早く終わらせて……。顔を近づけてぬめぬめとした胃の表面を観察する紫織に、千早は心の中で懇願する。未明に父の急変で叩き起こされてからいままで、一瞬たりとも気が休まる時間がなかった。心身とも疲弊しきっている。全身から冷や汗が滲み出し、吐き気に襲われていた。

結局、なんで父さんが解剖を望んだのか分からなかった。こんなこと、全部無駄だった。失望感がさらに疲労を強くする。気を抜いたら、膝から崩れ落ちてしまいそうだった。

「千早、お父様は日常的にかなりストレスをため込んでいたんじゃない？　こんなに十二指腸が変形しているなんて、よっぽど酷い潰瘍があったはず」

解剖用のハサミを手にする紫織に、千早は「さぁ……」と気のない返答をする。

父さんがどんな毎日を送り、なにを感じていたかなんて知るわけがない。だって、父さんは私のことを家族だとも思ってくれていなかったんだから。ハサミを器用に操って紫織が胃を切り開いていくのを、千早は焦点が合わなくなってきた瞳で見つめる。

唐突に紫織が「これは……、なに……？」とうめくように言いながら、胃を観察台に置く。近づいてきた向井が「うっ」と声を詰まらせた。いったい、なにがあったというのだろう。千早は枷がつけられているかのように重い足で移動すると、紫織の肩越しに観察台を覗き込んだ。

大彎側から切り開かれ、心理学のロールシャッハテストで使われる図形のような形に広げられた胃が、ステンレス製の台の上に置かれている。無数のひだによって構成されたその表面には、やすりで削り取られたような胃潰瘍の痕がいくつも確認できた。しかし、千早の視線を引き付けたのは醜く引き攣れたその傷痕ではなかった。

赤黒く充血した胃粘膜、そこに文字が刻まれていた。幼児が書いたかのように、歪んだいびつな文字。

「なんだよ……これ……？」

向井がつぶやくと、「……文字」と紫織がかすれ声で答えた。

「そんなことは分かってる！　なんで胃に文字が書いてあるのかって聞いているんだ。そもそもこれ、どうやって書いたんだ？　開腹手術を受けた痕はなかったぞ」

「おそらく……内視鏡。内視鏡には止血用に焼灼（しょうしゃく）機能がついている。それを使って粘膜を焼いて文字を刻んだ」

「内視鏡で胃に文字をって……、そんなの簡単にできることじゃないぞ。ちょっと間違えれば、胃穿孔（せんこう）を起して致命的な状態になる。そんなこと、誰がなんでやったっていうんだ!?」

「実際に誰が内視鏡の操作をしたかは分からない。ただ、依頼したのは水城穣さんご本人だと思う。そしてこれこそが、死後に解剖されることを強く望んだ理由……」

「解剖して、これを読んで欲しかったっていうのか？　けど、なんでこんな異常な方法で……。なにかを伝えたいなら、手紙でも遺せばよかったじゃないか」

「きっと、それができない理由があった。わざわざ胃壁に文字を刻み、解剖によってそれが明らかになる。そのことも含めて、水城穣さんのメッセージだと考えるべき」

父さんのメッセージ。これが父さんが遺した想い。ヘドロのように体の奥に溜まっていた疲労感が消え、思考にかかっていた霞（かすみ）が晴れていく。

「で、なんて書いてあるんだ？」

向井がつぶやくと、紫織は前のめりになって観察台に置かれた胃に顔を近づける。紫織の頭部で、文字列の下の部分が千早から見えなくなる。

「ここの部分、これは『ニッタエロ』と読めますね」

紫織が数行ある文字列の、一番上の行を指さす。そのそばには、大きな潰瘍の痕が残っていた。千早は目を凝らして、そこに刻まれた文字を見る。

「どういう意味だよ、それ」

「たぶん、ここの前の部分に人の名前が記されていたんじゃないでしょうか。けれど、胃潰瘍によって、それが掻き消されてしまった」

「それじゃあ、これが誰に宛てたメッセージか分からないじゃないか！」

向井が大声を出すのを尻目に、紫織は手袋を嵌めた指を添わせて文字を追っていく。

「そこから下の行に書かれている数字はよく分からない。まるで暗号みたい。そして……」

紫織の指が千早からは見えない部分へと移動していく。数瞬の後、彼女の体が大きく震えた。首関節が錆びついたかのようなぎこちない動きで紫織が振り向く。その顔には、動揺が色濃く浮かんでいた。

「見せて！」

千早は紫織の体を両手で押しのける。「だめ！」という叫び声が聞こえるが、衝動に突き動かされた体を止めることはできなかった。

紫織に隠れて見えなかった部分の文字が網膜に映し出される。そこには七文字の歪んだカタカナが、充血した胃粘膜に刻まれていた。

ムスメニ[illegible]

視界から遠近感が消え去る。千早にはいびつなその文字が襲い掛かってくるように見えた。

5

デスクに上半身をあずけながら、水城千早は焦点の合わない目で壁を眺め続ける。医局エリアの奥にある小さな部屋、病理部の医局で一時間以上、こうして無為に時間を過ごしていた。

父である水城穣の病理解剖は三時間以上前に終わっている。すでに、穣の遺体は葬儀社の社員によって病院から運び出されていた。本来、葬儀社とのやり取りは唯一の遺族である千早の役目なのだが、弁護士の野々原が代行してくれた。

野々原の説明によると、穣はどのように自らの葬儀を行うか、数ヶ月前には葬儀社と綿密な打ち合わせを終え、その料金まで払い終えていたということだった。千早がやったことと言えば、葬儀社の社員がこれからの段取りを淡々と説明していくのを聞き流していたくらいだ。

父さんは葬儀の準備まで整えていた。まったく私の意見が入る隙間がないほどきっちりと。千早にはその事実が、自らの葬儀を娘に仕切って欲しくないという意思表示のように感じられた。

やっぱり父さんは、私を家族だと認めてくれていなかった。自分なりに弔うことすら、私には許してもらえなかった。視界が滲んでいく。千早は緩慢に目元を拭った。

けれど、これでよかったのかもしれない。少なくともいまは、葬儀についての打ち合わせなどできる状態じゃない。思考に霞がかかっているかのように頭は回らず、全身の血管を水銀が流れているかのように体が重かった。指一本動かすことすら億劫だ。

三時間前、父の解剖が一通り終わったことを病理部の部長である松本に報告すると、遺体搬送の手続きが終わり次第、帰宅して数日間は休むように指示された。父親が息を引き取り、さらにその病理解剖にまで立ち会って心身とも消耗しただろうから、休息をとるようにと。

「でも、それだけじゃない……」

弱々しくつぶやくと、千早は目を閉じる。瞼の裏に、切り開かれた胃の映像が映しだされた。赤黒く充血した粘膜に刻まれた、不気味な文字とともに。

暗号のようなあの数字の羅列はなにを意味するのだろう。それに、最後に記された『ムスメニイウナ』という言葉。

予想より別れが早く訪れたとはいえ、父に残された時間が少ないことは分かっていた。病理解剖への立ち会いも、自分なりに覚悟を決めての行為だった。けれど、胃に刻まれたメッセージは完全に不意打ちだった。あのいびつな文字の羅列が視界に飛び込んできた瞬間、必死に保っていた精神の均衡が一気に崩れた。

胃壁に文字が刻まれていた件については、紫織の提案もあって、その場にいた千早たち三人だけの秘密とすることに決めた。部長である松本にも報告はしていない。

「内容から察するに、水城穣さんはこの文章を、特定の人物にだけ伝えることを望んでいた。故人の遺志を尊重するために、このことは公にしない方がいい」

数時間前、ラテックス製の手袋で覆われた指で胃の表面を撫でながら、紫織は低い声でそう言った。千早と向井はあまりに異常な事態に、ただ躊躇いがちに頷くことしかできなかった。

「けど……、父さんの遺志を尊重できてなんていない。だって父さんは、誰よりも私にあれを隠したかったんだから」

独白が部屋の空気に溶けていく。父があのメッセージを見つけさせるために、死後に自らの体を解剖するように指示をしたのは間違いない。つまり、あの言葉は父が自ら望んで胃壁に刻んだものだ。しかし、なぜあんなことをする必要があったというのだろう。処理能力が落ちている脳細胞では、その答えを探る手がかりさえ見つけることができなかった。千早は視線だけ動かして壁時計を見る。時刻は午後四時半を過ぎていた。

勤務中、病理医たちはずっと病理診断室に籠(こも)っているので、この部屋はほとんど人の出入りがない。心身ともに衰弱した千早には、静寂に包まれた空間が居心地よかった。しかし、あと三十分もすれば仕事を終えて帰宅する病理医たちが、荷物を取りにやってくるだろう。その前に退散しなくては。疲れ果てたいまの状態では、お悔やみの言葉をかけられることすら苦痛だった。

椅子の背にかけていた白衣を手に取ると、千早は重い足取りで部屋をあとにした。ロッカールームまでたどり着き、ロッカーに白衣をしまおうとしたとき、気の抜けた電子音が鼓膜を揺らした。やけに陽気なその旋律が神経を逆撫でする。

「なんなのよ、こんなときに！」

吐き捨てるように言いながら、千早はハンガーにかけた白衣のポケットから着信音を立てる院内携帯を取り出した。一瞬、無視してしまおうかとも思うが、死亡診断書に不備があったなどの連絡の可能性もある。千早は通話ボタンを押して携帯を顔の横に持ってくる。

「はい、水城ですが」

『お忙しいところ失礼いたします。こちら、一階正面受付です』

若い女性の声が聞こえてくる。おそらく受付係の職員だろう。

「正面受付？」予想外の場所からの着信に、千早は眉間にしわを寄せた。「なんの用ですか？」

『水城先生にお目にかかりたいという方がいらっしゃってます』

眉間のしわがさらに深くなる。来客の予定などなかった。

「悪いけど、手が離せないって伝えて。いまは患者さんの挨拶(あいさつ)に付き合う余裕はないの」

『いえ、患者さんではないんですけど……』

「患者さんじゃない？　じゃあ誰なんですか？」

『お父様のお知り合いの方と名乗っていらっしゃいます』

「父の!?」予想外の言葉に、声が高くなる。

『はい、そうです。それで、どういたしましょう。お引き取りいただきますか？』

千早は迷う。これまで、父の知り合いに会ったことなどほとんどなかった。

見舞客だろうか。いや、見舞客なら直接、病棟に向かうはずだ。病院に入ってすぐの正面受付で呼び出したということは、その人物はおそらく父が亡くなったことを知っている。

いったい誰が、なんの目的でこのタイミングでやって来たというのだろう。

そこまで考えた瞬間、数時間前に見た胃壁のメッセージが脳裏をよぎる。軽い頭痛をおぼえ、千早は小さくうめいた。いま正面受付に来ている人物は、私の知らない父さんの姿を知っているかもしれない。それなら、胃に文字を刻むなどという異常な行動をなぜとったのか、その手がかりを持っている可能性もある。

『水城先生、聞こえていますか？』

受付係が訊ねてくる。千早は携帯を持つ手に力を込めた。

「はい、聞こえています。すぐに行きますので、待っててもらってください」

千早はせわしなく携帯を白衣のポケットにしまい、ロッカールームを出る。全身の細胞を冒していた疲労感は、いつの間にか消えていた。廊下を走り、非常階段を駆け下りて一階に到着する。診察時間も終わりに近づき、閑散としている外来待合を早足で進んでいくと、正面受付が見えてきた。二人の若い受付係がいるブースのそばに、茶色いコートを着た中年の男が立っている。おそらく、彼が父の知人なのだろう。

歩く速度を落とし、呼吸を整えながら千早は遠目にその人物を観察する。年齢は五十歳ぐらいだろうか、中肉中背だがかなりの猫背のため小柄に見える。やけにカールがかかった頭髪をしており、一見すると鳥の巣を頭に載せているかのようだ。

やはり、会ったことがない人物だ。父とどういう関係なのだろう。

正面受付に近づいていくと、気づいた受付係が「水城先生がいらっしゃいました」と男に告げる。千早に向き直った男は、少しだけ目を細めた。

「あなたが水城さんのお嬢さんですか。はじめまして、私、桜井公康と申します」

桜井と名乗った男は、鳥の巣を載せたような頭を深々と下げた。

「このたびはご愁傷様でした。心からお悔やみを申し上げます」

「水城千早と申します。ご丁寧にありがとうございます」千早も礼を返す。「あの、失礼ですが、父とどのような関係だったのでしょうか」

「水城さんは仕事の先輩にあたります。お父様からは多くのことを学ばせていただきました」

頭を上げた桜井の顔には、懐かしさと哀しさがブレンドされた表情が浮かんでいた。

「仕事の先輩……ですか」

この男性も警備員なのか。

「ということは、最近まで父と同じ職場で働いていらっしゃったのですか？」

「いえいえ、水城さんと一緒に働かせていただいたのは、かなり昔です」

「かなり昔というと？」

聞き返すと、桜井は記憶をたどるように視線を彷徨わせる。

「そうですね、たしか……二十八年前でしょうか」

「二十八年!?」声が大きくなる。「それじゃあ、最近は父とは会っていなかったんですか？」

「はい、年賀状のやり取りなどはしていましたが、顔は合わせていませんでした。私はぜひお目にかかりたいと思っていたのですが、なにしろ多忙で……。それに、水城さんは前の職場の人間とは会うのを避けていらっしゃったようなので……」

前の職場？　その言葉に引っかかりをおぼえながら、千早は質問を続けた。

「三十年近く会っていなかったのに、なんで今日、急にいらしたんですか？」

「水城さんが亡くなったと耳に挟んで、いてもたってもいられなくなりました。たしかに長い間、顔を合わすことはありませんでしたが、水城さんは私にとって、尊敬すべき大先輩なんです。ですから、なんとか最後に一目だけでも会って、感謝の気持ちを伝えたいと思いまして」

熱のこもった桜井の口調から、その言葉が社交辞令ではないことが伝わってくる。

「一緒にお仕事をさせていただいたのはわずか数ヶ月でしたが、その間に水城さんから仕事のイロハを徹底的に教えていただきました。あのときの経験がなければ、いまの私はありません。水城さんから叩き込まれたノウハウ、そしてなにより仕事に対する妥協なき姿勢。それがあるからこそ、私はいまもこうして市民の安全を守る職務をまっとうできているんです」

警備員が市民を守るって……。大仰なセリフに千早は内心で苦笑する。

「そうなんですね。あの、桜井さん。仕事中の父はどんな感じでしたか？」

目の前の男が、重要な情報を持っているかもしれないという期待は消え去っていたが、訊ねずにはいられなかった。自分が見たことのない、仕事場での父の姿。それを知りたかった。

「自分にも同僚にもとても厳しい方でした。私も数えきれないくらい怒鳴られました。それもすべて、ホシを挙げてガイシャの無念を晴らそうという一心での行動でした」

千早が「星？」と首を傾けると、桜井はこめかみを掻いた。

「ああ、申し訳ありません。我々の業界で犯人を指す隠語です」

犯人？　万引き犯を捜すということだろうか。どこか話がかみ合っていない感覚をおぼえる。

「えっと、さっきのお話では、父は二十八年前に桜井さんがお勤めの会社を辞めたんですよね」

「会社と言いますか……。あの……、そのときのことについて、お父様から聞いてはいらっしゃいませんか？」

「父は仕事のことはほとんど話してくれませんでしたから」

「そうですか……。いや、その気持ちも理解できます。あんなに悲惨な事件でしたから」

「悲惨な事件？」

「ええ、そうです」桜井は渋い表情でつぶやいた。「職業柄、これまで悲惨な事件の捜査に多くかかわってきましたが、あれほど胸糞（むなくそ）が悪くなるようなものはありませんでした。なんと言っても、まだ年端もいっていない女の子たちが次々に被害者となった殺人事件ですからね」

「殺人!?」

目を剝き、甲高い声を出した千早は、受付係が訝（いぶか）しげな視線を向けてきたことに気づき、両手で自らの口を押さえた。

「あの、どうかしましたか？」不思議そうに桜井が顔を覗き込んでくる。

「だって、警備員が殺人事件の捜査なんて……」

「警備員?」

訝しげにつぶやく桜井の姿を見て、千早はようやく気づく。自分たちの間に根本的な認識の違いが存在することに。

胃に刻まれたメッセージに繋がる手がかり。それに近づいている実感が心臓の鼓動を加速させる。千早は乾燥した唇を舐めると、慎重に口を開いた。

「あの、桜井さん。失礼ですが、お仕事はなにをなさっていらっしゃいますか?」

「職業ですか?」

桜井はまばたきをすると、ごそごそとコートの懐を探りだす。内ポケットから掌に収まるサイズの黒い手帳のようなものをとりだした彼は、それを千早の顔の前に突き出した。二つ折りになっていたそれが開く。内側には桜井の顔写真とともに『警部補　桜井公康』と記されていた。

「警視庁捜査一課で刑事をしております」

桜井の声が、千早にはやけに遠くから響いてくるように聞こえた。

6

カップに口をつけ、ココアを一口含む。温かい甘みが舌を包み込み、少量垂らしてあるラム酒の香りが口から鼻腔へと抜けていく。カップをソーサーに戻した千早は、大きく息をついた。

「少し落ち着かれましたか?」

摘んだ角砂糖をコーヒーに落としながら桜井が訊ねてくる。千早は「すみません、取り乱してしまい」と頭を下げた。

「いえいえ、私こそ気が利かず申し訳ありませんでした。立ち話でするような内容ではありませんでした」

桜井は謝罪しながら、さらに二つ角砂糖をコーヒーに投入した。

十数分前、目の前に警察手帳を突きつけられた千早は混乱し、「刑事ってどういうことですか!?」「いったい、父は私になにを隠していたんですか!?」と大声でまくしたてた。

桜井に「落ち着きましょう、皆さん見てます」と諭されて我に返ると、受付係や外来にいた患者たち全員の視線が、自分たちに向いていた。トラブルだと思ったのか、警備員まで腰の警棒に手をかけて近づいてきているのを見て、千早は「すみません、なんでもありません」と四方に頭を下げたのだった。

その後、桜井の提案もあって、病院の近くにあるこの喫茶店に移動した。

千早はもう一口ココアを飲んで心を落ち着けると、ミルクを注ぎながらコーヒーをかき混ぜている桜井を見る。

「あらためてお話をうかがってもよろしいでしょうか。桜井さんは、警察の方なんですよね？」

「ええ、そうです。警視庁捜査一課殺人班で刑事をしております」

軽い口調で答えると、桜井は大量の砂糖とミルクが溶け込んだコーヒーをすすった。

「殺人班……」千早はその言葉を口の中で転がす。

「はい、そうです。警視庁の捜査一課には三十二の班がありまして、そのうちの十四個が殺人犯捜査係、通称殺人班と呼ばれる殺人事件の捜査を主に行うグループになっています」

「その桜井さんの同僚だったということは……」

一度言葉を切った千早は、緊張でからからに乾燥した口腔内を舐める。

「父もその殺人班の刑事だったということですか？」

コーヒーカップを手にしたまま、桜井は困り顔で鳥の巣のような頭を掻く。

「水城さんが隠していたことを、私の口から言ってよいものやら……」

「もう遅いです。ここまで言ってしまったんだから、中途半端に隠してもしょうがないじゃないですか。お願いですから詳しく教えてください」

千早は桜井の目をまっすぐに覗き込んだ。桜井は少し考え込んだあと、「たしかにそうですね」とあごを引いた。

「はい、水城穣さんは捜査一課の刑事でした。まあ、その頃は殺人班ではなく、強行班と呼ばれていましたがね」

父さんが刑事だった……。予想はしていたことだが、こうしてはっきりと伝えられると動揺で息が乱れてしまう。なぜ父さんは刑事だったことを私に隠していたのだろう。たんに、家族とも思っていなかった私には言う必要がないと判断したから？　いや、違う。千早は軽く首を振る。

私はお母さんからも、父さんが刑事だったという話を一度も聞いていない。父さんとは違い、お母さんと私は紛れもなく『親子』だった。心を開いて話し合える間柄だった。それなのに、一度も父さんが刑事だったと聞いた記憶がないということは、きっと口止めされていたんだろう。

そこまでして、刑事だったことを父さんが隠した理由。それを目の前の男性から聞き出さなくては。そのために訊ねるべきことは……。

「二十八年前……」千早は慎重に話しはじめる。「二十八年前になにがあったんですか」

二十八年前に父さんは刑事を辞めた。そして、自分が刑事だったことを隠すようになった。きっと、そのときになにかがあったんだ。父さんの人生を変えるようななにかが。ココアで血糖値が上がったおかげか、正常な動きを取り戻しはじめている頭を、千早は必死に働かせる。

「二十八年前……ですか」

桜井の口調が重量を増す。千早が思わず前のめりになると、桜井は軽く手を挙げて近くを通ったウェイトレスを呼びとめ、ショートケーキを追加で注文した。

「……桜井さん」

拍子抜けした千早が目つきをきつくすると、桜井は肩をすくめた。

「そう睨まないでくださいよ。甘党なもので、ちょっとケーキを食べたくなったんです」

どうにも食えない男だ。千早が脱力感をおぼえていると、どこかおどけている雰囲気だった桜井の表情がみるみる険しくなっていった。

「あの事件のことを思い出すと、いまでも腸が煮えくり返りそうになるんです。その怒りを抑えるためにも、糖分を用意しておく必要があるんですよ」

地の底から響いてくるような声で言う桜井に気圧された千早は、喉を鳴らして唾を飲み込む。

「……その事件で、桜井さんは父と一緒に捜査にあたったんですね」

「はい、あのころ、私は墨田区にある向島署刑事課の刑事でした」

「え？　捜査一課じゃないんですか？」

「都内で大きな事件、例えば殺人などがあった場合、その管轄の警察署に捜査本部が設置され、担当になった班に所属する警視庁捜査一課の刑事たちが派遣されます。彼らは所轄署の刑事や、機動捜査隊の隊員とペアを組み、二人一組で捜査にあたることになります」

「つまり桜井さんは、向島署の刑事として、捜査一課から派遣されてきた父とコンビを組んだということですか？」

「ご理解が早くて助かります。いやあ、最初、水城さんとペアを組むことになったときは、正直震えあがりました。色々なところから噂は聞いていましたから」

「父の噂？　どんな噂ですか!?」

「とにかく恐ろしい鬼刑事。ペアになった所轄刑事は潰される。そういう噂でした」

「鬼刑事……」

「ええ、獲物を追い詰める肉食獣のように、尋常ならざる執念でホシを追い詰める。一匹狼で、他人と組むことを嫌い、独自の手腕で事件を解決に導いていく。お父様はそんな刑事でした」

「一匹狼って、さっきペアで捜査をするっておっしゃっていませんでした？」

「本来はそうなんですけど、水城さんは所轄の刑事なんて金魚の糞、というか足手まといとしか思っていませんでしたからね。ちょっとでももたついたり、的外れな発言をしようものなら雷が落ちました。それに、隙あらば所轄の刑事を置き去りにして、自分一人で行動しようとしていましたね。いやあ、水城さんとペアを組んでいる間は大変でしたよ。一瞬も気を抜けないんで」

笑い声をあげる桜井を前に、千早は「そんなパワハラじみたこと……」と顔をしかめる。

「昔の話ですから。それに、刑事としての技術を学ぼうと必死に食らいついているうちに、水城さんも私のことを少しは認めてくれたらしく、捜査への同行は許してくださいました。それに、色々と指導もしていただけるようになりました。まあ、下手なことをしたら拳骨が飛んできましたけどね」

「拳骨って……。いいんですか、そんなこと」

「私たち刑事に求められるのは、コンプライアンスなどではなく、なによりホシを挙げることです。ガイシャの無念を少しでも晴らし、成仏できるようにするためにはどんな手段だって使う。……それが殺人班の刑事なんですよ」

桜井は軽くあごを引くと、声を低くする。その姿に、千早は本能的な恐怖をおぼえた。一見するとくたびれたサラリーマンのようなこの男が、日夜、殺人犯を追っているハンターであることを実感する。

そのとき、ウェイトレスが「お待たせしました」とショートケーキを持ってきた。

「ああ、これは美味そうだ」

相好を崩した桜井は、フォークでケーキを崩して口に運ぶと、幸せそうに咀嚼しはじめた。

「えっと、それでなんの話でしたっけ」

ケーキを三分の一ほど食べ終えた桜井が言う。毒気を抜かれた千早が、「二十八年前の事件の話です」とため息をつくと、桜井は舌なめずりするように、唇についていた生クリームを舐めた。

「折り紙殺人事件」

「え、なんですか？」

「折り紙殺人事件ですよ。聞いたことありませんか？」

上目遣いに桜井は訊ねてくる。千早はこめかみに手を当てて記憶を探った。

「なんとなく聞いたことがある気がするんですが……。たぶん、テレビでやっていた未解決事件の特集番組とかで」

「まあ、若い方にとってはそんなものですよね。かなり昔の出来事ですから。時間ってやつは、どんな大事件でも風化させちまう」

桜井は居ずまいを正すと、押し殺した声で話しはじめる。

「二十八年前の春、墨田区曳舟に住む戸田花恵ちゃんという五歳の少女が、近くの公園に遊びに行くと言って家を出たまま行方不明になりました。両親は警察に通報しましたが、最初は迷子にでもなっているのだろうということで、近所の住民たちと周囲を捜した程度でした。しかし、事件は急転します。深夜になっても少女は見つからず、警察が事件の可能性を考えはじめたころ、捜索に協力していた近所の住民が、隅田川の河川敷で発見したんです。……少女の遺体をね」

陰鬱な口調で放たれた桜井のセリフに、千早は身を震わせる。

「検視の結果、頸部に索状痕が認められたため、首をひも状の凶器で強く絞められたことによる他殺と断定。そして鑑識が調べたところ、少女が穿いていたスカートのポケットから丁寧に折られた折り紙が見つかりました。さらに、少女が誘拐されたと思われる現場でも同じような折り紙が見つかり、犯人が自らの犯行を誇示するために故意に遺したものだと考えられました」

淡々と述べられる桜井の説明はやけに臨場感があり、千早は話に引き込まれていく。

「すぐに誘拐殺人事件として向島署に特別捜査本部が設置され、警視庁捜査一課強行班三係が事件担当となり、すぐに地取り、鑑、ブツの役目を決めて、捜査が開始されました」

「地取り……？」慣れない単語に、千早は首をひねる。

「ああ、すみません。地取りというのは、事件が起こった周辺でくまなく聞き込みを行って事件解決の手がかりとなる情報を探すことです。鑑は被害者にまつわる全てをあきらかにする捜査ですね。被害者の人間関係や事件前後の足取りなど、細かく調べ上げます。ブツは犯人が現場に残した遺留品などの出所を探っていく任務となります。そして、捜査会議の場でそれぞれが集めた情報を伝えて、捜査の指揮を執る幹部たちが、翌日以降の捜査方針を決定するんです」

「そうなんですね。それで、父と桜井さんはなんの担当だったんですか？」

「私たちは、遊軍のような扱いでした」

「遊軍？」

「正確には『特命捜査』と呼ばれるものです。水城さんはなんと言いますか……、かなり独特な方で、幹部たちが指示してもそれに従わず、自分の判断で捜査をしていく癖がありまして……」

「警察って、そういう自分勝手なことが許されない組織っていうイメージがあるんですけど」

「ええ、普通は許されません。そんなことをすれば、すぐに交通課にでも飛ばされるのがオチです。ただですね、水城さんは普通ではありませんでした。あの人は特別だったんです」

「特別と言いますと？」

「たしかに水城さんは指示から外れた捜査をすることが多くありました。ただ、その捜査の結果、解決した事件がいくつもあったんです。あの人にはどう捜査をすればホシを挙げられるのか、本能的に察知する野性の勘のようなものがあったんですよ」

　桜井の表情はどこか誇らしげだった。

「ホシを挙げている以上、捜査一課から外すわけにはいかない。ただ、幹部からしたらどうにも気に食わない。そんな事情もあって、捜査の際、幹部は水城さんに指示を出しませんでした。簡単に言えば、好きに動いていいというお墨付きをもらっていたということですね」

「はあ……、なるほど」

　たしかに決して人付き合いが良いとはいえない父だったが、そこまで偏屈者だったとは。

　自分の知らない父の姿に興味を掻き立てられ、千早は「それで、事件は？」と先を促す。

「当初、捜査本部は被害者の周囲にホシがいると考え、鑑取り捜査に力を入れていました」

「それはどうしてですか？」

「被害者の少女の父親が金融関係の会社を経営していまして。まあ、いわゆるサラ金ってやつです。しかも評判の悪い会社で、足元を見て高利で貸し付け、身ぐるみを剝がすようなタイプです。いまでいう闇金に近いですね」

「だから、債務者に恨まれていた」

「そうです。被害者の父親から熾烈（しれつ）な取り立てに遭った債務者たち。その誰かが、恨みを晴らすために、子供を手にかけた。そう考えられていました。しかし、その予想がまったくの的外れだったことが、約三週間後に判明します」

「三週間後になにがあったんですか？」

「次の犠牲者が出たんですよ」桜井の顔つきが険しくなる。「被害に遭ったのは、亀戸（かめいど）に住む六歳、小学一年生の少女でした。学校から帰宅する途中に行方不明になり、翌日、自宅近くの神社の境内で、絞殺された遺体が発見されました。そして、遺体のそばと通学路に、最初の被害者のときと同様に丁寧に折られた折り紙が置かれていたんです。鑑識によると、同一人物が作った折り紙で間違いないということでした。ただ、一点だけ違うところがありました。第二の事件で発見された二つの折り紙には、署名のようなものが記されていたんです。……『千羽鶴』と」

「千羽鶴……」千早はその単語をくり返す。

「その情報はマスコミにも漏れ、ホシは『千羽鶴』と呼ばれるようになりました。いつの間にか、捜査本部の中でもね。その後、詳しく調べた結果、二つの事件の被害者に接点はまったく存在せず、事件が幼女を無差別に狙った連続殺人である可能性が極めて高くなりました。捜査本部には大きな動揺が走り、ほぼ恐慌状態に陥りましたよ。まさに最悪の事態ですからね」

「そうですよね、新しい犠牲者が出るのを防げなかったんですから」

「それだけではありません。連続殺人だとするとホシを挙げるまで幼い子供が殺され続ける可能性があったんです。しかも、ターゲットを無差別に選んでいるので、防ぐのが困難だ。二つの事件現場もかなり離れているので、特定の場所を重点的に警戒するのも難しい。それになにより、捜査プランが崩壊したのが痛かった」

「捜査プランが崩壊？」

「はい。先ほど言ったように、捜査本部は当初、怨恨による犯行と当たりをつけ、鑑に人員を割きました。しかし、それがすべて無駄になってしまった」

桜井の顔に苦虫を嚙みつぶしたような表情が浮かぶ。

「事件解決には初動捜査が極めて重要です。時間が経つにつれ関係者の記憶は薄れ、犯人に繫がる手がかりは劣化していきます。最初の三週間、的外れな捜査に力を注いだのは致命的なミスと言っても過言ではありませんでした。そして、現場の捜査員たちが危惧した通り、まったくホシに繋がる手がかりが得られないまま、事態は最悪の経過をたどります」

　なにが起こったのか気づき、千早の顔がこわばった。

「そう、二週間ほどしてまた新しい犠牲者が出たんですよ。浅草に住む四歳の少女で、昼間に家の前で遊んでいたところを連れ去られ、夜に近所の廃屋から絞殺遺体で発見されました。さらにそれから三週間ほどして、墨田区八広で五歳の子供が攫われ、近くを流れる荒川の河川敷で遺体となって発見されています。両方とも、誘拐現場と遺体のそばで折り紙が見つかりました」

　あまりにも悲惨な事件を説明することに疲れたのか、桜井はショートケーキを一口食べる。

　言葉を失っていた千早は、「あ、あの……」と動きが悪くなった舌を動かした。

「そんな続けざまに事件を起こして、捕まらないなんてことがあるんでしょうか？　そもそも、そんな恐ろしい事件が起こっているなら、子供から目を離す親なんていないんじゃ……」

「時代が違うんですよ」桜井は疲労が滲む声で言う。「現在でしたら、事件が起きた周囲にある防犯カメラの映像を解析して、犯人を割り出すことができるでしょう。けれど二十八年前に防犯カメラはいまほど一般的なものではありませんでした。それに、あの頃は現在よりはるかに子供の数が多かった。さらに家電製品も現代ほど便利ではなく、家事の負担は比べものにならないほど重い。ですから親の目が届かないところで遊んでいる子供も少なくありませんでした。とくに事件が起きた下町のエリアでは。犯人にとってはよりどり見取りの状況だったんですよ」

「……被害者が増えている間、捜査は進んでいたんですか？」

「もちろん、我々は全力で捜査にあたりました。地取りによる徹底的な聞き込み、犯行現場での遺留物の捜索。しかし目ぼしい成果はありませんでした」

「でも、昔の下町なら近所付き合いが密だったんじゃないですか？　知り合いの女の子が、知らない人に連れ去られたりすれば、気づく人がいるんじゃ……」

千早の指摘に、桜井は唇を歪めながら鳥の巣のような頭を搔く。

「そこが微妙なところでして。犯行が行われた場所はその時代、再開発が盛んにおこなわれて、人口が流入してきているエリアだったんですよ。新しいマンションが建ち、そこに若い家族が次々に移り住んできた。だから、それ以前のように誰もが顔見知りという状況ではありませんでした。おそらく犯人はそこまで計算していたんでしょう。慎重で、頭の切れる奴です。犯行現場にもほとんど手がかりとなるような遺留品を残していなかった」

「じゃあ、捜査はお手上げですか？」

「お手上げというわけではありません。被害者が幼い少女に偏っていたことから、少女に対する性犯罪の前科がある人間を徹底的に洗いました。しかし、対象となる人物が多く、どうしても時間がかかってしまい、効率的とはいえませんでした」

「父と桜井さんも、前歴者を当たっていたんですか？」

「いいえ、水城さんはまったく違う視点で事件の捜査を行っていました」

「まったく違う視点？」

「捜査本部では、犯人は定職についていない変質者と踏んでいました。平日の昼間に起きた事件もあったからです。ただ、そのように対象を決め打ちし、大量のマンパワーを割いてローラー作戦を行うのは危険だと、水城さんは考えていました」

「つまり、犯人は前科のある変質者ではないと？」

「いいえ、もちろん前歴者の可能性は高いが、そうでなかった場合のことも考えて、他のアプローチの捜査を継続するべきだ。それが水城さんの考え方でした」

「具体的には、父と桜井さんはどのような捜査を？」

「水城さんは、最初の事件を重要視していました」

「最初の事件というと、曳舟で五歳の子供が犠牲になった事件ですね」

「はい、そうです」桜井は頷く。「一度人を殺した人間はリミッターが外れる。水城さんは常々、そうおっしゃっていました」

「リミッター、ですか？」千早は眉根を寄せた。

「そうです。一度殺人を犯した人間は、人を殺すことに対するハードルが一気に下がる。二回目以降は、最初のときよりはるかに簡単に手を汚すことができるようになる。そして、それをくり返していった人間は、いつしか殺人が日常の一部と化していく」

「殺人が日常の一部……。そんなことあり得るんですか？」

「あり得ます」桜井は即答した。「私がこれまでに見てきた殺人犯の中に何人か、まったく躊躇うことなく人を殺すことができる人物がいました。その一人は取り調べでこう発言しました。自分にとって人を殺すことは、食事や排泄とかわらないと」

　室温が下がった気がして千早は両肩を抱く。

「ただ、そんな人の皮を被った悪魔のような犯人たちも口をそろえて言います。最初の犯行は体が震えたと。全身から氷のように冷たい汗が噴き出し、体が震えて歯の根が合わなかったと。まあ、それが緊張や恐怖からなのか、それとも興奮からなのかは分かりませんけどね」

「……どんな連続殺人犯にとっても、最初の事件は特別ということですね」

「はい。最初の犯行の前に、多くの犯人はすさまじい葛藤に襲われます。逮捕される恐怖、最大のタブーを犯すことに対する本能的な拒絶、それを上回る理由があったからこそ、一線を越えて人を殺めるんです」

「つまり、最初の犠牲者には、犯人が一線を越えるだけの理由があったと？」

「もちろん、その理由というのが怨恨や、利害関係とは限りません。犯人が自らの中に潜む、昏い欲望の暴走を止められなくなっただけなのかもしれない。だとしても、戸田花恵ちゃんが最初の犠牲者に選ばれたのには、なにかの理由があるはず。水城さんはそう考え、捜査本部が鑑からほぼ手を引いたあとも、花恵ちゃんの周囲を徹底的に洗いました」

「それで、手がかりはあったんですか？」

千早が訊ねると、桜井は「いやあ、それが……」と首をすくめた。

「水城さんは本当に重要なことについては、ご自分の胸にしまっておくタイプなもので……」

千早が失望を顔に浮かべると、桜井は慌てた様子で胸の前で両手を振った。

「いや、たんに私が水城さんについていくのに余裕がなかっただけで、あの人は間違いなく犯人に近づいていました。ペアを組んでいた私はそれを感じました」

「けれど、最終的に犯人は逮捕できなかったんですよね」

疑念に満ちた声で訊ねると、桜井は力なく首を左右に振った。

「きっと、あのまま行っていたら、水城さんは犯人にたどりついていた。そう信じています。けれどその前に、最後の事件が起こってしまった。一歳の幼児が犠牲になった悲惨な事件が」

「一歳……」

千早が言葉を失う前で、桜井は重苦しい声で話しはじめる。

「はい、そうです。四人目の犠牲者が出た翌週、錦糸町にあるショッピングセンターの駐車場に停めてあった車から一歳になったばかりの女の子、陣内桜子ちゃんが誘拐されました」

「車から誘拐って、両親はなにをしていたんですか？」

「両親は寝ている桜子ちゃんを車に置いたまま、なんといいますか……、用事をしていました」

歯切れの悪い桜井の口調が気になったが、千早は話を進める。

「それで、その子も絞殺されて発見されたんですね？」

「違うんですよ」桜井は軽く手を振る。「その子は発見されませんでした。……最後まで」

「それじゃあ、なんでその誘拐事件が一連の事件だって断定できるんですか？　全然別の事件かもしれないじゃないですか」

「折り紙ですよ、例の折り紙が誘拐現場で発見されたんです。我々は陣内桜子ちゃんがホシに、千羽鶴に誘拐されたと断定し、大規模な捜査を行いました。しかし結局、陣内桜子ちゃんは見つからず、そしてその事件を最後に犯行は起こらなくなった」

「どうして犯行が止まったのでしょう？」

「見当もつきません。十分に殺して満足した、これ以上やれば捕まると思った、他の犯罪で逮捕された、病気や怪我で犯行を続けられなくなった。色々な説がありますが、どれが正解なのか分かりません。もちろん、いま挙げたのとは全然違う理由だった可能性もあります」

　桜井は残っていたショートケーキを口の中に放り込んだ。

「あの、父はどのように考えていたんですか？」

　桜井に訊ねると、彼はコーヒーでケーキを無理やり飲みくだしたあと、暗い表情になる。

「分かりませんでした。もともと口数の多くなかった水城さんですが、最後の事件からは、ほとんど喋ってくれなくなりましたから」

「喋ってくれなくなったって、なにがあったんですか？」

「精神的に消耗して、私のような新米刑事の相手をする余裕がなくなったんだと思います。傍目にも、あの頃、水城さんはとてもつらそうでした。自分が犯人を挙げられないうちに、次々に幼い少女たちが犠牲になっていく。ついには一歳の赤ん坊まで。水城さんはそれを自分の責任のように思っていたんだと思います。精神的に限界が来るのも当然だ」

「そこまで背負い込むものなんですか？」

「あなたのお父様は、そういう方だったんです。寡黙で愛想がないため誤解されがちでしたが、水城さんは誰よりも正義感の強い人でした。殺人犯を逮捕して、市民が安心して生活できるようにする。それが自分に課せられた義務だと考えていました。だからこそ赦せなかったんです。千羽鶴と、そいつを逮捕できずにいる自分自身を」

話し疲れたのか大きく息をつくと、桜井は残っていたコーヒーを飲み干す。ソーサーに戻されたカップの底に、溶け切らなかった砂糖の塊が残っていた。

「そのあと、事件はどうなったんですか？」気怠さをおぼえつつ、千早は訊ねる。

「もちろん、捜査は続けました。しかし、犯人に繋がるような目ぼしい情報は見つからなかった。犯行が止まったことから、捜査本部の規模はじわじわと縮小されていき、数ヶ月後、ついにはわずかな専従班を残して解散となりました」

「その間、父はどのような捜査を？」

「実は、最後の方の捜査では、私はあまり水城さんとご一緒できなかったんですよ」

桜井は申し訳なさそうに頭を掻いた。

「え？　でもさっき、父に認められて同行を許可してもらっていたって……」

「そうだったんですが、最後の事件の少し後に、水城さんに『後生だから一人で捜査させてくれ。このままだとおかしくなっちまいそうなんだ』と懇願されてしまいまして。その姿があまりにも痛々しくて、それを受け入れてしまいました。昼間は別々に行動して、捜査会議の前に合流して情報交換をする。そんな日々が続きました」

「なんで父は、一人で捜査をしたがったんでしょう？」

「おそらく私のような半人前の足手まといを世話する余裕がなかったのでしょう。もしくは、公になれば問題になるような筋から情報を得ようとしていて、一緒にいると私に迷惑がかかると思ったのかもしれません」

「それって違法な捜査ってことですか。そんなことをする刑事がいるんですか？」

千早の質問に、桜井は無言のまま唇の端を上げた。しなびた中年男の仮面の下に隠れた危険な本性を見た気がして、背中に冷たい震えが走る。

「じゃあ、最後の事件以降、父がどのようなことを調べていたかは、全然分からないんですか？」

千早が慌てて話題を変えると、桜井は妖しい笑みを引っ込めた。

「全然というわけではありません。最低限の情報交換はしていましたからね。水城さんはおそらく、最後の事件の被害者、陣内桜子ちゃんの両親と、その周囲について調べていたと思います」

「最後の被害者の周囲を……」

「桜子ちゃんが行方不明になったあと、事件は起きなくなりました。つまり、最初の被害者と同じぐらい、最後の被害者も犯人にとって意味のある人物だった。そう考えたんだと思います」

たしかにそうかもしれない。しかし、最後の被害者の周囲を調べるだけなら、わざわざ桜井を遠ざける必要などないのではないか。

――後生だから一人で捜査させてくれ。このままだとおかしくなっちまいそうなんだ。

父の口からそんな言葉が出たことが信じられなかった。千早の知る父は、弱音を口にする人物ではなかった。癌に全身を冒され、耐えがたい苦痛をおぼえているときも、歯を食いしばって毅然とした態度を保ち続けていた。その父が、そんな弱々しいセリフを吐いたなんて……。

一瞬、桜井が嘘をついているのではとも思ったが、彼がそんなことをする理由があるとは思えない。だとすると、最後の事件が起きたあと、父はとてつもなく追い詰められた状況に陥っていたということになる。

癌に命を脅かされることよりも、追い詰められた状況。犯人を逮捕できず幼い子供が次々に殺されていくということは、父にとってそれほどまでにつらいことだったのだろうか。

千早は皿についている生クリームをフォークで削ぎ落しては口に運んでいる桜井を凝視する。彼からだいぶ情報を引き出すことができた。あと、訊ねるべきことは多くはない。

「最後に一ついいですか」千早は静かに言う。「桜井さんは、なぜ父が警察を辞めたのか、ご存じですか？」

桜井は手にしていたフォークを皿に戻すと、「ええ、もちろん」と懐かしそうな、そしてどこか哀しそうな表情であごを引いた。

「犯人を逮捕するどころか、有力な手がかり一つ見つけられないまま捜査本部の解散が決定したとき、水城さんは専従班に残ることを上層部に直訴しました」

「専従班というのは、捜査本部が無くなったあともその事件について調べるチームですよね」

「そうです。しかし、上層部は水城さんの要望を却下しました。捜査能力が高い水城さんを一つの事件に縛り付けるのではなく、これから起こる新しい凶悪事件の解決に当たらせる。まあ、妥当な判断と言えるでしょう。そのことが決定してすぐに、水城さんは辞表を提出して刑事を辞めました。理由は明白ですよね」

「……刑事を辞めてでも、千羽鶴を捕まえたかった」

千早がつぶやくと、桜井は「その通りです」と大きく頷いた。

「もちろん、水城さんから直接うかがったわけではありませんが、まず間違いありません。あの人は、警察官という安定した立場を捨てるほど、千羽鶴が赦せなかったんですよ。それまで、水城さんが捜査に当たった殺人事件はすべて、犯人逮捕で幕を下ろしていました。ですから、ホシを挙げられないまま投げ出すのは我慢できなかったんでしょう」

「そうですか……」

千早はつぶやくと、ココアを一口飲む。冷えたココアの甘みが口の中でべとついた。

「ああ、すみません。いつの間にかこんな時間になっていましたね」

桜井が腕時計に視線を落とす。

「水城さんのことが懐かしくて、つい話が長くなってしまいました。おつらいことがあって疲れていらっしゃるのに、お引止めして申し訳ありません」

「いえ、話を聞きたいと言い出したのは私ですから」

「私はそろそろお暇させていただきます。千早さんも、ご自宅に帰ってゆっくりお休みください。ここは私が払っておきますので」

伝票を手にして立ち上がった桜井は、コートのポケットから名刺を取り出して千早に差し出す。

「あの、告別式などはせず、本当に小さな葬儀だけ行う予定なんですが……」

「お父様について他にも聞きたいことがでてきたら、こちらにご連絡ください。あと、葬儀の予定など決まったら知らせていただければ幸いです」

「もし可能であれば、荼毘に付す前に、水城さんに一言だけ感謝の言葉を掛けさせていただければと思っています。そのためには、いつ、どこにだって駆けつけます」

「でも、警視庁捜査一課の刑事さんなんですよね。お忙しいんじゃ……」

「捜査本部に加わって捜査を行っているときは目が回るくらい忙しいですが、私が属している班は現在担当している事件はなく待機中なんですよ。ですから、暇を持て余しているくらいで」

肩をすくめる桜井を見て、千早は「分かりました」と微笑んだ。一人で見送るつもりだったが、父をこれだけ慕っている人物ならぜひ葬儀に参加して欲しかった。

「感謝します。それでは失礼いたします」

慇懃に頭を下げると、桜井は出入り口に向かう。会計を終えた彼が店から出るのを見送ると、千早はカップに残っているココアを飲み干して、帰宅する準備を整えはじめた。


喫茶店を出た桜井は、空を見上げる。春になり、だいぶ日が長くなっているとはいえ、すでに辺りは暗くなっていた。

「まだまだ夜は冷えるねえ」

コートの襟を立てた桜井は、いつものように背中を丸めると、最寄りにある神谷町の駅を目指して歩きはじめる。夜風が首元から体温を奪っていく。

数分歩いたところで、腰のあたりに振動が伝わってきた。コートのポケットから、ぐずるように身を震わせるスマートフォンを取り出し、『通話』のアイコンに触れる。

「はいはい、桜井ですよ。どうかした？」

間延びした声で言うと、電話の向こう側から興奮した声が聞こえてきた。その内容が頭に入ってくるにつれ、スマートフォンを持つ手に力が籠っていく。

「……それは、間違いないんだね」

低く押し殺した声で訊ねると、『はい、間違いありません』という言葉が返ってきた。

「すぐに行く」

通話を切った桜井は、月が浮かぶ夜空を見上げてつぶやいた。

「すみません、水城さん。葬儀、ちょっと行けそうにありません」

スマートフォンをコートのポケットにねじ込んだ桜井は、背筋をまっすぐに伸ばすと大股に歩きだす。腹で炎が灯っているかのように体が火照っていく。

もう、寒さは感じなかった。

7

「……ただいま」

口から零れた声が、暗い玄関に寒々しく響く。

千早は緩慢にパンプスを脱ぐと、すぐわきにある電灯のスイッチを入れる。黄色みを帯びた電球の光に、短い廊下と、玄関を上がってすぐの場所にある急な階段が浮かび上がった。

なんで、ここに帰ってきたんだろう？　重い足取りで廊下を進みながら自問する。

一時間ほど前、桜井という刑事から、父の過去について話を聞いたあと、千早は人形町（にんぎょうちょう）の自宅マンションではなく、押上（おしあげ）にある実家へとやってきた。

父の遺体は、彼の遺志によって実家ではなく、葬儀社の霊安室で保管されている。だから、この家に戻る理由はなかった。しかし、なぜか足が勝手にここに向かっていた。

築三十年を超える、木造二階建ての小さな家。大学生になって一人暮らしをはじめたあと、一度もこの家の敷居をまたいだことはなかった。十一年ぶりに訪れる実家は他人の家のようで、懐かしいというよりも、どこか落ち着かない気分になる。

千早は廊下の奥にある扉を開け、蛍光灯を灯す。年代物のダイニングテーブルと、古びたソファーが置かれたリビングが広がっていた。親子三人で暮らしていた頃は狭いと不満をおぼえていたこのリビングが、なぜかいまはやけに広く感じる。母が亡くなり、そして自分が家を出たあと、一人残された父はどんな想いでこの家で過ごしていたのだろう。

靴下を通して伝わってくるフローリングの冷たさを感じながら、千早はゆっくりとリビングを横切っていく。こぢんまりとしたキッチンに入った千早は、違和感をおぼえて足を止める。シンクがやけに綺麗だった。まるで、最近磨きあげられたかのように。

父は片付けが苦手な人だった。母が亡くなったあと、二年ほど父と二人で生活していたあいだ、掃除は千早がすべて担っていた。そんな父が十年以上一人で暮らしていたのだから、家が目も当てられないほど汚くなっていると覚悟していた。それなのに……。千早は振り返ってリビングを観察する。あらためて見ると、リビングも過剰なほどに整理されている気がする。一人で生活するようになって、父も必要にかられて掃除をするようになったのかもしれない。

「でも、やけに物が少ない気が……」

つぶやいた千早は軽い頭痛をおぼえて頭を振った。解剖を要請する遺言、胃に刻まれた不気味なメッセージ、そして警視庁捜査一課の刑事だったという父の過去。早朝、父の急変で叩き起こされてから、あまりにもわけの分からないことが起こりすぎている。負荷に耐えきれず、脳細胞はもはやショートしかけていた。

今日はもう、考えるのをやめよう。すべて忘れて休んでしまおう。そのためには……。

千早はキッチンの奥にある冷蔵庫へと近づいていく。晩酌を日課にしていた父は、冷蔵庫に缶ビールを常にストックしていた。それを飲み、アルコールで脳を麻痺（まひ）させて眠ってしまおう。

ビールを求めて冷蔵庫の扉を開けた千早は「え？」と呆（ほう）けた声を漏らす。中に缶ビールはなかった。それどころか、冷蔵庫の中は空っぽで、電源すら落とされていた。

巨大な空の箱と化している冷蔵庫の前で千早は勘違いに気づく。

父は掃除ができるようになったわけじゃなかった。もう二度とこの家に戻ってくることはないと悟り、入院する前に業者にでも頼んで家を整理していたのだ。

この家からは父が、そして自分たち家族が生活していた痕跡がほとんど消えている。もはや、この冷蔵庫と同様に空っぽなのだ……。その事実を理解するにつれ耐え難い喪失感が襲い掛かってくる。幼い頃からこの家で過ごした思い出も、きれいさっぱり拭き取られ、消え去ってしまったかのようだった。

わずかに残っていた気力すら体から抜け去っていく。千早はうなだれると、おぼつかない足取りでリビングをあとにし、階段を上がっていく。二階につき、短い廊下を突き当たりまで進み、扉を開けて電灯のスイッチを入れる。数回まばたきをした後に、千早は胸を撫でおろした。

古びたぬいぐるみが置かれたシングルベッド、小説や漫画、参考書が詰め込まれた本棚、小さな勉強机に年季の入ったカーペット。この家を出るまで千早が使っていたその部屋は、時間が止まっているかのように十一年前のままの状態で残っていた。

安堵と哀愁が混ざった感情をおぼえつつ、千早は倒れこむようにベッドに横になる。顔を包み込む掛け布団の柔らかさが心地良かった。十年以上、使っていなかったにもかかわらず、埃が積もっているようなことはない。おそらく、この部屋も業者が清掃をしていったのだろう。

千早は瞼を落とす。もうなにも考えたくなかった。指一本さえ動かすことが億劫だった。意識がまどろみに呑み込まれていく。瞼の裏に離れていく父の後ろ姿が映った気がした。

重い瞼をゆっくりと上げていく。眩しさに小さくうめいた千早の視界に、蛍光灯に照らされた小さな部屋が映し出される。一瞬、自分がどこにいるのか分からなかった。

「……ああ、実家に帰ってきてたんだっけ」

乾いた独白が空気に溶けていった。ベッドに横たわったまま眼球だけ動かして、左手首の腕時計に視線を向ける。針は午後九時前を指していた。

ここに到着したのが午後七時過ぎだったので、一時間半ほど眠っていたらしい。

横たわったまま、千早は漬物石でも詰まっているかのように重い頭を軽く振る。

「……マンション、帰った方がいいかも」

この家からは生活必需品すらも片付けられている。しっかり休息を取るためには、自宅マンションに戻った方がいいだろう。しかし、ベッドから身を起こす気力さえ湧かなかった。

迷っているうちに腹が大きく鳴った。同時に強い空腹感に襲われる。

よく考えたら、朝からほとんど食事を摂っていない。喫茶店でココアを一杯飲んだくらいだ。

「近くのコンビニに行こうかな……。それとも、やっぱりマンションに戻った方がいい？」

起き上がれないままつぶやいたとき、ピンポーンという軽い電子音が鼓膜を揺らした。

こんな時間に誰？　疑問が頭をよぎるが、わざわざ玄関まで行って確認する気になれなかった。

訪問者が誰であれ、いまは応対する余裕などない。

居留守を決め込んでいると、今度は続けざまにインターホンのベルが鳴らされた。

千早が舌打ち交じりに「いないんだってば！」と吐き捨てると、ベルの音は消えた。

ようやく諦めてくれたか。そう思ったとき、外からかすかに女性の声が聞こえてきた。

「千早、いるんでしょ。出てきて。ちはやー」

いまの声って……!?　千早は大きく目を見開くと、ベッドから跳ね起きる。急いで部屋を出た千早は階段を駆け下り、靴も履かずに玄関に降りると、勢いよく扉を開く。そこには、予想通りの人物が立っていた。病理部の指導医であり、元同級生でもある刀祢紫織。

解剖の際に施されていた濃いメイクは落とされ、化粧っけのない顔に野暮ったい眼鏡がかけられている。服装もタイトなスーツから、セーターにジーンズというラフな恰好に変わっていた。

なぜか両手にはエコバッグを持っている。

「なんであなたがここにいるのよ!?」

千早が声を張り上げると、紫織は不思議そうに小首を傾げた。

「なんでって、あなたに会いに来たから。最初はあなたが住んでいるマンションに行ったんだけど、なんど呼び出しても反応がないから、こっちかなと思った」

「こっちかなって……。そもそも、どうして私の実家の場所を知ってるの？」

「水城穣さんのカルテに住所が書かれていた。だから、あなたの実家なんだろうなと思って」

悪びれる様子もなく、紫織はあっさりと言う。千早は「個人情報をなんだと思ってるのよ」とこめかみを押さえた。

「悪いとは思ったけど、あなたと話す必要があった」

「……なにを話すって言うの？」

「もちろん、胃壁のメッセージのこと」

紫織のセリフを聞いた瞬間、胃粘膜にいびつに刻まれた文字の記憶が蘇ってくる。せっかく忘れかけていたのに……。千早は苛立（いらだ）ちながら髪を掻き乱す。

「あなたには関係ないでしょ。ほっといてよ」

「そういうわけにはいかない。あなたのお父様は誰かに伝えるために、あのメッセージを胃に刻み込み、そして自分の体の解剖までさせた。私には、その相手を探す義務がある」

紫織の口調に力が籠る。一瞬、気圧された千早は、紫織を睨みつけた。

「娘の私が、これ以上かかわって欲しくないって言っているの。それでも止めないわけ？」

「ええ、もちろん」紫織は即答した。「ご遺族の気持ちを大切にしたいとは思っている。けれど、私に課せられた使命は、ご遺体を解剖して、その方の遺志を掬い上げること。だから、私はどうしても水城穣さんが誰にあのメッセージを伝えたかったかを解き明かさないといけない。そのためには、まず遺族であるあなたから詳しい話を聞く必要がある」

「あのね、私は父を亡くして、その上、病理解剖にまで立ち会ったのよ。そんなボロボロになっている私を休ませもせず、情報を搾り取ろうって言うの？」

　ここまで言えば引き下がるだろう。そう思っていたが、紫織はあっさりと頷いた。

「うん、そう。もしかしたら、穣さんはできるだけ早くメッセージを伝えて欲しいと望んでいたかもしれない。悠長にあなたが回復するのを待っている暇はない」

「あなた……どうかしているんじゃないの……」

　千早は唖然とする。変人だとは思っていたが、ここまで突き抜けているとは……。

「他人になんと言われようが構わない。私はただ、するべきことをするだけ。分かったら、家に上げて」

「いい加減にしてよ。今日は疲れてるって言っているでしょ！」

　千早は声を荒らげると、紫織を睨みつける。そのとき、触れれば切れそうなほど張り詰めた空気を、ぐぅーという気の抜けた音が揺らした。千早は慌てて両手で腹を押さえる。固く結ばれていた紫織の唇に、勝ち誇ったような笑みが浮かんだ。

「お腹すいているんだ」

　否定しようとするが再び腹が鳴る。千早が唇を噛んで黙り込むと、紫織は「はい」と無造作に、左手に持っていたエコバッグを差し出してきた。

「……なによこれ？」

　受け取ったエコバッグを受け取ると、中にはおにぎりや総菜、菓子類などが大量に入っていた。

「朝から大変だったから、食事をする暇もなかったでしょ。それでいまごろお腹すいているかもと思って、途中のスーパーで買ってきた」

　そこまで見透かされていたとは。千早は顔をしかめる。できれば「いらない」とつき返してしまいたいが、膨張の一途をたどっている空腹感がそれを許さなかった。数十秒の躊躇（ちゅうちょ）のあと、千早は大きく息を吐く。

「分かった。一人じゃ抱えきれなくなっていたところだから、あなたに吐き出すのもいいかも」

　白旗を揚げた千早は「けどね」と続ける。

「とてもじゃないけど素面（しらふ）じゃ話せない。悪いんだけどさ、もう一回スーパーに戻って、お酒でも買ってきてくれない」

　紫織は眼鏡の奥の目を細めると、右手に持っていたエコバッグを開く。千早が「なに？」と身を乗り出すと、バッグの中にはビールのロング缶、ワイン、ウイスキー、はてはテキーラの瓶まで、様々な種類のアルコール飲料が詰まっていた。

「そう言うと思って、前もって買っておいた」

　得意げに紫織は言う。啞然としてバッグを覗き込んでいた千早は、苦笑を浮かべると親指を立てて背後の階段を指さす。

「上がって。その代わり、今夜は潰れるまで付き合ってもらうから覚悟しておいてよ」


「つまり、穣さんは元警視庁捜査一課の刑事で、その折り紙殺人事件の犯人を捕まえるために警察を辞めたってことね」

　カーペットで正座をし、ウイスキーの水割りが入った紙コップを両手で持った紫織がつぶやく。その頰はほのかに赤らみ、眼鏡の奥の瞳がいつも以上に眠そうに細められていた。

「そういうこと。まあさ、その桜井っていう刑事さんの言うことを信じればだけれどね」

体育座りの千早は、赤ワインが注がれた紙コップを回す。紫織が訪ねてきてから二時間近くが経っていた。その間、紫織が買いこんできた食べ物をつまみに、二人は酒を飲み続けた。ローテーブルの上には、ビール缶やワインの瓶がいくつも横倒しになっている。

最初のころは、紫織に訊ねられて父の出身地や、警備員として勤務していたこと、そして病気が見つかってからの経過など、当たり障りのないことだけ話していた。しかし、一時間ほど酒を飲み続け、アルコールで脳が麻痺してくるにつれ、さらに踏み込んだ内容が口をつきはじめた。

母が亡くなってからの父との確執、最後に会ったとき父から『親子ではない』と突き放されたこと、そしてついにはほんの数時間前に初めて聞いた父の過去まですべて口にしてしまった。

「ということは、胃のメッセージはその連続殺人事件に関係あることなのかも」

腕を組んでひとりごつ紫織の横顔を、千早はぼんやりと眺める。視線に気づいたのか、紫織は「なに?」とわずかに首を傾けた。

「あんたさ、なんでそこまで必死になるの?」

「だから、私は解剖によって亡くなった方の遺志を……」

「分かってる。あんたのポリシーは何度も聞いて理解したし、ある意味すごいと思ってる」

千早は回転する天井を見つめたまま、ひらひらと手を振る。

「けどさ、それって解剖医の本来の仕事じゃないでしょ。解剖して、疾患の状況と治療の効果を細かく確認してレポートを書く。それだけでいいじゃない。なのに、なにがあんたをそこまで駆り立てているの」

千早が体勢を戻すと、紫織の顔がみるみるこわばっていった。

「私は……」

痛みに耐えるような表情で言葉を絞り出す紫織を見て、千早は慌てて両手を突き出す。

「ストップ、ストップ、言わなくていい」

「どうして？」

「なんか、すごく重い話をしようとしてたでしょ。無理に聞き出したら悪いじゃない」

「でも、あなたはつらい話をしてくれている。私だけ黙っていたら不公平……」

「そんなこと気にしなくていいの。私は自分一人で抱え込めないから、あんたっていうはけ口に向かって吐き出しているだけ。そもそもさ、ただでさえいっぱいいっぱいなのに、他人の身の上話なんて聞いてる余裕ないの。だから、言わなくていい。分かった？」

千早が念を押すと、紫織は「分かった」と安堵の吐息を漏らしながら頷いた。

「まったくさ、それほど親しいってわけじゃない私に、なに聞かせようとしているのよ。酔ってるからこの際、無礼講で言わせてもらうけどさ、あんまり他人とのコミュニケーションが得意じゃないでしょ。普段、友達とどういう会話してるの？」

「友達……」紫織は視線を彷徨わせる。「よく分からない。友達、ほとんどいたことないから」

「友達がいたことない!?　じゃあ、学生時代はなにしていたの？」

「中学校でいじめられて、不登校になった。高校は行かないで、高卒認定試験を受けた後、医学部合格したけど、奨学金借りてもお金が足りなかったから、学校にいる時間以外はずっとバイトしてた。みんな、部活とかで友達作るから、学生時代はずっと一人だった」

だから、いつも教室の隅でぽつんと座っていたのか。千早は目元に手を当ててうめく。

「重い話を聞く余裕、ないって言ったじゃない」

「別に重い話をするつもりじゃ……」

困り顔の紫織に向かって、千早はかぶりを振る。

「いいのよ。私こそ無神経な質問して、本当にごめん。この話、とりあえずやめよう」

「じゃあ、あのメッセージの話に戻っていい？」

紫織の表情が引き締まる。千早は「そこに戻るわけ？」と頰を引きつらせた。

「気にならない？　なんで穣さんが、あんなことをしたのか」

「気にならないって言ったら嘘になるけどさ、急いでどうこうしなくてもいいんじゃないの」

「けれど、連続殺人事件に関係しているかもしれない」

「だとしても、二十八年前の事件だよ。もう時効になってるしさ」

「時効になっても関係なかった。穣さんは事件について調べ続け、重要な情報を誰かに知らせようとしていた。だとしたら、私にはそれが誰だか調べて、メッセージを伝える義務がある」

紫織は力強く言うと、紙コップに入っていたウイスキーの水割りを呷った。

「父さんの遺志を尊重してくれるのもありがたいけど、実際問題、誰に宛てたメッセージか分かりそうなの？　あの胃潰瘍で搔き消された部分に書かれていた文字、復元できそう？」

「それは無理」紫織は悔しそうに首を横に振る。「さっき調べてみたけど、潰瘍は粘膜下の筋層まで達していた。顕微鏡で調べても、元々刻んであった文字を確認するのは難しい」

「それじゃあ、どうしようもないじゃない」

「文字の復元が無理だから、あなたから話を聞いて、お父さんが誰に向けてメッセージを残したのか調べようと思った」

「無理無理」千早はひらひらと片手を振る。「だって私、父さんのことなんにも知らないもん。父さんが刑事だったこともさっき知ったぐらいだよ。言ったでしょ。父さんは私のことを家族だと認めてくれていなかった。私に心を開いていなかったんだよ」

自虐で飽和した口調で言うと、紫織は難しい顔で黙り込んだ。

「あのさ、もしあのメッセージが二十八年前の事件についてだとしたら、伝えたい相手ってたぶん捜査関係者でしょ。父さんの相棒だった桜井っていう刑事さんに連絡とろうか？　あの刑事さんにメッセージを見せれば、情報は警察に……」

「ダメ！」

千早が言い終える前に、紫織が鋭い声を上げた。

「どうしたのよ、急に？」

「……その桜井っていう人、あなたに会う前に病理診断室に来た」

「え、桜井さんが病理診断室に？　どうして？」

「水城穣さんを解剖して、なにかおかしなことはなかったか。もしあったなら教えて欲しい。そう言ってきた」

「待って！」千早は目を見開く。「それって、もしかしてあのメッセージのこと!?」

「そうとしか考えられない。あの人は、胃にあの暗号が刻まれていたことを知っていた」

「どうして桜井さんが……。それで、なんて答えたの」

「もちろん、個人情報は遺族以外に教えられないって伝えて引き取ってもらった」

「でも、桜井さんは私と話しているあいだ、一言もあのメッセージに言及しなかったわよ。それはなんで？　そもそも、桜井さんはどうして胃に文字が刻まれていたことを知っていたの？」

そういえば、桜井がどこから父の死去を知ったのかも分からない。いま思えば、あの男はその辺りのことを誤魔化していた気がする。千早は額に手を当て、必死に状況を整理しようとする。

「もしかしたら穣さんは、あの男から情報を隠すため、胃に文字を刻んだのかもしれない」

「情報を隠すためってどういうこと？」

千早が前傾すると、紫織は呆れ顔になる。

「ちょっと考えたら分かる。普通、誰かに情報を遺したいと思ったら、どうする？」

「どうするって……。手紙を遺しておく……とか？」

千早がおずおずと答えると、紫織は頷いた。

「それが普通。けど、穣さんは胃壁に暗号を刻んだ。なんでそんなことをしたと思う？」

千早は言葉に詰まる。なぜ父があんな常軌を逸したことをしたのか、それが分からないからこそここまで消耗しているのだ。黙り込んだ千早を尻目に、紫織は言葉を続けていった。

「私の考えはこう。もし手紙みたいな形で情報を遺したら、本当に伝えたい相手にそれがわたる前に、何者かによって処分されてしまうかもしれない。だからこそ、自分の体に刻むっていう方法を取らざるをえなかった」

「何者かって……誰？」

「それは分からないけど、穣さんが遺した情報が暴かれたら困る人物だと思う」

「父さんが遺した情報……」

疲労とアルコールで動きが悪くなっている頭で、必死に思考を走らせた千早は大きく息を呑む。

「千羽鶴！　二十八年前の事件の犯人！」

興奮して千早が立ち上がると、紫織は自分の紙コップにウイスキーを注ぎながら、「そう先走らないで」とたしなめてくる。

「あのメッセージが、折り紙殺人事件についてのものだっていうのは、あくまで予想でしかない。しかもそれは、警視庁捜査一課の刑事だと自称している怪しい男からの情報に基づいている」

「自称って、私、ちゃんと警察手帳を見せてもらったわよ」

「いまどき、偽物の警察手帳なんてネットでいくらでも買える」

紫織に冷静に諭され、千早は唇をへの字にして再びカーペットに腰を落とした。

「悪かったわね、一人で興奮しちゃって」

「別に謝らなくてもいい。色々と意見を交わすことで見えてくることもある」

惨めな気分をアルコールで希釈しようと赤ワインの瓶に手を伸ばしかけたところで、千早はあることに気づき、「あっ」と声を上げた。

「さっきの説、ちょっとおかしいわよ。だって、遺した情報が処分されるのが心配なら、伝えたい相手に直接会って、面と向かって伝えればいいだけじゃない」

「たしかにあなたの言うとおり。にもかかわらずわざわざ胃に文字を刻んだ理由を、この数時間考え続けた。そして一つの答えにたどり着いた」

「……なによ、その答えって」

紫織の顔に暗い影が差していくのを見て、千早は不安をおぼえる。

「穣さんは自分が亡くなるまで、その情報を絶対に他人に知られたくなかったの。だからこそ、自分が死亡したあと解剖されて初めて発見されるように、胃に文字を刻んだ」

「亡くなるまで知られたくない……」

千早は呆然とつぶやく。紫織は「そうとしか考えられない」と重々しく頷いた。

「で、でも、もし死んだあとにメッセージが特定の人に伝わるようにしたいのなら、誰か信頼できる人に手紙でも預けておけばいいじゃない。ほら、あの野々原とかいう弁護士さんに預けて、亡くなったら相手に届けるように指示しておけば……」

アルコールのせいか、それとも動揺によるものか、舌が縺れてしまう。

「その方法だと自分が亡くなる前に、弁護士が好奇心から手紙を読んでしまうかもしれない」

「そんな……。弁護士がそんなことするなんて、普通は考えられないでしょ」

「そう、普通なら考えられない。けれど、穣さんは万が一の可能性すら許容できず、最終的にあんな恐ろしい方法を取らざるを得なかった」

淡々と説明を終えた紫織は、ウイスキーの入った紙コップに口をつける。部屋に重い沈黙が降りていく。千早はからからに乾燥している口腔内を舐めると、おずおずと口を開いた。

「……ねえ、そこまでしないといけない情報ってなんなの？　どうして父さんは、生きている間はその情報を誰にも知られたくなかったの？」

答えが返ってこないことは分かっていた。ただ、胸の中で感情の嵐が吹き荒れ、訊ねずにはいられなかった。案の定、紫織は「そこまでは分からない」と力なく首を振った。

「だよね……」千早はうなだれる。「ねえ……、これからどうするの？」

「あなたから話を聞いても、あのメッセージが誰に宛てたものか分からなかった。潰瘍で掻き消された部分の文字を復元するのも難しい。だから、別のアプローチをしてみる」

「別のアプローチ？」千早は緩慢に顔を上げた。

「うん、暗号を解き明かすつもり」

「暗号って、メッセージの大部分を占めていた、あのわけの分からない数字のこと？」

千早がまばたきをすると、紫織は「そう」とあごを引いた。

「きっと穣さんは、内視鏡で胃に文字を刻んだ人物や、解剖した私たちに分からないように、特定の人物だけが解けるような暗号にしてメッセージを遺した。だからその暗号が解ければ逆に、穣さんが誰にメッセージを伝えるつもりだったのか分かるかもしれない」

「そうかもしれないけど……」

曖昧（あいまい）に頷く千早の頭には、解剖時に目撃した数字の羅列が浮かぶ。

「特定の人にしか解けない暗号なら、私たちに分かるわけがないんじゃないの？」

「それ以外に穣さんの遺志を確認する方法がない。なら、やるしかない」

紫織は紙コップにわずかに残っていたウイスキーを一気に飲み干すと、千早を見る。

「だから協力して。穣さんの遺志をかなえてあげないと」

千早は「……ん」と生返事をする。父の遺志をかなえたいという想いはある。しかし、メッセージの最後に刻まれた「ムスメニ　イウナ」という文字、それが引っかかっていた。

メッセージを暗号化までしていたにもかかわらず、わざわざ最後に付け加えたあの一文。もしかしたら、父さんは誰よりも私から、あのメッセージを隠したかったのかもしれない。

「お父さんがなんであんなことをしたのか、知りたくない？」

紫織は赤みが増した顔を近づけてくる。

「そりゃ、知りたいけどさ……」

千早が言葉を濁しながら、紫織の顔を押し返すと、彼女は「あ、そうだ」と柏手(かしわで)でも打つかのように両手を合わせた。

「穣さんのご遺体はどこ？　家にお邪魔しているのに、まだご挨拶してない」

「いいわよ、そんなこと気にしなくて」

「そういうわけにはいかない。病理医として、ご遺体に……」

「分かった分かった。ご遺体に敬意を払わないといけないのよね。まったく、頑固なんだから。けど、おあいにくさま。父さんの遺体はここにないの。葬儀社の霊安室に保管されてる」

「え？　でも、普通はお家(うち)に戻って、ご家族と一晩過ごすものなんじゃ……。だから、あなたがここにいると思って来たのに」

「先に言っておくけど、私が拒否したわけじゃないわよ。父さんが自分でそう決めたの」

「穣さんが？」

「そう、何ヶ月も前に葬儀社と打ち合わせして、自分の葬儀について細かいことまで依頼してた。

私の意見が入る隙がないくらいきっちりとね。その中に、遺体は葬儀社で保管するようにって明記されていたんだって」

「なんでそんなことを?」紫織が口元に指を添えて考え込む。

「さあ。死んだ後でも、折り合いの悪い私と一緒にいたくなかったんじゃないの。まあ、普通に考えたら、生活必需品まで整理されたこの家に戻されても、私が困ると思ったからだろうけどさ」

「生活必需品?」

「この家、徹底的に断捨離されているのよ。生活できないレベルにね。たぶん、もうこの家に戻ってこられないって悟った父さんが、入院前に業者かなんかに頼んで全部捨ててもらったんだと思う。唯一残っていたのは、この部屋にある私のものくらい。だからさ、あんたが来なきゃ、自宅マンションに戻るつもりだったの」

おどけて肩をすくめると、紫織は難しい顔で黙り込んだ。

「どうしたの、怖い顔しちゃってさ」

「……逆なのかも」

「なに?　なんか言った?」

「生活必需品が処分されたからここで過ごせないんじゃない。ここで過ごせないように、穣さんはわざと生活必需品をすべて処分した」

「え、どういうこと?」禅問答のようなつぶやきに、千早は首をひねる。

「穣さんは自分が死んだあと、あなたにこの家で過ごして欲しくなかった。だからこそ、生活に必要なものを捨て、そして自分の遺体も葬儀社で保管するように手配した」

「待ってよ。なんでそんなことする必要があるの?」

得体のしれない恐怖が胸の中で膨れ上がってくる。

「穣さんが胃に暗号を刻んだのは、誰かに情報を処分されるかもしれないからだった」

紫織の独白のようなセリフを聞いて、部屋の温度が急激に下がったような気がした。

「まさか、ここに千羽鶴がやって来るっていうの？」

「まだ、あのメッセージが折り紙殺人事件についての情報だと決まったわけじゃ……」

そこで言葉を切った紫織は、せわしなく視線を彷徨わせる。

「なに!?　脅かすのやめてよ！」

「脅かしているわけじゃ……。なにか焦げ臭くない？」

「焦げ臭い？」

千早は嗅覚に神経を集中させる。紫織が言うとおり、たしかに何かが焦げているような匂いが鼻先をかすめた。ふと、出入り口の方を見た千早は、目を剝く。扉と枠のわずかな隙間から、少量の黒い煙が染み出すように室内に這入りこんできていた。

「なによ……、これ？」

立ち上がった千早は、誘蛾灯に誘われる羽虫のようにふらふらと扉に近づいていく。ドアノブを摑んだ瞬間、背後から「開けちゃダメ！」という声が響きわたる。しかし、大量のアルコールに漬かった脳は、その警告にすぐに反応することができなかった。何者かに操られているかのように、千早はドアノブを回して手前に引いた。扉が押し込まれるような感覚をおぼえ、一歩後ずさる。次の瞬間、開いた扉から大量の黒煙がなだれ込んできた。

漆黒の龍のごとく部屋に侵入した煙は、一度天井でとぐろを巻くと、瞬く間に空間を侵していく。視界が墨を流したように黒く塗りつぶされていく。目と喉の奥に刺すような痛みが走った。止め処なく涙が溢れ、咳き込んで呼吸ができなくなる。

逃げなくては。けれど、どこに？　三十年近い人生で初めてすぐそばに感じる『死』の恐怖が、鉄の鎖のように全身を締めあげる。そのとき、腕が強く下方に引かれた。バランスを崩した千早は、勢いよく横倒しになる。

「なにボーッとしているの！」

顔を真っ赤にした女性の顔が視界いっぱいに映し出される。

「し、紫織……」

「さっきからしゃがめって叫んでいるでしょ！　死にたいの!?」

「ご、ごめん、気づかなくて……」

「いい？　絶対に煙を吸ったらダメ。一酸化炭素中毒で気絶したらもう助からない。煙は高いところから溜まっていくから、できるだけ低い位置で息を吸わないようにして移動して」

「移動って、どこに？　廊下は煙が充満して……」

「焦らないで、呼吸が荒くなるから。あっち」

紫織が指さす方を見ると、煙の中にカーテンが閉められた窓がわずかに見えた。

「行くよ」

匍匐(ほふく)前進するように進んでいく紫織に倣い、千早も這いつくばる。なぜか床暖房でも入っているかのようにカーペットが熱かった。一階がいまどんな状態になっているのか、想像しただけで身がすくむ。

素早く部屋の奥まで移動した紫織は、身を低くしたままカーテンを開き、ガラス窓をスライドさせた。狭い部屋に閉じ込められていた漆黒の龍が、開いた窓から勢いよく飛び出していく。

ほうほうの体で窓のそばまでたどり着いた千早は、そっと上体を起こして窓の下枠から外を覗き見た。喉の奥から笛を吹いたような音が上がる。

窓の外に見えるはずの裏庭を確認することはできなかった。下方から吹き上がってくる黒煙の壁が視界を遮っていた。目を凝らすと、煙の隙間からちろちろと赤い炎も顔を覗かせている。

「飛び降りる」

「なに言っているの!?　下がどうなっているのか、全然分からないのよ！」

悲鳴じみた声を上げると、紫織が無造作に襟を摑み、額が付きそうなほどに顔を近づけてきた。

「飛ばなきゃ、間違いなくここで死ぬ」

感情を抑えた平板な口調に、千早の胸に吹き荒れていた混乱の嵐がわずかにおさまる。ようやく現状を把握できてきた。どれほど絶体絶命の状態に追い込まれているのか。

「生きるには飛ぶしかない。分かった？」

「……分かった」千早は唾を飲み込んだ。

「じゃあ、行こう」

紫織が千早の手を摑む。わずかに震えが伝わってきた。冷静に見えるこの元同級生も、必死に恐怖を押し殺しているのだということが伝わってくる。千早は「うん！」と力強く答えると、紫織の手を力いっぱい握り返した。

手を握り合ったまま、煙を吸わないように息を止めると、腰を曲げながら窓枠に足をかけた。まるで、焼けた鉄板の上で炙(あぶ)られているかのように、階下から熱風が吹き上がってくる。

二人は目を合わせ軽くあごを引くと、同時に窓枠を蹴(け)り、黒煙の壁に向かってジャンプする。地獄の底に向かって落下しているような感覚をおぼえつつ、千早は必死に目を見開いた。そのとき、煙の奥にかすかに緑が見えた。次の瞬間、雑草が生えた地面が急激に迫ってくる。千早は慌てて体勢を整え、足から着地をする。鈍器で殴られたかのような衝撃が、足裏から、膝、そして腰へと突き抜け、千早はその場で勢いよく倒れた。

目を固く閉じ、下半身に走る痛みに耐えつつ、大きく息を吸う。冷たく澄んだ空気が、肺に籠っていた熱を奪ってくれた。

助かった？　千早がおずおずと瞼を上げると、すぐそばの背の高い雑草の中に、紫織が背中を向けて倒れていた。

「紫織……、大丈夫？」

喉の奥から声を絞り出す。油切れのブリキ人形のような動きで紫織が身を起こした。

「だい……じょうぶ……。あなたは……？」

「私は……」

千早はおずおずと足に力を込めてみる。重く痺れるような痛みは残っているが、激痛が走るようなことはなかった。骨折はしていないようだ。

「たぶん……、大丈夫」

「じゃあ、すぐに逃げよう。できるだけ遠くに避難しないと」

紫織はぎこちなく立ち上がり、数メートル先にあるブロック塀を指さす。千早は頷くと紫織の手を借りて立ち上がった。

二人はお互いに支え合うようにしながら、ブロック塀へと到達する。それほど背が高い塀ではないので、満身創痍の状態でもなんとか越えられるだろう。

腕を伸ばし、塀の上部に手をかけた千早は、背後から聞こえてきた何かが崩れ落ちるような音に振り返る。

暗い夜空に届かんばかりに燃え上がる巨大な紅蓮の炎の中、生まれてから十八年間を過ごした家が蜃気楼のように揺れていた。

第二章　蘇る千羽鶴

1

「地取り三組、小林、篠原。鑑一組、野島、酒井」

警視庁捜査一課殺人犯捜査第七係の係長である柳田の野太い声が響きわたる。その度に、二人の刑事が立ち上がり、お互いを確認して目礼してから椅子に座る。後方の席に座り、長机に両肘をつきながら、桜井公康は緊張感で飽和している室内を見回した。

葛飾署の講堂、バスケットコートほどの広さのあるその空間に、数十人が詰め込まれている。この葛飾署や近隣署の刑事課からかき集められた所轄刑事、機動捜査隊の隊員、そして桜井が所属する警視庁捜査一課殺人班第七係の刑事たち。

講堂にずらりと並べられた長机につく彼らの視線の先には、長机をいくつも組み合わせて作られたひな壇がある。そこにこちらと向かい合う形で、捜査一課長、理事官、管理官、葛飾署長などの『お偉いさんたち』が険しい表情で腰かけていた。

最初からそんなに気合入れてたら、疲れちゃいますよ。どうせ、長丁場になるんだから。

桜井は天然パーマの髪を掻き上げながら、内心でつぶやく。

水城千早と話をした翌日、桜井はこの特別捜査本部の立ち上げに参加していた。

ひな壇の端に座り、この会議の進行役を務める柳田係長の自己紹介からはじまり、デスク主任の紹介、そして捜査員の編成へと会議は進んでいた。捜査員たちが名前を呼ばれ、担当する役割を告げられていく。ほとんどの捜査員の名が呼びあげられたあとに、柳田の視線が桜井を捉えた。

「特命四組、桜井、湊」

「はいはい、よっこいしょっと」

桜井が気の抜けた声を出しながら腰を上げると、少し離れた位置に座っていた二十代半ばほどの青年が、「はい！」と勢いよく立ち上がった。

桜井と青年の視線が合う。桜井が軽く微笑むと、緊張でこわばっていた青年の表情がかすかに緩んだ。お互いに会釈をして椅子に腰かける。

「編成は以上。それでは牧本課長、お願いいたします」

柳田は、葛飾署刑事課の課長である牧本に視線を送る。名指しされた牧本は顔をこわばらせながら立ち上がった。特別捜査本部の第一回捜査会議において、事件内容の説明をするのは所轄署刑事課長の仕事だ。しかし、所轄署にとって自らの署に特捜本部が設置されることなど、数年に一回程度の出来事で慣れてはいない。しかも捜査一課長をはじめ、本庁刑事課の幹部たちが顔をそろえている。緊張するのも当然だった。

「えー、それでは説明させていただきます。えっとですね、発生日時は……」

たどたどしく牧本が説明しはじめるのを聞きながら、桜井はひな壇に立てかけられた、黒く縁どられた写真に視線を移す。そこには、髪を明るい茶色に染めた若い女性が写っていた。今回の事件の被害者である北野聡美だった。

ホトケの写真を飾ることで、その無念を晴らそうという気持ちを捜査員に常に持たせる。そのために、捜査本部にはこうして被害者の写真が置かれる。

写真の中で屈託ない笑みを浮かべる被害者の姿を眺めつつ、桜井は事件の全容を反芻する。

事件が発覚したのは、昨日の午後三時過ぎだった。場所は葛飾区京成立石駅から徒歩十五分ほどの住宅地にある廃屋。放課後に友人とかくれんぼをしていた近所の小学生が、その廃屋へと入り込んだところ、玄関に女性が倒れているのを発見し、すぐに家に戻って母親にそのことを伝えた。子供の冗談だと聞き流していた母親だったが、あまりにも息子が怯えているため確認しにいくと、死亡している女性を発見して悲鳴を上げながら家に逃げ帰り、一一〇番に電話をした。

通報により最寄りの交番から駆けつけた巡査は、女性の死亡を確認。さらに、頸部に赤い跡があるのを見て殺人の疑いが強いという報告を上げた。その情報は即座に、桜田門にそびえ立つ警視庁本部の六階にある、現場資料班の部屋へと伝わり、その後、葛飾署刑事課課長である牧本から現場資料班に、「おそらく殺人だと思われる」という報告が正式に入った。それにより、現場資料班を直轄する庶務担当管理官が即座に現場に赴き、状況から殺人事件と断定、捜査一課長と理事官へと連絡が流れた。そして、彼らが現場へ向かうと同時に在庁番であった殺人班第七係に出動命令が下された。

そこまでは、一般的な殺人事件の流れだ。しかし、事態が一変したのは捜査一課長が臨場してからだった。警視庁捜査一課のトップに立つ一課長は代々、ノンキャリアで長く捜査一課刑事を務めたたたき上げの者のポジションだ。現在の捜査一課長、左近勝も二十年以上、殺人班の刑事として経験を積んできた猛者だった。部下である理事官、庶務担当管理官とともに現場を視察していた彼は、鑑識の一人が証拠品としてビニール袋に入れて保管したある物を目にした。それを見た左近は、すぐに今回の事件が一般的な殺人事件ではないと判断し、特別捜査本部の設置を決定したのだった。

しかし、うちの班が昨日、在庁番だったのは運が良かった。おかげで、また『あの事件』を調べることができる。あごを引いた桜井は、口角を上げながら正面のひな壇を見る。すでに牧本による報告は終わり、さらに初動捜査にあたった機動捜査隊管理官の報告、捜査一課長の挨拶へと進んでいた。

一通り、型通りの手順が終わると、殺人班第七係の担当管理官である有賀がゆっくりと立ち上がった。今回の捜査では、実質的に彼が指揮を執ることになる。

「昨日現場で見つかったものだが、鑑識に夜を徹して確認してもらった」

有賀はひな壇の後ろにあるホワイトボードに二つの写真を貼った。一つは昨日、現場で撮られた写真、そしてもう一つは二十年以上、倉庫で眠っていた写真。

「筆跡などから、この二つは同一人物によって作成されたものである可能性が極めて高い」

部屋の空気がざわりと揺れた。

「そうだ。二十八年前に起こった折り紙殺人事件。五人もの子供が犠牲になりながらホシを挙げられず、警視庁の汚点となったあの事件と関係しているかもしれないんだ」

雄たけびのようなざわつきが部屋に広がっていくのを、桜井は腕を組みながら眺める。

昨日現場で発見されたもの、それは折り紙殺人事件の際、犯人が現場に残した折り紙とまったく同じものだった。二十八年前、捜査一課の係長として捜査にあたっていた左近はすぐにそれに気づき、今回の事件が一般的な殺人事件とは異なると判断していた。

「まあ、そういきり立つな」

有賀は掌を突き出して、興奮している捜査員たちをたしなめる。

「今回の事件が千羽鶴による犯行とは限らない。たしかに、人気のないところで女性を絞殺するという手口は似ているが、ガイシャの年齢が違うし、なにより二十八年も経っている。なので、基本的な捜査方針は従来の事件と同様、地取り、鑑、ブツで情報を集めていく」

興奮に水を差された捜査員たちの間から、かすかに不満の声が上がる中、有賀は「ただし……」と続けた。

「万が一、千羽鶴がホシだとしたら、これは大きなチャンスだ。二十八年前、捜査一課に、いや警視庁についた汚点を我々の手で濯(そそ)ぐことができるのだから！」

冷えていた場の空気が一気に沸騰する。

「うまいなぁ。さすがは有賀さん」

前方に座る捜査員たちの顔が紅潮していくのを眺めながら、桜井は皮肉っぽくつぶやいた。

九人いる捜査一課管理官の中には、キャリア組の者もいるが、第五から第八の四つの殺人班を束ねる有賀は、現場たたき上げのノンキャリアだった。現在の捜査一課長、左近がまだ殺人班の係長だった時代、主任として彼を支え続けた。それだけに刑事たちの生態を知り尽くしている。そして彼らをうまく操り、事件解決へと導いていくのだ。

左近さんの後釜(あとがま)を狙っている有賀さんにすりゃ、今回の事件はまさに棚ぼただろうねえ。もし、二十八年前のヤマのホシまで挙げられりゃ、次期捜査一課長の椅子がぐっと近づくだろうし。

桜井がどこか冷めた気持ちで眺めるなか、有賀は政治家の選挙演説のように熱く語り続ける。

「千羽鶴がホシなら、なぜ二十八年間も沈黙していたのかを調べ上げることが重要だ。病気で動けなくなっていた、他の犯罪で収監されていた、どこか違う土地に行っていた。様々な理由が考えられる。折り紙殺人事件の際、疑いをかけられた人間を徹底的に洗い、その中でいま挙げた条件に合う人物を見つけ出す。一般的な捜査と並行して、そちらも調べ上げていく。いいな！」

捜査員たちの「おう！」という声が会場の空気を揺らす。

こういう暑っ苦しいの、苦手なんだよなぁ。桜井は苦笑しつつ、右手を大きく挙げた。

「くり返すが、同一犯だとしたら二十八年ぶりに犯行を再開した明確な理由があるはずだ。それを見つけ出すことこそ、ホシに近づく近道に……、なんだ？」

拳を握りしめて語っていた有賀は、手を挙げている桜井に気づいて顔をしかめる。

「ああ、話の腰を折ってすみません」後頭部を掻きながら桜井は緩慢に立ち上がった。「ホシが犯行を再開した理由ですが、それについてちょっと気になることがありましてね」

「桜井さん、いまは管理官が話しているんだ。あとにしてくれよ」

係長の柳田が苦虫を嚙み潰したような顔で言う。直属の部下でありながら、自分より二歳年長の桜井は、柳田にとっては目障りな存在だった。怒りと嫌悪がその口調に滲んでいる。

「すみませんね、係長。けど、管理官のお話が終わったら解散でしょ。そして、一課長はなかなかこの帳場には来られなくなる。だから、その前にちょっとお伝えしておきたいんですよ」

悪びれることなく桜井が言うと、柳田は大きく舌を鳴らした。

「いい加減に……」

怒鳴りかけた柳田を、有賀が片手を挙げて制すと「言ってみろ」と、あごをしゃくった。

「えーっとですね、実は昨日の未明に水城穣さんがお亡くなりになっているんですよ」

「水城？　誰だそれは？」柳田が吐き捨てるように言った。

「昔、捜査一課にいた鬼刑事ですよ。管理官はご存じですよね」

「……ああ、知っている」有賀が小さく頷く。「班は違ったが、同じ時期に捜査一課にいたからな。そうか、水城さんが亡くなっていたのか。けど、それが今回の事件となんの関係がある？」

「二十八年前、水城さんは必死に千羽鶴を追っていました。そして、ホシを挙げることなく捜査本部が解散になったあとも、あの人は専従班として事件を追うことを強く希望しました」

「……私が知っているのは、あの事件のあと、水城さんが退職したことぐらいだ」

「それは、警察を辞めてでも、千羽鶴を追い詰めようと思ったからです」

「水城さんがそう言ったのか？」

「いえ、私の想像です」

有賀の頰の筋肉が引きつった。捜査員たちの中から失笑が漏れる。

「おい、桜井さん、いい加減にしてくれ。その水城って人と今回のヤマ、いったいどんな関係があるって言うんだ？」

柳田が苛立ち（いらだ）を言葉に乗せてぶつけてきた。

「いやあ、退職してまで千羽鶴を追った元刑事、その人が亡くなった日に、二十八年ぶりに犯行が再開された。これが偶然だと思いますか？」

「……さっき言ったように、今回のホシが千羽鶴と決めつけるのはまだ早い」

有賀の指摘に、桜井はかぶりを振った。

「いやあ、これは九割方、千羽鶴のヤマですよ。少なくとも単なる模倣犯じゃない。今回のホシは、折り紙殺人事件となんらかの関係があるはずです」

「……その根拠は？」

「根拠ですか……」桜井はこめかみを掻く。「そうですねぇ。刑事の勘ってやつですかね」

有賀の薄い唇に、嘲（あざけ）るような笑みが浮かんだ。

「お前の勘だけを根拠に捜査をしていられるか。分かったら、おとなしく座っておけ」

「はいはい、申し訳ございませんでした」

肩をすくめた桜井が椅子に腰を戻したとき、腕を組んで黙り込んでいた左近捜査一課長が「まあ、待て」とつぶやいた。この特捜本部の最高責任者にして、日本最大の犯罪捜査組織である警視庁捜査一課のトップに立つ一課長の言葉に、場の空気が張り詰める。

「班こそ違ったが、私も水城と同時期に捜査一課にいた。だから、あの男のことは知っている」

そこで言葉を切った左近は、刃物のように鋭い視線を桜井に向けてきた。

「あの男が、千羽鶴を追い続けていたというのは間違いないか」

「そう思います。でなければ、刑事であることになにより誇りを持っていた水城さんが退職なんてするわけない」

「なるほど、その水城が死んだ当日に、奴が追っていたホシが二十八年ぶりに動いたかもしれないってことか。なかなか面白い話だ。少しは当たってみる価値もあるかもしれんな」

肉食獣を彷彿させる危険な笑みを浮かべる左近のセリフに、有賀と柳田が目を剝く。

還暦も近いっていうのに、さすがは一課長。まだまだ現役ですねぇ。桜井は内心でつぶやいた。

「ただし」左近は腹の底に響く声で言う。「明白な根拠があるわけでもないネタに、うちの優秀な刑事たちを使うわけにはいかない。それは分かるな」

「はい、分かります」桜井は頷く。

「なら、この話はもう終わりだ。黙って有賀の話を聞いていろ」

「承知しました。申し訳ありませんでした」

慇懃に言うと、数人の同僚が小馬鹿にするような表情を浮かべて振り返った。桜井がおどけるように肩をすくめたのを見て、毒気を抜かれた彼らは、つまらなそうに正面に視線を戻す。

「それでは、話を続ける。まずは……」

有賀が捜査の具体的な指示を出していくのを聞きながら、桜井は背もたれに体重をかけて天井を見上げた。

「以上、解散」

柳田の会議終了の号令とともに、何十という椅子が引かれる音が響き渡る。席を立った刑事たちは、ペアを組む相手に近づき、そして自分たちが指定された捜査へと向かう。

桜井が座っている席の近くにある長机を組み合わせて作られた『島』には、地取りを指示された捜査員たちが集まっていた。これからデスク主任が地割りを行い、どの地域を誰が担当するか決めていくのだ。

捜査員たちがせわしなく動き回る中、桜井は後頭部で両手を組んだまま、ついさっきまで幹部たちが座っていた正面のひな壇を眺めていた。

「あの……」

遠慮がちな声をかけられ、我に返った桜井は横を向く。そこにはスーツを着た若い男が立っていた。組割りの際、桜井とのペアを命じられた青年だった。

「ああ、ごめんねボーッとしてて、えっと……」

「湊です。湊光基（こうき）といいます。よろしくお願いいたします」

湊と名乗った青年は、背筋をまっすぐに伸ばすと、つむじが見えるほど深く頭を下げた。

「ああ、いいよいいよ、そんなにしゃちほこ張らないで。とりあえず、座って」

桜井が隣の席を指さすと、湊は「失礼します！」と覇気のこもった声で言って隣に腰かける。

「いやあ、しかし若いねえ。いま、いくつなの？　刑事になってどれくらい？」

「二十五歳です。半年ほど前、葛飾署刑事課に異動してきました」

「なるほど、まだ刑事になって半年か。それじゃあ、特捜本部に参加するのははじめてかな？」

「はい、はじめてです。若輩者ですが、ご指導ご鞭撻（べんたつ）、なにとぞよろしくお願いいたします」

「体育会系だねぇ。最初から気合入れすぎるともたないよ。特捜の帳場を立ち上げるような事件の場合、かなりの長期戦になることも少なくない。まあ、マイペースでやっていこうよ」

桜井に軽く背中を叩かれた湊は、拍子抜けしたような表情を浮かべた。

「はい。でも、なぜか自分たちだけ管理官から指示を受けていないんですが……」

湊の言うとおり他の組はすべて、有賀からなんの捜査をするのか具体的に指示されていた。しかし、桜井たちに対する指示だけは最後までなかった。

「ああ、いつものことだから気にしないで」

「いつものこと？」湊は訝しげに聞き返す。

「そう、私にはいつも具体的な指示はないの。指示したところで、私が勝手に全然違う捜査をするから呆れられてね。最近じゃあ、ほとんど無視されてる感じ。まあ、好きにしていいから、運よく目ぼしい情報を手に入れたときだけ報告しろっていうところかな」

桜井が唇の端を上げると、湊は「はぁ……」と生返事をする。

「簡単に言えば私たちは全然期待されていないってこと。そう思えば、緊張も解けるでしょ。だからさ、肩の力を抜いていこうよ」

桜井はもう一度湊の背中を叩くと、腰を上げた。

「それじゃあ自分たちはなにをすればいいんですか。なんの指示もなしで、どう動けば……」

「なに言っているの、指示はあったよ。管理官よりもずっと上からね」

「管理官より上、それって理事官か……」

湊は無人になったひな壇の中心に置かれた、捜査一課長が座っていた椅子を見る。

「そう、左近さん。捜査一課長から直々のご命令に、下っ端の刑事である私が逆らうわけにはいかないでしょ。ということで、とりあえず水城さんについて調べてみよう」

「けれど、一課長は根拠のないネタに人員を割けないって……」

戸惑い顔の湊の前で、桜井は人差し指を左右に振る。

「違う違う、左近さんは正確には『うちの優秀な刑事たちを使うわけにはいかない』って言ったの。裏を返せば、『うちの優秀でない刑事なら使う価値がある』っていうことさ」

湊が「あっ」と声を上げると、桜井は得意げに鼻を鳴らした。

「さて、優秀でない刑事の底力、見せてやろうかね」

2

「あの、これからどこに行くんですか？」

我慢できなくなった湊は、少し前を歩く丸まった背中に声をかける。スマートフォンの画面を眺めながら歩いていた桜井は足を止めた。

「いやあ、ちょっとね……。この辺りのはずなんだけど、どうにもこの地図アプリってやつがうまく使えないな。やっぱり、私は紙の地図みたいなアナログの方が相性いいみたいだねえ」

桜井はコリコリとこめかみを掻く。

捜査本部をあとにした湊は桜井とともに、電車を乗り継いで巣鴨(すがも)までやってきていた。三田線巣鴨駅を出てから十五分ほど、スマートフォンの地図アプリを開きながら歩く桜井の後ろを追っていたが、数分前から同じ場所をぐるぐると回っている気がする。

「住所、教えていただいてもいいですか？」

湊はこれ見よがしにため息をついた。桜井がポケットからメモ用紙を取りだす。

「えーっとね、豊島(としま)区巣鴨……」

湊は自分のスマートフォンを操作して、目的地までの道順を確認すると、「分かりました、こっちです」と近くの路地へと向かって歩いていく。

「おお、さすがは若者だね。文明の利器を使い慣れている」

「……桜井さん、そろそろここに来た理由を教えていただけませんか」

葛飾署を出てから、何度も同じ質問をくり返しているが、その度に「着いてからのお楽しみだよ」とはぐらかされていた。

「そんなカリカリしなさんなって。もちろん、今回の事件の手がかりを探すんだよ」

「手がかりを探すなら、現場に行くべきじゃないんですか」

「それは、地取り班が一生懸命やっているでしょ。せっかく遊軍として自由に動けるんだから、その利点を有効活用して、ちょっと違う角度から捜査をしないと。まずは一課長の指示通り、水城さんの件を探ってみようよ」

「その元刑事について探るのに、どうして巣鴨に来る必要があるんですか?」

「すぐに分かるよ。それで、目的地はまだかな?」

「……そこですよ」

湊は路地を出たところで足を止めた。錆（さ）びが目立つ鉄柵（てっさく）の門扉の向こう側に、平屋の古びた小さな日本家屋が見える。表札には『井ノ原』と記されていた。

「ああ、ここだここだ。ありがとうね」

桜井が門扉のわきについているインターホンを押す。軽い音が響くが、返事はなかった。

「留守ですかね？」

湊の問いに答えることなく、桜井はインターホンを連続して鳴らした。やがて、根負けしたように『誰だ？』という声が聞こえてきた。

「お久しぶりです、井ノ原（いのはら）さん。向島署刑事課でお世話になった桜井です。桜井公康、おぼえていらっしゃいますか？」

『桜井？』訝しげな声が返ってくる。『あの桜井か。いったいなんの用だ？』

「ちょっと訊きたいことがありましてね。上がらせていただけませんか？」

『質問なら、そこからでもできる』

「いいえ、できません」桜井は声をひそめる。「誰かに聞かれるわけにはいかない質問なんですよ」

　インターホンの向こう側から、迷っているような気配が伝わってくる。数瞬の沈黙ののち『……待ってろ』という声が聞こえてきた。やがて、玄関扉が軋みを上げながら開いていった。

「上がれ。たいした歓迎はできないがな」扉の向こう側に立つ白髪の老人があごをしゃくる。

「それではお言葉に甘えてお邪魔します」

　桜井は門扉を開き、短い石畳の上を歩いて玄関へ近づいていく。湊も慌ててその後を追った。

「どうもどうも、井ノ原さん、お久しぶりです。いやあ、お変わりないですね」

　桜井が愛想よく言うと、井ノ原と呼ばれた老人は虫でも追い払うように手を振った。

「相変わらず調子のいい奴だな。何がお変わりないだ、この髪を見ろよ」

　ほとんど色が残っていない髪を掻き上げる井ノ原を、湊は観察する。年齢は七十歳は越えているだろう。顔にはしわとシミが目立ち、酒の飲み過ぎのせいなのか鼻がやけに赤い。腰が曲がり、片手には杖が握られていた。全体的には弱々しい印象だが、腫れぼったい瞼の奥の双眸だけは、獲物を狙う猛禽類のような鋭さを孕んでいる。

「で、こっちは？」井ノ原がじろりと湊を睨む。

「葛飾署刑事課の湊君ですよ。いま私と一緒に捜査に当たっているんです」

　桜井が軽い口調で湊を紹介すると、井ノ原の目つきが鋭さを増した。

「本庁一課のお前が所轄のデカと組んでるってことは、帳場が立っているってことだな」

捜査本部のことを『帳場』という警察内の隠語で呼んだことで、湊はこの目の前の老人が警察関係者であることを確信する。

「で、俺のところに来たってことは……」

曲がっていた井ノ原の腰が伸びていく。その華奢な体が一回り大きくなったように見えた。

「まあまあ、詳しい話は奥でゆっくりしましょうよ。上がらせてもらっていいですか？」

「相変わらずだな。ほれ、こい」

あごをしゃくった井ノ原は、廊下の奥へと進んでいく。湊は「お邪魔します」と革靴を脱ぐと、桜井とともに井ノ原についていく。板張りの廊下の隅には、うっすらと埃が溜まっていた。

井ノ原はわきにあった襖を開ける。そこには、六畳ほどの和室が広がっていた。部屋の隅には布団が敷かれ、中心にはちゃぶ台がある。その上には急須、湯飲み、ポット、そしていくつかのレトルト食品が並んでいた。

井ノ原は「座れ」と座布団を押し付けてくると、部屋を出てから湯飲みを二つ持って戻ってきた。急須に湯を注いで茶葉を軽く蒸らすと、井ノ原は適当に湯飲みに注いで湊たちの前に置く。

「出涸らしで悪いな。ほとんど客なんて訪ねてこない独り身なんでね」

「奥様はどうされたんですか？」

両手で湯飲みを持ちながら桜井が訊ねると、井ノ原は自虐的に鼻を鳴らした。

「女房なんてずっと前に、子供連れて出て行っちまったよ。まあ、デカの宿命ってやつかな」

「やっぱり元刑事さんだったんですね」

勢い込んで言う湊を、井ノ原がぎろりと睨む。その迫力に、湊は思わず目を伏せてしまう。

「桜井。このガキ、そんなことも知らずについてきたのか」

「いやあ、すみません。私がなにも説明しなかったもので」

桜井は悪びれる様子もなく頭を掻く。

「湊君、こちらは井ノ原さん。もと向島署刑事課の刑事で、私の先輩だよ。そして、折り紙殺人事件のスペシャリストでもある」

「スペシャリスト……」

「そうだよ。捜査本部が解体されたあとも、ずっとあのヤマを追い続けた専従班の一人だ」

「おい」井ノ原が野太い声を上げる。「俺のことなんてどうでもいい。さっさと本題に入れ」

「ああ、すみません。けど、まずはこれをどうぞ」

桜井は駅前の和菓子屋で買って来た菓子折りを井ノ原に差し出す。

「……ったく、本当に食えない男だな」

毒気を抜かれたのか、かすかに表情を緩ませて菓子折りを受け取った井ノ原は、乱暴に包装紙を破り捨てると、中に入っていた最中を取り出して齧った。

「で、どうしてここに来た。……五人目のホトケが出たのか？」

五人目のホトケ、二十八年前、唯一遺体が見つかっていない乳児のことだろう。井ノ原の口調には、わずかな期待が滲んでいた。

「いいえ、違います。陣内桜子ちゃんの遺体が見つかったわけではありません」

桜井が答えると、井ノ原は悔しそうに「そうか……」と頭を振った。

「せめて、遺体だけでも見つけて成仏させてやりたかったんだけどな。ただ、よく考えりゃ当然か。ずっと前に時効が成立しちまった事件のホトケが出たところで、帳場が立つわけがないよな……。それで、なんの用だ？　俺のところに来たってことは、二十八年前のヤマとなにか関係があるんだろ」

「千羽鶴がまたやったかもしれません」

桜井はあごを引くと、押し殺した声でつぶやく。湊は耳を疑った。

今回の事件が、連続幼女殺人事件と同一犯の可能性があるのは機密事項だ。いくら相手が元刑事とはいえ、話していいようなことではない。

桜井を咎めようと湊が口を開きかけるが、その前に大声が部屋の壁を揺らした。

「本当か!?」身を乗り出した井ノ原は、桜井のコートの襟を鷲掴みにする。

「落ち着いてくださいって。まだ可能性の段階ですよ。血圧上がりますよ」

桜井がぱたぱたと手を振ると、井ノ原は襟を放した。その目は血走り、息は乱れている。

「どうして同一犯かもしれないなんていう話が出てきた？」

桜井に顔を近づけながら井ノ原が訊ねる。桜井は無言でかすかに口角を上げた。

「……なるほど、折り紙か。また現場にあれが落ちていたんだな」

探るように井ノ原が言うと、桜井は胸の前で両手を合わせた。

「ご名答。昨日殺害された二十代の女性のそばで、あれが発見されました。鑑識によって筆跡などが調べられ、高い確率で同一人物が作ったものだと判定されました」

「ちょっと、桜井さん。それは……」

たまらず湊が口を挟むと、「大丈夫、大丈夫」と桜井が背中を叩いてきた。

「井ノ原さんはうちのOBなんだよ。マスコミに垂れ込んだりしないさ。それにね、事件のあとも時効まで、必死に千羽鶴を追っていたんだ。きっと、重要な情報が聞けるよ」

湊は「はぁ」と曖昧に答える。桜井の言葉に納得したわけではないが、すでに井ノ原に情報を渡してしまっている。いまさら文句を言っても仕方がなかった。

「情報か」井ノ原は鼻を鳴らす。「専従班が調べた内容なら、俺みたいな老いぼれに訊かなくても、資料に全部書いてあるだろ。そっちを見ろよ」

「その資料は、他の特命班が当たるはずです。ただね、私が欲しているのは、十年以上ホシを追い続けた刑事の生の声なんですよ。そっちの方が、資料に書かれた無味乾燥な文字の羅列より何倍も役に立つ。だから井ノ原さん、教えてください。捜査本部が解散してから専従班がどのような捜査をし、どれだけホシに近づいていたのか」

桜井はあごを引くと、上目遣いに井ノ原を見る。井ノ原は、気怠そうに口を開いた。

「答える前に聞きたいことがある。捜査本部は今回のヤマ、千羽鶴の犯行だと考えているのか」

「いまのところ、その可能性も否定できないぐらいに考えていますね。まあ、妥当な判断でしょう。前の事件から、二十八年も経っているわけですからね」

「ただ、お前はホシが千羽鶴だと思っている。そうだな」

「そうですね。その可能性が極めて高いと思っています」

「その根拠は？」井ノ原がずいっと身を乗り出す。

「特にはありません。しいて言うなら私の勘ですかね」

桜井は湯飲みを戻した。

「ただですね、特捜本部設置が決定してすぐ、私は現場に行きました。ガイシャの顔を見て、その周囲を徘徊するうちに感じ取ったんですよ。二十八年前とまったく同じ『残り香』、ホシが現場に残していくオーラみたいなものをね」

どう言い換えようと、しょせんは単なる勘じゃないか。湊が内心で呆れていると、井ノ原がふっと相好を崩した。

「まあ、お前の勘は当たるからな」

目を大きく見開く湊の前で、井ノ原は唇の端を上げながら桜井を指さす。

「おいおい、兄ちゃん。そんな驚くなって。この男はこんな見た目して、刑事としては一流なんだ。これまで、でかいヤマをいくつも解決してきてるんだよ。そうじゃなきゃ、上の指示も聞かずにへらへらしているこの男が、本店の捜査一課にいられるわけがねえだろ」

湊が「はぁ」と声を漏らすと、井ノ原は表情を引き締めた。

「お前の勘が正しいなら、千羽鶴は二十八年ぶりに動いたってことになる。なんで、そんなに長い間、沈黙してた？」

「そう、それこそが千羽鶴に近づく手がかりです。その点について、井ノ原さんのご意見を聞くのが、こちらに伺った目的の一つなんですよ。なにか思い当たることはありませんか？」

質問を返された井ノ原は腕を組み、数十秒間黙り込んだあと話しはじめた。

「専従班が注目したのは、事件が途絶えたことだった。なぜ千羽鶴がコロシを止めたのか、怪我や負傷、別の罪状での逮捕などを考え、その条件に当てはまる奴らをしらみつぶしに当たった」

「今回の捜査本部でも、その条件に当てはまる人物をあらためて洗い出す予定です」

桜井が答えるのを聞いて、湊が「あの……」と口を挟む。

「十分に殺したから満足した、という意見もあったと思ったんですが、それについては……」

井ノ原から冷たい視線を浴び、言葉が尻すぼみになっていく。

「おい、兄ちゃん。デカのくせに間の抜けたこと言ってるんじゃねえよ。あのホシが満足なんてするわけねえだろ。何のために千羽鶴が、年端もいかない子供を殺したと思っているんだよ」

「何のためって……」

湊が答えに詰まると、井ノ原は大きく舌を鳴らした。

「快楽のために決まってるだろ。千羽鶴は子供を絞め殺すことで、最高の快感をおぼえていたんだよ。奴にとっちゃ、コロシは麻薬みたいなものだ。どれだけくり返しても満足なんてしねえ。

それどころか、止めたら禁断症状で苦しむことになる」

　抑揚なく井ノ原が語る内容は生々しく、湊は音を鳴らして唾を呑む。

「逆に言えば、犯行が止まったってことは、千羽鶴は大きなトラブルに見舞われたってことだ。ただ、二十八年も間を置いて犯行を再開したと仮定したら、怪我や病気って線は考えにくいな。普通に考えりゃ他のコロシで無期懲役を食らって、最近仮釈放になったってところか」

「たしかにそうですね」桜井は大きく頷く。「ただ、そちらの『普通』の方は、他の班が調べてくれるはずです。私としては、『普通ではない』可能性を当たっていきたいと思っています」

「普通ではない可能性？　具体的にはどんなことだよ。さっさと本題に入れ」

「水城さんをおぼえていますか？　二十八年前、私とペアを組んだ本庁捜査一課の刑事です」

「ああ、あの偏屈な男か。覚えているよ。捜査会議のとき、よく幹部に突っかかっていたな」

「昨日の未明、水城さんは亡くなりました。癌でした」

「……そうか。俺と同年代だったな。まあ、これくらいの歳になれば、そういうこともあるさ」

「水城さんは、折り紙殺人事件にこだわっていました。捜査本部の解散が決まったとき、専従班に参加させて欲しいと上層部に直訴したほどです」

「その話は聞いていたよ。そして、専従班入りを却下されたら、すぐに退職したらしいな」

「そうです。きっと水城さんは一人で千羽鶴を追っていた。その水城さんが亡くなった当日に、二十八年ぶりに千羽鶴が動き出した。私にはとても偶然とは思えません」

「偶然じゃないなら、なんだって言うんだ？　いい加減、お前が本当に訊きたいことを教えろ」

　井ノ原が手にしていた最中を口に放り込む。

「それでは単刀直入にうかがいます。帳場が解散したあと、水城さんは専従班に接触してきませんでしたか？」

「あの男が専従班に？」

「一人で千羽鶴を追っていたとしたら、専従班の情報は喉から手が出るほど欲しいはず。接触をはかるのが当然です」

井ノ原は咀嚼していた最中を呑み込むと、首を横に振った。

「いや、接触はなかった。帳場がばらけて以来、あの男と顔を合わせたことはない」

「他の専従班捜査員とコンタクトを取っていた可能性は？」

「ないな。そんなことがあれば、俺の耳に入っていたはずだ」

井ノ原ははっきりと言い切る。桜井は「そうですか」とつぶやくと、湯飲みに残っていた茶をあおって立ち上がった。

「すみません、井ノ原さん、長居をしてしまい。そろそろお暇しますね。湊君、行くよ」

桜井に促された湊は慌てて座布団から腰を上げる。

「おいおい、待てよ」井ノ原は芝居じみた仕草で両手を広げた。「訊きたいこと訊いたら、もう用はないってか。ちょっとはこっちにも、どういうことか説明しろよ。水城が俺たちに接触してこなかったらなんだっていうんだ」

桜井はあごを撫でたあと、指を二本立てた。

「二つの可能性があります。一つは私の予想が外れていて、水城さんはたんに心が折れたから警視庁を退職しただけだった。この場合、千羽鶴を追っているわけではないので、専従班と接触する必要はありません」

「もう一つの可能性は？」

「水城さんが専従班の情報を必要としていなかったという可能性です」

「どういう意味だ？」井ノ原の白い眉がピクリと上がった。

「水城さんは最初から、千羽鶴に繋(つな)がる極めて有力な情報を摑んでいた。だから、専従班の情報を必要としていなかった」

「そんな情報を摑んでいたなら、どうして俺たちに情報を渡さなかった⁉　どうして最後まで、あの男は千羽鶴を挙げられなかったんだ！」

　自分たちより水城の方が犯人に近づいていたという仮説が神経を逆撫でしたのか、井ノ原は声を荒らげる。桜井は「そう、そこが分からないんですよ」とつぶやくと、視線を彷徨(さまよ)わせた。

「なにか有力な情報を摑んでいたら、それを専従班に伝えた方がホシを挙げられる確率は上がったはずだ。なのにそれをせず、時効を迎えてしまった……。もしかしたら、水城さんになにか、情報を他人に漏らせない理由があったのかもしれない」

　ぶつぶつと桜井はつぶやき続ける。

「もしかしたら、水城さんとホシの関係が、単純に追う者と追われる者ではなかったのかも。もっと複雑な関係。だからこそ、水城さんが亡くなってすぐに犯行を再開した」

　桜井は虚(うつ)ろな目を天井に向けた。

「いったい、水城さんは何を知っていたんだ？　水城さんとホシに、どんな関係があった？」

　憑(つ)かれたかのように喋(しゃべ)り続ける桜井に、井ノ原が呆れ顔で「おい！」と声をかける。桜井の瞳(ひとみ)が焦点を取り戻した。

「すみません。ちょっと考えごとをして……」

　愛想笑いを浮かべながら桜井が頭を搔くと、井ノ原は大きく舌を鳴らした。

「他人の家に上がり込んどいて、自分の世界に入り込むんじゃねえよ」

「面目ありません。いやあ、色々と参考になりました。それじゃあ、そろそろ本当に失礼しますね。夜の捜査会議に間に合わなくなるといけないので」

桜井が襖を開けて出ていこうとすると、井ノ原が「待て」と声を上げた。

「最後に一つだけ、専従班としてあのヤマを追った俺がアドバイスしてやる。五件目だ、五件目の事件を徹底的に洗え」

「五件目というと、陣内桜子ちゃんが誘拐された事件ですね」

「ああ、そうだ」井ノ原が大きく頷いた。「その前の四件と、あの事件はまったく毛色が違った。そして、あの事件を境に犯行は止まった。そこにこそ、千羽鶴に近づく手がかりがあるはずだ」

「具体的には、五件目のなににについて調べるべきなのか、ご意見はありますか」

井ノ原は一度大きく息を吐くと、「遺体だ」と小声で言った。

「いまだに発見されていない、五人目のガイシャの遺体。それさえ見つかれば、きっとホシの正体が浮かび上がってくる」

「その根拠は？」

「デカとしての俺の勘だよ」

井ノ原はしわの多い顔に皮肉っぽい笑みを浮かべた。

「なるほど、とても参考になりました。それでは今度こそ失礼いたします」

慇懃に頭を下げた桜井とともに、湊は井ノ原家をあとにする。

「五人目の遺体……か」駅に向かって歩いていると、桜井がぼそりと言った。「たしかに、それが見つかったらホシに大きく近づく可能性があるような気がするねえ。どこにあるのやら」

「見つけるのは難しいんじゃないですか。二十八年間も発見されていないんですから」

「そうだけど、できれば見つけて弔ってやりたいね。そうじゃなきゃ、成仏もできないだろ。たったの一歳だったっていうのにさ」

湊が「そうですね」と返事をしたとき、シックなジャズミュージックが聞こえてきた。足を止めた桜井が、コートの懐から着信音を鳴らすスマートフォンを取りだす。

「おや、知らない番号だね」

ディスプレイを見てつぶやいた桜井は、「はいはい、桜井ですけど」とスマートフォンを顔の横に当てる。

「ああ、千早さんですか。これはどうも。いやあ、わざわざ連絡していただいて、申しわけないんですが、急に捜査に駆り出されてしまって水城さんのお葬式に行くのは難し……」

そこで言葉を切った桜井は、目をしばたたかせた。

「え？　水城さんの愛読書？　あの、なんの話でしょうか？」

訝しげな表情で通話をする桜井を、湊は手持無沙汰で待ち続けた。

3

深く昏い場所から意識が浮かび上がってくる。「ううっ」と小さくうめきながら、水城千早は瞼をゆっくりと上げた。薄闇の中、見覚えのない天井が見えてくる。

「ここは……」

無意識につぶやいた瞬間、「私の部屋」という声が返ってきた。慌てて上半身を起こした千早は声がした方を見る。

「おはよ。と言っても、もう夕方だけど」

フローリングの床に敷かれた布団の上で、紫織がジャージ姿で胡坐をかいてスマートフォンを眺めていた。

「紫織!?　なんで……？」

混乱した千早がこめかみに手を当てると、紫織は立ち上がって蛍光灯を点けた。漂白された光が部屋を映しだす。眩しさに目を細めながら、千早は辺りを観察する。

よく整頓された八畳ほどの部屋。デスク、ローテーブル、カーペット、化粧台などの家具はモノトーンで統一され、落ち着いた雰囲気を醸し出している。壁の一面全体を覆い尽くす本棚の大部分は病理学の専門書で占められていた。

たしかに、紫織の部屋のようだ。けど、なんでここに……？

落ち着いてくるにつれ、昨夜からのことが頭の中に蘇ってくる。

昨夜、燃え上がる実家から紫織とともに命からがら逃げだした千早は、駆けつけた消防隊により救助された。隊員たちはすぐに放水による消火活動を開始したが、天へと昇る巨大な火龍と化した炎の勢いはすさまじく、実家はみるみる焼け崩れていった。

鎮火を見届ける前に、千早は紫織とともに救急車で近くの救急病院に搬送された。幸い、二人ともほとんど火傷を負っておらず、二階から飛び降りた衝撃で千早が足首を捻挫した程度で済んだ。ただ、数時間経過してから気道熱傷の症状が出る可能性もあるということで、朝まで救急部のベッドで経過観察となった。

搬送から数時間すると、消防庁の火災原因調査員がやってきた。彼の話によると、消防隊到着から一時間ほどで鎮火できたものの、実家は跡形もなく全焼してしまったということだった。

生まれてからの十八年間を過ごした家が消えてしまったことにショックを受ける千早に向かって、調査員はこう訊ねた。

「最近、なにかトラブルに巻き込まれたりしていませんか？」

意味が分からず、「どういうことですか？」と質問を返すと、調査員は声をひそめた。

「現場検証は朝になってから行うので、まだ断定できませんが、今回の件は放火の疑いが強いです。あれだけ勢いよく家全体が炎に包まれたことを考えると、化石燃料、おそらくはガソリンなどを大量に家の周囲に撒いたうえで火を放ったと思われます。だとすると、犯人はあなたの家を焼き尽くすという強い悪意を持って放火をしたと思われます」

恐ろしい見立てに怯える千早に、数十分、矢継ぎ早に質問をしていくと、調査員は「現場検証の結果などは、後日お知らせいたします」と言い残して去っていった。すると、入れ替わるように、所轄署の警察官が「話を聞きたい」とベッドに押しかけてきた。さっき、火災原因調査員にすべて話したと言っても、「管轄が違いますので、あらためてお話を聞かせてください」と引き下がることはなかった。結局、警官たちに話を聞かれたり、熱傷による遅発性の症状が生じていないか検査されたりで、一睡もできずに朝を迎えることになったのだった。

早朝、救急医に帰宅可能と診断を受けた千早は、紫織とともに病院をあとにした。前日の未明に父の急変で起こされてからほとんど休息を取れておらず、心身ともに限界を迎えていた。だから、すぐにでも自宅マンションに帰って、休みたかった。しかし、数時間前に火災原因調査員から聞いた「強い悪意を持って放火をした」という言葉が耳から離れなかった。

放火犯は、ただあの家を焼き尽くしたかったのだろうか。もしかして、家でなく、中にいた私を狙っていたとしたら……。

そう考えると身がすくみ、どうしていいか分からなくなった。病院の正面玄関を出たところで千早が立ち止まっていると、紫織が不意に声をかけてきた。「私の部屋に来る?」と。

そうして、タクシーを使って紫織のマンションまでやって来た千早は、パジャマを借りるとベッドに倒れこみ、気絶するように深い眠りについたのだった。

「あの……、ごめん。ベッド借りちゃって」

すべてを思い出した千早が首をすくめると、紫織はひらひらと手を振った。

「気にしなくていい。とりあえずシャワーでも浴びてきたら」

紫織はバスルームの扉を指さす。いきなり押しかけて、シャワーまで借りるのは気が引ける。しかし、昨日から入浴しておらず、さらに燃え上がる家から逃げ出してまでいたので、汗と埃が全身にこびりついて不快だった。

「じゃあ、お言葉に甘えて……」

ベッドを降りた千早は、ナイトテーブルの上に畳まれている自分の服を抱えると、バスルームに向かう。脱衣所で服を脱いで浴室へと入った千早は、頭からシャワーを浴びる。火傷しそうなほどに熱い湯が、全身の汚れを洗い流してくれるのが心地よかった。冷たく固まっていた心が、わずかながらほぐれていく。目を閉じて首を反らし、顔でシャワーを受け止めながら、千早は昨日からの出来事を思い起こす。父の急変の一報を受けたのが、はるか昔のことのように感じられた。


父を喪い、その遺体を解剖し、胃に刻まれたおどろおどろしいメッセージを目撃した。父が元刑事だったことを知り、そして実家に火を放たれて、あやうく命を落としそうになった。

この一日半の間、あまりにもショッキングなことが続けざまに起こった。そして、なに一つ解決していない。これから、どうすればいいというのだろう。

混乱と疲労で忘れていた恐怖、そして哀しみが胸に満ちていく。口から零れる嗚咽をシャワーの音が掻き消していった。胸の中で吹き荒れる、負の感情の嵐がおさまるのを待って、千早はシャワーを止める。浴室から出て柔らかいタオルで全身を拭き、下着を身につけると、千早は鏡を覗き込む。そこには、迷子の子供のような表情をした女が映っていた。

「……なんて顔しているのよ」

千早は両手で頬を張る。パシッという小気味良い音とともに、鋭い痛みが走った。

無理やり表情筋に力を込めた千早は、もう一度鏡を確認する。瞼が少し腫れぼったいが、さっきまでの泣き出しそうな表情は消えていた。

小さく「よしっ」と声を出すと、千早は扉を開けてバスルームを出る。

「シャワーありがとう。紫織も使ったら」

「私は寝る前に浴びたから大丈夫」

こちらに背中を向けたまま、紫織は片手を挙げる。どうやら、まだスマートフォンを眺めているらしい。

「……そう。あのさ、ドライヤー借りてもいい？」

スマートフォンをローテーブルに置いた紫織は、きょろきょろと部屋を見回すと、四つん這いで収納スペースに近づいていく。扉を開けて、その奥を数十秒探ったあと、「ああ、あったあった」と声を上げる。

「あなた、普段どうやって髪を乾かしているの？」

古びたドライヤーを受け取りながら千早が訊ねると、紫織は不思議そうに小首を傾げた。

「髪？　普通にタオルで拭いてるけど」

だから、いつも髪が乱れているのか。呆れつつ千早は髪を乾かしていく。普段使っていないためか、ドライヤーから焦げ臭い温風が吹きつけてきた。顔をしかめながら千早は頭を働かせる。

放火犯が私のことも狙っていたとしたら、自宅マンションに帰るわけにはいかない。けれど、いつまでも親しくもない元同級生の家に居候するわけにもいかない。どこかマンスリーマンションでも借りて、そこに身を潜めようか。

身を潜める？　いつまで？　忌引きが終わったら、また病院での勤務に戻らないといけない。もし、放火犯が私の勤務先まで知っていたとしたら……。

考えれば考えるほど、いかに追い詰められた状況にいるのかが明らかになっていく。

これから、どうしよう？　数分かけて髪を乾かした千早は、うなだれながら「ありがと」と紫織にドライヤーを返す。

「それじゃあ、そろそろこれからどうするべきなのか話し合おう」

まるで胸の内を読んだかのような紫織のセリフに、千早は目を丸くする。

「え？　これからって……」

「このままにしておくわけにはいかない。当分はうちに居候していいけど、それじゃあ根本的な解決にならない。もし昨日の放火の目的が、たんに家を焼くためだけじゃなく、あなたも標的だったとしたら、犯人が捕まるまで安心はできないから」

千早が考えていたとおりのことを口にした紫織は、右手の人差し指を立てた。

「だから、早く私たちで犯人を見つけないと」

「私たちで犯人を!?」声が裏返る。

「なにをそんなに驚いているの？」

「なにをって……。見つけられるわけないじゃない」

「そんなことない。火事になる前に話していたでしょ。水城穣さんは自分の死後、誰かが情報を消し去ろうとすると予想して、胃に暗号を刻むなんて方法を取った。さらにあなたが実家に泊まらないように色々と手配をしていた。つまり、家に火を放たれることを穣さんは予想していたってこと。だとしたら、あの暗号こそ、放火犯が消し去りたかった情報だった。つまり、あの暗号みたいな部分を解読すれば、犯人に繫がる重要な手がかりが得られるはず」

紫織の口調が、じわじわと熱を帯びていく。

「ちょっと待って。父さんはずっと、折り紙殺人事件のことを調べていたのよね。だとすると、昨日、放火をしたのも……」

何人もの子供を殺害した犯人が火を放ったのかもしれない。それどころか、その犯人に自分も狙われているかもしれない。恐怖で舌がこわばり、言葉がうまく継げなくなる。

「そう先走らないで」紫織が柔らかい口調で言う。「穣さんが折り紙殺人事件を調べていたっていうのは、自称刑事の怪しい男が言っていただけで、本当かどうかも分からない。だから、まず私たちがするべきなのは、暗号を解き明かしたうえで、それが誰に宛てたものなのかを調べること。その人物にあのメッセージを見せたら、きっとなにが起きているのかはっきりするはず」

「……そんなにうまくいくかな」疑念が言葉に滲んでしまう。「それより、今回の放火事件を調べている警察に、あのメッセージを見せたうえで、事情を説明したほうが……」

「ダメ！」

唐突に、紫織が声を張り上げる。千早は「なによ、急に？」と身を引いた。

「あのメッセージは、穣さんが文字通り決死の覚悟で遺したもの。彼は特定の人物にだけ伝わるように胃に文字を刻んだ。私は病理医として、その遺志を守る義務がある。だから、あれを他人に見せるわけにいかない」

「でも、放火犯が……」

千早が言葉を濁すと、紫織は大きく肩をすくめた。

「そもそも、見せたところで警察はきっとまともに取り合ってはくれない。放火は重い犯罪だけど、今回は私たちが軽い怪我をしたに過ぎない。警察だって、そこまで力を入れて捜査するとは思えない。そんな状況で、胃に刻まれたメッセージが犯人に繋がる手がかりとか言っても、馬鹿なことをって思われるのがおち」

たしかに昨夜、面倒そうに話を聞きに来た警官の態度を見るに、その可能性は高そうだった。

紫織が言うとおり、自分たちで暗号を解くしかないのかもしれない。けれど……。

「けれど、私が解いてもいいのかな……」

天井を仰ぎながら千早がこぼした言葉が、ふわふわと部屋を漂う。

「あのメッセージの最後には、『ムスメニ　イウナ』って書かれてた。父さんは誰よりも、私から あれを隠したかった……。ねえ、私に暗号を解く資格なんてないんじゃない？」

わずかにブラウンの色合いを含んだ紫織の瞳を、千早は覗き込む。紫織は目をそらすことなく、視線を受け止めた。

「たしかに、穣さんはあなたにあのメッセージを見せたくなかった。けど、あなたが病理解剖の助手をしたことにより、残念だけどそれを叶えることはできなかった」

「それじゃあ、暗号の部分を解読するのだけでも私は控えるべきじゃないの。父さんが隠したかったのは、きっとその内容なんだから」

「普通ならたしかにそう」紫織は小さくあごを引く。「でも、そうも言っていられない。あのメッセージを伝えるべき相手の名前は、潰瘍によって読めなくなっている。それに、穣さんの自宅は焼かれ、娘のあなたも狙われているかもしれない」

「だからって……」

千早が反論しようとすると、紫織が手を突き出してきた。

「最後まで説明させて。これまでの状況をまとめると、穣さんは自分の死後、あなたに危険が迫るかもしれないと予想していたと思う。そして、あの暗号はきっと、それを防ぐためのもの」

「なんでそんなこと分かるのよ？」

千早がかぶりを振ると、紫織は眼鏡の奥の目をすっと細めた。

「私はこれまで何百人ものご遺体を解剖して、必死にその遺志を汲み取ってきた。だから、私には分かるの。穣さんがあれだけのことをしたのは、きっと大切な人を守ろうとしたからだって」

なんの根拠にもなっていない説明。しかし、紫織の言葉に内包された火傷しそうなほどの熱意に圧倒され、反論できなくなる。

けど、紫織の想像が当たっていたとしても、その『大切な人』はきっと私じゃない。父さんにとって、私は『家族』じゃなかったんだから。内心でつぶやく千早の前で、紫織は言葉を続ける。

「だから、暗号をあなたと解くことは、穣さんの遺志に反することじゃない。私はそう信じてる」

口を固く結んでひとしきり迷ったあと、千早は大きく息を吐いた。

「分かったわよ。それじゃあまず、病院に行ってあの暗号の写真を……」

「それなら、ここにある」

紫織はローテーブルに置かれたスマートフォンを掲げる。その液晶画面いっぱいに、字の刻まれた胃粘膜が映し出されていた。

「あんた、スマホに画像データ取り込んだの!?　実家の住所割り出したときも思ったけど、個人情報をなんだと思っているのよ!?」

思わず声が甲高くなるが、紫織はどこ吹く風だった。

「大丈夫、これだけじゃ個人特定どころか、これが胃粘膜だってことも普通は分からないから。それに、このスマホにはしっかりロックをかけて、情報が引き出せないようにしてある」

「だからって……」

千早がつぶやくと、紫織は画面が眼鏡につきそうなほどスマートフォンを顔に近づける。

「何時間もこの画像を見て考えているんだけど、全然分からない」

さっきからずっとスマートフォンを見ていると思ったら、暗号を解こうとしていたのか。呆れつつ、千早は片手を差し出す。

「私にも見せてよ。二人で考えた方がいい知恵が出るかもしれないでしょ」

暗号を解くことに対する迷いは消え去っていた。紫織の言うとおり、この五里霧中の状態から脱するためには、この暗号を解く必要があるのだ。

父さんがなぜ胃に文字を刻んだのか、それを考えることに怯えていた。暗号を解いたら、恐ろしい事実が浮かび上がってくるかもしれない。そんな予感をおぼえていた。しかしいまの状況では、覚悟を決めるしかない。

スマートフォンを受け取った千早は、目を皿のようにして画面を見る。

「まず、この先頭にある字。これってHかな。ということは、H31年をさしているのかも。その次の文字は漢字なのかな」

千早は先頭部分の縦に三本線が引かれたような文字を指さす。

「どうかな。もしかしたらローマ数字の『Ⅲ』かもしれない」

「この文字のあとは、ずっとアラビア数字が続いているじゃない。なんでここだけローマ数字にする意味があるの？」

「それが、暗号を解く鍵なのかも」

紫織は眼鏡の位置を整えながら言う。

「考えすぎじゃないの。私には漢字の『川』か『小』に見えるんだけど」

千早はスマートフォンをローテーブルに置くと、先頭の字を拡大する。眉根を寄せながら、二人は画面に大きく映し出されたいびつな字を凝視し続けた。

数分、唸りながら考えたところで、目の奥に痛みを感じた千早がかぶりを振る。

「いくらスマホと睨めっこしても、行き詰まるだけだって。次に行こう。そっちに手がかりを見つけたら、先頭の文字の意味も分かるかもしれないし」

千早は画面をなぞって、画像をスライドさせていった。

「このあとの部分は、間違いなく数字だよね」

「うん、間違いないと思う」紫織が頷く。「たぶん三つの数で一セットになってる」

「三つの数で一つの文字を表すのかな。例えば平仮名の五十音表に当てはめれば……」

「そんなわけない」千早のセリフを遮って紫織が言う。「もし五十音表だったら、行と列の二つの数で一文字を表すことができるはず。三つも数はいらない。それに、列だって『ん』を入れても十一しかない。けれど、この暗号にはそれ以上の数が書かれている」

容赦なく切り捨てられ癪に障るが、完膚なきまでに論破されたので反論もできない。唇をへの字に歪めて黙り込むと、紫織はさらに喋り続ける。

「そもそも、これが仮名の可能性は低い。三つの数が一つの文字を表すと仮定したら、最初の三本の縦線を合わせても五文字にしかならない。五文字の仮名じゃ、何も伝えられない。三つの数が表すのは、少なくとも表音文字じゃない。たぶん、表意文字」

紫織はスマートフォンの画面を人差し指でなぞる。

「表意文字ということは、漢字ってこと？」

「その可能性が高いと思う」紫織はあごを引いた。「漢字なら、五文字でもある程度は意味のある文を作ることができる」

「けどさ、仮名とかアルファベットならまだしも、漢字なんて無数にあるじゃない」

「だからこそ、三つの数の組み合わせが必要だったんだと思う。この数一つ一つが、なにを表しているのかさえ分かれば……」

紫織は眉間に深いしわを寄せて考えこむ。千早も小さく唸りながら腕を組んだ。重い沈黙が部屋に満ちていく。淀んだ空気を、壁時計の秒針が時を刻む音が揺らす。

十数分、必死に頭を働かせた千早は目の奥に鈍痛をおぼえ、スマートフォンから視線を外した。

「ねえ、こうやって暗号を睨み続けていても、いいアイデアなんか浮かばないわよ。だってあなた、何時間も考えたのに全然突破口を見つけられないんでしょ。これって、そもそも私たちには解けないものなのかも」

「どういうこと？」眼鏡の奥から紫織が視線を送ってくる。

「だからさ、たぶん父さんは特定の人物にだけ情報が渡るようにしたかったんでしょ。わざわざ暗号を胃に刻んだのも、解剖医がメッセージを見ても内容が分からないようにするためなんじゃないの。だとすると、考えれば分かるようなものにはしないはずじゃない」

「換字式暗号表……」

紫織はぽつりとつぶやいた。「え、なに？」と千早が聞き返す。

「歴史の教科書で読んだことがある。昔、戦争のときとかに敵に情報を知られないように、換字式の暗号表が使われていたことがあるって。その暗号が使われていた場合、暗号表と見比べないと絶対に解けないようになっている」

「じゃあ、やっぱり私たちには解けないじゃない」

千早が肩を落とすと、紫織は「そんなことない」と首を横に振った。

「換字式暗号表の弱点は、その暗号表が敵の手に渡ったとき、情報が筒抜けになること。だから、『穣さんの暗号表』さえ見つけられれば、私たちにもこの暗号が解けるはず」

「けど、父さんの周りで暗号表なんて見たことないんだけど……」

「昨日も言ったけど、穣さんは自分が亡くなるまで、誰にも情報を漏らすつもりはなかった。だからメッセージを送る相手にも、前もって本格的な暗号表を渡したりはしていなかったと思う。なにかを暗号表の代替品として使った可能性が高い」

「例えば？」

紫織は「例えば……」とつぶやいたあと、柏手(かしわで)でも打つように胸の前で両手を合わせた。

「穣さんが日常的に読んでいた本とか！　穣さんには決まった愛読書がなかった？」

「父さんの愛読書……」十数秒記憶をたどったあと、千早は首を振った。「時々、時代小説とか読んでいた気がするけど、これといって決まったタイトルはなかったはず」

紫織の顔に失望が広がっていくのを見て、千早は罪悪感をおぼえる。

「ごめん、せっかく色々と考えてくれたのに……。私さ、父さんが普段どんな生活をしていたのか、ほとんど知らないんだ。もっと父さんと打ち解けていたら、なにか手がかりになるような情報を持っていたかもしれないのに」

千早がうなだれると、紫織がおずおずと手を伸ばして肩に触れた。

「気にしないでいい。誰だって家族とは色々あるだろうし」

口調こそいつも通りそっけなかったが、眼鏡越しに注がれる眼差し（まなざし）は柔らかく、そしてどこか寂しげだった。

あなたも、家族と何かあったの？　舌先まで出かかったその言葉を、千早は呑み込む。まだ、踏み込んだ質問をするほど親しくない。そんな思いが、舌の動きを止めた。

「けど、愛読書っていうのは、かなりいい線いっていると思う。誰か、穣さんと親しくしていた友達とか、同僚とか知らない？」

「父さんの同僚……」

つぶやいた千早は、はっと息を呑んで穿（は）いていたジーンズのポケットから一枚の名刺を取り出す。そこには『警視庁捜査一課　殺人犯捜査係　警部補　桜井公康』と記されていた。

「あの怪しい男？」紫織の顔が露骨に歪む。

「たしかに怪しいかもしれないけど、あの人が本当に二十八年前に刑事だった父さんとペアを組んでいたとしたら、なにか重要な情報が聞けるかも。それに、あの人に訊くのは、父さんに愛読書があったかどうかだけ。この暗号を知られない限り、桜井さんに情報が渡る心配はない」

「そうかもしれないけど……」

口ごもる紫織を尻目に、千早はスマートフォンを取り出して、名刺に記された番号を打ち込んでいく。

「いまは、桜井さん以外に手がかりがないの。だから、やるしかない」

自分に言い聞かせるように力を込めて言うと、千早は『発信』のアイコンに触れる。呼び出し音が数回響いたあと、『はいはい、桜井ですけど』という気の抜けた声が聞こえてくる。千早は紫織にも聞こえるように、スピーカーモードにして話しはじめる。

「突然すみません。昨日、お話しさせていただいた水城千早です」

『ああ、千早さんですか。これはどうも。いやあ、わざわざ連絡していただいて、申しわけないんですが、急に捜査に駆り出されてしまって水城さんのお葬式に行くのは難し……』

「すみません、まだ葬式の日程は決まっていないんです。ちょっと父について伺いたいことがありまして。あの、変なことを訊きますけど、父に愛読書みたいなものはありませんでしたか？」

『え？　水城さんの愛読書？　あの、なんの話でしょうか？』

桜井の声に不審の色が滲んだ。千早は慌てて言い訳を考える。

「いえ、大したことじゃないんです。ただ、なにか好きな小説とかあれば、棺に一緒に入れてあげたいな、なんて思いまして」

『ああ、なるほど、それは素晴らしいアイデアですね』

桜井の声が軽くなるのを聞き、千早は小さく安堵の吐息を漏らす。

『ただ、申し訳ないんですが、ペアを組んでいる間に水城さんが小説を読んでいるのは見たことがありませんね。それどころか、喫茶店で休憩していたとき、私がスポーツ新聞を開こうとすると、「そんなもの読む暇があったら、警務要鑑にでも目を通しておけ！」とどやされました』

「警務要鑑？」

『はい、警察が任務を行う際に必要な様々な情報がコンパクトにまとめられた本です』

手がかりを見つけた予感に、心臓が大きく脈打つ。

「その警務要鑑って、一般的に売られているんですか？」

『いえいえ、外部に出すようなものではありませんから。毎年新しくなって、警察官に支給されるものです』

「そうですか……」

失望で肩が落ちる。毎年変わるようなものは、暗号表には適さない。そもそも市販していないものでは、手に入れることができない。

『あとですね、警察六法とかも暇があったら読むように何度も言われましたね。警察官が知っておくべき法令についてまとめた書籍です。それなら、市販していますけど、ただ棺桶に入れるにはちょっと風情がないですよねぇ。それに大きすぎるし。まあ、どうしてもというなら警察小六法がありますが……』

「小六法!?」

千早の声が跳ね上がった。

『はい、警察六法をコンパクトサイズにしたものです。それなら場所を取らないから、自分のデスクの上に常に置いて、いつでも目を通せるようにしておけと何度かアドバイスをしていただきました。それがどうかしましたか?』

「いえ、なんでもありません。警察小六法ですね。参考になりました、ありがとうございます。急にお電話して申し訳ありませんでした」

『いえいえ、またなにかありましたら、いつでもご連絡ください。……ええ、いつでも』

どこか含みのある言葉でつぶやくと、桜井は『失礼します』と通話を切った。千早は振り返って紫織を見る。通話中、黙っていた彼女は、いつの間にか椅子に腰かけて、デスクに置かれたノートパソコンを開いていた。

「警察小六法、あった。電子書籍で売ってる。たぶん、これの平成三十一年版ということだと思う」

マウスを操作しながら、紫織は言う。デスクに近づいた千早は画面を覗き込んだ。

「この警察小六法が暗号表かもしれないのよね」

「その可能性が高い。そして、三つの数は多分、ページ数、横の行数、縦の文字数を示すんだと思う。とすると、最初の三つの数字群が示すのは」

パソコンのわきに置かれたスマートフォンの画面に示されている暗号を横目で見ながら、紫織はパソコンのディスプレイに表示された電子書籍の警察小六法を進めていく。

「二ね。丸で囲まれた、数字の二」

「丸の二と……」

デスクにあったメモ用紙に、千早は『②』と書く。

「次の三つの数は……神様の『神』。その次は……」

千早は緊張と興奮で体温が上がっていくのを感じながら、紫織が口にした文字を記していく。

「ラストは後。最後の『後』」

紫織はそう言うと、ノートパソコンを閉じた。千早は文字を記したメモ用紙を持ち上げた。


『②　神　社　犬　後』


メモ用紙にはその五文字が並んでいた。

「……これが情報？」千早は鼻の付け根にしわを寄せる。「ねえ、これ間違っているんじゃないの。だって、『神社』以外はまったく意味がないよ」

「そうとは限らない。少ない文字で情報を伝えなくちゃいけなかったから、最低限のことしか書けなかったのかも。その中で『神社』という意味のある単語が出てきたのは大きいと思う」

眼鏡の縁に指を当てながら、紫織は額が付きそうなほど、メモ用紙に顔を近づける。

「神社……犬……後ろ……。もしかしたら、神社の犬の後ろを探せってことなのかも」

「なに言っているのよ。犬なんて動き回るんだから、その後ろって言っても……」

そこまで言ったとき、千早は息を呑んだ。石で作られた、獅子に似た犬の像が頭をよぎる。

「狛犬！　神社で犬って言えば、狛犬よ！　それなら動かない。きっと、狛犬の後ろになにかが隠されているの！」

興奮してまくし立てると、紫織は「なるほど、たしかにそうかも」と冷静に頷いた。薄い反応に千早が唇を歪めると、紫織は細いあごに指を添える。

「だとしたら問題は、どこの神社か、ね。最初の丸で囲まれた二がそれを表していると思うんだけど……」

数秒黙り込んだ紫織は、目を見開くと再びノートパソコンを開き、操作をしはじめる。

「穣さんは折り紙殺人事件をずっと追っていた。だとしたら、それに関係しているのかもしれない。たとえば……、第二の事件現場」

紫織はキーボードを打つと、エンターキーを勢いよく叩いた。画面に折り紙殺人事件について詳細がまとめられたホームページが表示される。

「やっぱり……」

紫織が低い声でつぶやく。そこには『第二事件遺体発見現場　亀戸中央神社』と記されていた。

「ねえ、やっぱりこんな深夜に来ることなかったんじゃない？」

懐中電灯を片手に息を弾ませながら千早は、前方で階段を上がっていく紫織に話しかける。

「なに言っているの？　一刻も早く穣さんが何を伝えたかったのかを解き明かさないと」

紫織は振り向きもせずに答えた。千早は重くなった足に活を入れて階段を上っていく。

暗号が示していると思われる場所を見つけた紫織は、収納スペースを開けて上半身を突っ込み、何やらごそごそと中を漁(あさ)ったあと、リュックを取り出した。それを背負った紫織に、「いまから行くよ」と有無を言わさず手を引かれて家を出た千早は、タクシーでこの近くまでやってきた。そして、小高い丘の中腹にある神社へと続く階段を、紫織とともに上がりはじめたのだった。

数分かけて階段を上りきると、木製の鳥居の奥に、境内がうっすらと月明かりに映し出されていた。一礼してから鳥居をくぐった紫織は、懐中電灯で辺りを照らしながら探索をはじめる。数十秒休んで息を整えてそれに倣った千早は、デジャヴをおぼえて立ち止まる。振り返った紫織が「どうしたの？」と声をかけてきた。

「私、この神社に来たことがある」

「来たことがある？　いつ？」

「分からない。たぶん、子供のとき。父さんに連れられてよくここに来ていた。……家から近いから、散歩のついでに寄っていたのかも」

境内を見回しながら千早はつぶやく。脳裏にはセピア色の記憶が蘇っていた。

「穣さんとよく来ていたということは、この神社が暗号に記された場所で当たっている可能性が高い。早く狛犬を探そう」

紫織に促された千早は、「う、うん」と頷くと再び足を動かして境内の探索をはじめる。

「狛犬……、狛犬っと……」

一般的に狛犬は入り口近くに対で置かれているものだが、見える範囲にその姿はなかった。千早はきょろきょろと辺りを観察する。古びた小さな神社だったが、しっかり管理はされているようだった。定期的に掃除をされている形跡があるし、社もかなり時代を帯びているが、風雨で朽ちているようなことはない。

「ねえ、狛犬なんて見つからないんだけど」

テニスコートほどの境内を一回りした千早が声を上げると、いつの間にか紫織の姿が消えていた。暗い神社に一人残され、急に恐怖が湧いてくる。

「ちょっと、紫織、どこに行ったの？」

声を張り上げると、社の向こう側から「こっち」という小さな声が聞こえてきた。千早は早足で社の裏へと回り込む。

「黙って消えないでよ。驚いたじゃ……」

紫織の姿を見つけ、文句を言いかけた千早は息を呑む。そこに鎮座する狛犬の石像を見て。

「なんで、社の裏側になんか？」

千早がふらふらと近づいていくと、紫織は台座に載った狛犬の鼻辺りを撫でた。

「表面がかなり風化している。この社、たぶん戦争とかで焼けて、そのあと少し位置をずらして建て直されたんじゃないかな」

「……けれど、焼けなかった狛犬はそのまま残った。だから、境内からは見えない位置になった」

千早が言葉を引き継ぐと、紫織は「そうだと思う」と頷いて背負っていたリュックを下ろし、中から折り畳み式の大ぶりなショベルを取り出し、狛犬の後ろへと回り込んだ。

「あんた、なんでそんなもの持っているのよ？」

「昔、園芸をはじめようとして買った。結局、面倒くさくてやらなかったけど。狛犬の後ろっていうと、この辺りか……。千早、照らしてくれる？」

言われた通り懐中電灯で地面を照らすと、紫織はショベルの先を地面に勢いよく差し込んだ。

かなり地面が硬いのか、体重をかけてショベルの足掛けを踏みこみながら、紫織は必死に地面を掘り続ける。十分ほどすると、紫織の額から玉のような汗が噴き出すようになった。地面は三十センチほどの深さまで掘られているが、いまだになにも見つからない。肩を激しく上下させながら、紫織はまたショベルを振り下ろそうとする。

「……代わって」

千早は右手を差し出す。顔を上げた紫織は、不思議そうに目をしばたたかせた。

「全部一人で背負おうとしないでくれる。これはあなただけの問題じゃない。私だって、父さんがなにを遺したかったのか知りたいの。だから、交替で掘っていきましょ。その方が効率いい」

紫織はふっと表情を緩めると、「分かった」とショベルを差し出してきた。それを受け取った千早は、一度大きく深呼吸をしたあと、ショベルを思い切り振り下ろす。

穴掘りは想像以上に重労働だった。粘土質の地面は硬く、ショベルを握る手が痛くなる。掘った土を掻き出すのも一苦労で、腕の筋肉がパンパンに張っていく。千早と紫織は十分ほどで交替しつつ、穴を掘り続けた。どこまで掘ればいいんだろう？　疲労で意識が朦朧としはじめたとき、穴の底に突き刺したショベルの先端が、土とは明らかに違う物質に当たった感触が伝わってくる。目を見開いた千早は、しゃがみ込んだ。

「なにか見つかった？」

穴の底を懐中電灯で照らす紫織が声を上げる。千早はショベルで土を掻きわけて、その下に埋まっているものを掘り出していく。

箱だった。おそらくは桐でできた一辺三十センチほどの立方体の箱。長年、土の下に埋まっていたらしく、その表面は腐っていまにも崩れそうだった。

ショベルをわきに放り捨てた千早は、そっと手を伸ばして箱の上蓋に触れる。ほとんど力をかけることなく、それは開いた。千早は中身を見つめる。円筒形の白磁の壺だった。まるで、箱の中だけ時間が止まっていたかのように、その表面は美しい光沢を帯びている。箱と壺の隙間に挟まっているものを見て、心臓が大きく拍動した。

「折り紙……」

かすれ声が漏れる。それは、折り紙で折られた『奴さん』だった。暗号に記された場所に埋まっていた箱に、折り紙が入っていた。『折り紙殺人事件』という単語が頭をよぎる。

「千早、なにが入っているのか教えて」

紫織の声を背中で聞きながら、千早は震える手で壺の蓋を外す。中には、白い粉が入っていた。懐中電灯の明かりに照らされたそれは、粉雪のように美しかった。

これが、父さんが遺したもの？　千早はそっと粉に触れてみる。手指の第一関節辺りまでが埋まったとき、指先に硬いものが触れた。千早はその塊をつまんで顔の前に持ってくる。わずか三センチほどの円柱状の白い物体。まるで麩菓子のように軽く、細かい穴が開いているのが見える。

脳の表面を虫が這うような感触をおぼえ、千早は顔をしかめる。その物体を見たことがある気がする。しかし、いつのことなのか思い出せない。

たぶん、これよりずっと大きいものを……。そこまで考えたとき、全身の筋肉が硬直した。喉から声にならない悲鳴が迸り、全身に鳥肌が立つ。

足から力が抜け、その場にへたり込んでしまう。手にしていた物体を反射的に放り捨てた千早は、尻餅をついたままずりずりと下がっていく。

「ダメでしょ、そんなに乱暴に扱ったら。大切なものなんだから。……とっても大切なもの」

穴へ入ってきた紫織は、その白い物体を拾い上げると、恭しく掌に載せる。

「そ、それって……、もしかして、ほ、ほ……」舌がこわばってうまく言葉が出せない。

「そう、骨よ。人の脊椎骨。この形状はおそらく胸椎」

掌の上の白い物体、人骨を眺めながら紫織は淡々と言う。

たしかにそれは人の脊椎骨と同じ形だ。けれど……。

「けれど、小さすぎる……」千早は喉の奥から声を絞り出した。

「ええ、これは子供の骨。まだ乳児の」

「乳児……、ということは……」

息を乱す千早を見下ろしながら、紫織は微笑んだ。どこまでも哀しげに。

「たぶん二十八年前、誘拐されたまま行方不明になっていた女の子、陣内桜子ちゃんの遺骨よ」

4

「……以上です」

地取り担当の刑事が報告を終え、椅子に腰をおろす。すべての班の報告が終わった。にもかかわらず、葛飾署の講堂に設置されたこの特別捜査本部には、得も言われぬ緊張感が満ちていた。数十人の捜査員が、正面のひな壇で椅子に腰かけ腕を組んでいる有賀警視を見つめている。この捜査を実質的に取り仕切る管理官である彼は、厳しい表情で、目をつぶっていた。

瞼を上げた有賀が、もったいをつけるかのようにゆっくりと立ち上がる。

「報告、ご苦労だった。私の方からも一つ、伝えるべきことがある」

役者だねえ。コンビを組む湊とともに一番後方に置かれた長机についていた桜井が内心でつぶやく。ふと、いつの間にか自分も前のめりになっていることに気づき、桜井は体勢を戻した。

有賀は机の上に置かれていた写真を、背後のホワイトボードに貼り付ける。そこには、蓋の開いた汚れた桐の箱と、中に入った壺が写っていた。そして、壺に納められた白いものも。

「知っての通り一昨日(おととい)の朝、亀戸にある神社で遺骨らしきものが発見された」

有賀の低い声が張り詰めた空気を揺らすのを聞きながら、桜井は昨日の捜査会議の際に報告されたことを頭の中で反芻する。それが発見されたのは、亀戸の小高い丘の中腹にある寂れた神社だった。一昨日の早朝、日課である清掃をしていた神主が、社の裏手にある狛犬のそばに掘られた穴に気づいた。近所の子供のいたずらかなにかだと思い穴を覗き込んだ神主は、底に古い桐の箱に納められた骨壺らしきものを見つけ、慌てて警察に通報した。

ただ、それだけなら捜査本部に情報が上がってくることはない。死去した近親者を荼毘(だび)にふしたものの、経済的な理由などで墓を購入できなかった者が、せめて神社に葬ってやろうと骨壺を埋めた。普通ならそう考えられるだろう。しかし、二十八年前の事件の際、捜査に加わったことがあった所轄署の刑事課長は、その報告を『普通の事件』としては受け取らず、昨日、捜査本部へと連絡を入れた。

理由の一つは、遺骨が発見された神社が折り紙殺人事件の際、二人目の犠牲者の遺体が発見された場所だったから。そしてもう一つの理由は、桐の箱の中に納められていたのが、骨壺だけではなかったからだった。有賀がもう一枚の写真を勢いよくホワイトボードへと叩きつける。講堂の空気がいびつに揺れた。

その写真には折り紙の『奴さん』が写っていた。ひな祭りのときなどに折って飾るもの。その奴さんの腹部には、掠(かす)れた文字で『声聞くときぞ　秋は悲しき』と記してあった。百人一首の五番歌の下の句。そして、歌のあとには『千羽鶴』という楷書(かいしょ)の文字が続く。

「かなり劣化が激しかったため、鑑識も苦労したようだ。しかし、ここに書かれた文字は二十八年前の折り紙殺人事件、そして先日の女性絞殺事件の現場に残されていた折り紙と同じ筆跡の可能性が極めて高いという結果が出た」

　捜査員の中から大きなざわめきが上がる。桜井も無意識に両手を握りしめていた。

　折り紙の『奴さん』、そしてそれに記された百人一首の歌。それこそが、二十八年前の事件で犯人が現場に残していったシンボルだった。誘拐現場には上の句が書かれた奴さんを、遺体のそばには下の句が書かれた奴さんを遺す。それが千羽鶴の手口だ。

　二十八年前、捜査本部は故意に犯人が名乗っている『千羽鶴』という名をマスコミにリークし、現場に残されていた折り紙は当然、鶴を折ったものだと世間のミスリードを誘った。そうすれば、模倣犯や自らが犯人だと名乗る偽者に惑わされることがなくなるから。

　一昨日神社で見つかった奴さんの折り紙と遺骨が納められていた桐箱。いったい誰が、なんの目的でそれを掘り起こしたというのだろう。いや、そもそも、それはいつ、何者によって埋められたのか。桜井が鳥の巣のような頭を掻いて、絡み合った思考をまとめようとしていると、有賀が「静かに！」という腹の底に響く声を上げる。ざわつきが一気に凪いだ。

「次々に異常なことが起きて混乱するのも分かるが、まずは現時点で分かっている情報を共有することが重要だ。それによって、今後の捜査方針も変わってくる」

　有賀は写真に写っている奴さんの折り紙を指さす。

「鑑識によるとこの奴さんは、インクや紙の劣化具合からして、少なくとも十年以上、おそらくは二十年以上前に作られたということだ。さらに、表面には骨壺についていたものとほぼ同じ成分の汚れが付着していた。以上よりこれは長い年月、骨壺とともに箱の中に納められ、地面の下に埋められていたものと考えられる」

「長い年月というのは、二十八年間、折り紙殺人事件以来ということですか」

　我慢しきれなくなったのか、前方の席に座っている体格の良い刑事が声を上げる。桜井の同僚である馬場という男だった。有賀の鋭い視線が馬場を射貫く。

「決めつけるな。先入観は視野を狭くし、捜査を妨げることが少なくない」

不満げな表情で馬場が頷くと、有賀は「ただし……」と言葉を続ける。

「いま起きている様々な状況から考えると、二十八年前に埋められたと考えるのが妥当だろう」

有賀の声に力がこもりはじめた。その言葉が孕む熱が、捜査員たちに伝わっていく。

「今回の女性絞殺事件と、折り紙殺人事件が同一犯によるものかどうかは分からない。しかし、この掘り返された遺骨は今回の、そして二十八年前の事件の真相を暴くための重要な手がかりだ。だからこそ、誰がこれを掘り返し、そしてなぜ回収することもなく放置したのか、明日からはそれについても力を入れて調べていく。その先に、きっとホシがいるはずだ！」

有賀はホワイトボードを叩く。捜査員たちの中から「おう！」という雄たけびが上がった。

一番後ろの席であごを撫でつつその様子を眺めていた桜井は、手を挙げながら立ち上がる。

「あのー、すみません」

「おい、桜井さん！　いまは管理官が話しているところだぞ。黙って座ってろ！」

係長の柳田から叱責が飛ぶが、桜井はどこ吹く風でこめかみを掻く。

「いやあ、せっかく盛り上がっているところ悪いんですが、どうしても聞いておきたいことがあるんですよ。管理官、ちょっとだけいいですか？」

桜井が首をすくめると、有賀は「なんだ？」と、氷のように冷たい視線を向けてきた。

「いえね、箱の中に入っていた『奴さん』が、千羽鶴によって作られたものである可能性が高いっていうことは分かりました。確かにそれは重要な情報でしょう。けどね、箱の中には折り紙なんかよりも、もっと重要な物が入っていたじゃないですか」

言葉を切った桜井は、あごを引いて有賀を見る。

「有賀管理官、骨壺に入っていた遺骨、それは一体誰のものだったんでしょう？」

桜井に向いていた捜査員たちの視線が、再びひな壇の有賀へと戻っていく。

「……鑑識に回したが、かなり入念に焼かれているためＤＮＡ等を採取することは難しいということだった。なので、誰の遺骨なのか断言することはできない」

眉間に深いしわを刻みながら答えた有賀は、一度言葉を切ったあと再び陰鬱な声で語りだす。

「ただし、焼け残った骨を調べたところ、おそらく……一歳前後の子供のものだということだ」

「一歳前後の子供の骨。そして、一緒に入っていたシンボル。そうなると……」

桜井が押し殺した声で言うと、有賀は痛みに耐えるような表情で頷いた。

「そうだ。連続幼女殺害事件の最後の被害者、車の中から誘拐され、行方不明になっていた陣内桜子ちゃんの遺骨と考えられる」


椅子が引かれる音が講堂に響き渡る。

「お疲れ様でした、桜井さん」

隣の席に座っていた湊が声をかけてくるが、桜井は椅子に腰かけたまま「うん……」と生返事をするだけだった。

捜査員たちが次々と講堂から出ていっている。亀戸にある神社の裏手から掘り出された遺骨が、陣内桜子のものであると述べた有賀が、誰がそれを掘り起こしたのかを地取りによって徹底的に調べるよう具体的な指示を出し、捜査会議は終了していた。

「俺たちも下に行きましょうよ。弁当が用意されているはずです」

湊が席を立って促す。捜査本部が設置されてからの二十一日間は、『一期』と呼ばれ、捜査員の大部分は武道場で寝泊まりをする。そこで食事をしたり、酒を飲んだりしながら、お互いが得た情報をやり取りするのだ。

桜井は背もたれに体重をかけると、「んー」とあごを撫でた。

「ここのお弁当、私には脂っこすぎるんだよねぇ。なんか、昨日から胃もたれしちゃってさ」

「え、そうですか？　それほど脂っこいとは思いませんでしたけど」

「湊君はまだ若いからだよ。あと十年もすれば分かるよ。めっきり胃が弱くなるさ」

「そういうもんですか」

「そういうもんなんだよ。というわけで、私は外で蕎麦でも食べてくるね」

立ち上がった桜井は、「それなら、俺も」とついてこようとする湊に向かって手を突き出す。

「ああ、湊君は武道場に行きなよ。みんな、色々と情報交換しているからさ、それに交ざって話をすることは、刑事として大切な勉強になると思うよ。それにさ、一期だっていうのにふらふら出歩いていたら、他の刑事から白い目で見られるって」

「でも、桜井さんは……」

「私はいいのいいの。だって、もともと白い目で見られているんだからさ。いまさらなにしようが、みんなの目ん玉の色は変わらないよ」

冗談めかして桜井が言うと、背後から「おい、桜井さん」と声がかけられる。振り向くと、馬場が仁王立ちしていた。

「あんた、なにをちょこちょこ嗅ぎまわっているんだよ」

年上の桜井に対して、馬場はぞんざいに言う。

「嗅ぎまわっている？　なんのことかな」

「とぼけないでくれ。あんたがまた、わけのわからない捜査をしてるって噂になってるぜ」

「わけのわからないとは心外だなぁ。真面目に捜査してますよ、私は」

桜井がとぼけると、馬場は大きく舌を鳴らした。

「なにが真面目にだ。捜査会議のたびにおかしなこと言いだして、周りを困惑させているくせに」

「まあ、まともな捜査もふられない哀れな刑事のたわごとだって聞き流していてくれよ」

「そういうわけにはいかねえんだよ。あんたがおかしなことしないか目を光らせとけって、お偉いさんに言われているんだからな」

「お偉いさん？」桜井は目をしばたたく。「それって、いったい誰のことかな？」

失言に気づいたのか、馬場の顔に動揺が走った。

「どうでもいいだろ、そんなこと。いいか、警告はしておいたからな。捜査をかき回さないでくれよ」

そう言い残すと、馬場は足早に去っていった。

「なんですか、あの人。感じ悪いですね」

湊のつぶやきに、桜井は苦笑する。

「馬場君はいつもあんな感じだよ。昔気質の刑事だから、私みたいなちゃらんぽらんが気に食わないんだろ。それに、彼も折り紙殺人事件の捜査本部に加わっていたんだよ。いろいろ思うところがあって、やっきになっているのさ」

桜井は「じゃあ、私は蕎麦屋にでも行ってくるから」と湊の肩を叩いて歩きだした。

講堂をあとにした桜井は階段で一階までおりると、裏口から署を出た。夜風が音を立てて吹き抜けていく。

「もう春だっていうのに、夜はやっぱり寒いねえ」

しわの寄ったコートの襟元をかき合わせると、桜井は敷地をあとにして歩きだす。仕事帰りのサラリーマンたちとすれ違いながら十数分歩くと、いつの間にか辺りは住宅街になっていた。

どこかに向かって歩いているわけではなかった。ただ、一人で落ち着いて頭を整理したかった。

二十八年ぶりに再開された事件、尊敬する元刑事の死、そして唐突に発見された五人目の被害者の遺骨。それらがなにを示しているのか分からず、脳細胞がオーバーヒートしたかのように、額の辺りに熱をおぼえていた。ふと、少し先に小さな公園があることに気づいた桜井は、そこに入るとジャングルジムのわきに置かれたベンチに腰かけて空を仰ぐ。ほとんど星の見えない夜空に、丸い月だけがふわふわと浮いていた。

――五人目のガイシャの遺体。それさえ見つかれば、きっとホシの正体が浮かび上がってくる。

先日、向島署時代の先輩刑事である井ノ原からかけられた言葉が耳に蘇る。

「遺体、見つかりましたよ、井ノ原さん。これがどう、ホシに繋がっていくんですか?」

独白が暗い空へとのぼっていく。夜風が熱を奪っていってくれたおかげか、だいぶ思考能力が戻ってきた。

「やっぱり、問題は誰が神社の裏を掘り返したかだよねぇ。あそこに遺体が埋まっていることを知っているのは、まずはホシだろうけど、千羽鶴がそんなことする理由もないし」

やはり有賀が指示した通り、神社の周りに徹底的な地取りをかけ、遺骨を掘り起こした人物を特定するのが王道の捜査方針なのだろう。

「けれど、私には王道なんて求められていないからねぇ」

自虐的に唇の端を上げた桜井は思考を進めていく。基本に戻り、今回の事件の最初から振り返ってみよう。そうすれば、捜査本部の方針とは違った角度から全容が見えてくるかもしれない。

「水城さん……」

二十八年前にペアを組んだ元相棒の名前が無意識に口から漏れた。

そうだ、やはりあの人が亡くなったことこそ事件が動き出したきっかけだ。捜査本部は耳を貸さなかったが、刑事としての自分の勘は、そうに違いないと告げている。そこを起点に今回の事件を俯瞰するべきだ。

退職後、井ノ原さんと接触しなかったということは、水城さんは想像以上に千羽鶴に近づいていた可能性が高い。にもかかわらず、最後までホシを挙げられなかった……。

「いったい、水城さんはどんな情報を手に入れていたんだ」

自らに問いかけるようにつぶやいた瞬間、桜井は目を見開いてベンチから腰を上げた。

「陣内桜子ちゃんの遺体……」

井ノ原が事件の鍵だと語った五人目の被害者の遺体。もしかしたら、それについてなんらかの情報を水城は持っていたのではないか。桜井は自分の後頭部を軽くはたく。有賀の意見に引きずられて、神社の裏を掘り返したのが連続殺人犯、もしくはそれに極めて近い人物だと考えていた。けれど、その前提がまったく間違っていたとしたら。

犯人とは別に、水城からなんらかの情報を得た人物が動き出した。その人物こそ、神社の裏に埋まっていた五人目の被害者の遺骨を掘り出した人物。

仮説が有機的に組み合わさっていく。頭に両手を当てながら、桜井はこの流れが途切れないように思考を巡らし続ける。

だとしたら、水城は一体誰に情報を遺したというのだろう。そこまで考えたところで、桜井の体が大きく震えた。息を呑んだ桜井は、コートの懐からスマートフォンを取り出す。

数十秒、画面を見つめたあと、桜井はゆっくりと口角を上げながら着信履歴を表示させると、『発信』のアイコンに触れた。

5

ベッドに横になり、煌々と光る蛍光灯を眺める。食事を摂ったり、時々トイレに行ったりする以外、水城千早は昨日からずっとそうして過ごしていた。

なにも考えたくはなかった。自分の存在を透明にして、ただ時間が経つのを待ちたかった。眠ってしまった方がいいと思い何度か目を閉じてみたが、その度に三日前の深夜に見た恐ろしい光景、桐箱に納められた骨壺に乳児の遺骨が入った光景が瞼の裏に映し出され、恐怖で目を見開いてしまう。だから、こうして天井を眺める以外にできることがなかった。このまま限界が来て、気を失うように眠りに落ちるのをただ待ち続けている。

千早は眼球だけ動かして掛け時計を見る。針は午後九時過ぎを指していた。

「紫織のやつ、どこでなにしてるのよ」

この部屋の主である刀祢紫織は、朝、病院に出勤してからまだ戻ってきていない。病理部の勤務は午後五時までなのだから、二、三時間前には帰ってきてもいいはずなのに。

「そもそも、なんで普通に勤務できるの」

二十八年前に誘拐された乳児の遺骨。そんな恐ろしいものを掘り返してしまったというのに、紫織に明らかな動揺は見られなかった。千早の頭に、三日前の深夜の出来事が蘇る。頭を激しく振って、脳裏で再生される映像を消し去ろうとするのだが、それはさらに鮮明になっていった。

掘り返したものが、連続幼女殺害事件の最後の犠牲者、陣内桜子の遺骨だと知った瞬間、思考が真っ白に塗りつぶされて動けなくなった。そんな千早の手を引いて掘った穴から引き出したのが紫織だった。

「早く逃げないと」

なにを言われたか分からず、千早は「え……」と口を半開きにした。

「だから、私たちの痕跡を消して、できるだけ早くここから離れる」

「なに言っているの!?　遺骨を見つけたんだよ。すぐに通報しないと」

千早が甲高い声を上げると、紫織は眼鏡がつきそうなほどに顔を近づけてきた。

「通報して、なんて説明するの？」

千早は「それは……」と言葉に詰まった。

「死んだ父親の胃に刻んであった暗号を解読したら遺骨を見つけました。そんなこと言ったら、間違いなく警察に連れて行かれて、穣さんが隠そうとしたことを全て話すことになる」

「相手は警察でしょ。そうなっても仕方ないんじゃ……」

「警察に話しても仕方ないようなことなら、穣さんはあんな方法で暗号を遺したりしなかった。彼の遺志を守るためにも、遺骨を掘り出したのは私たちだって知られるわけにはいかない。それに、下手に通報したら私たちが疑われるかもしれない」

「疑われる？」

「そう、私たちが遺骨を埋めて隠そうとしたって」

「そんなのちゃんと調べれば違うって分かるに決まってるじゃない！」

千早の声が甲高くなる。

「だって、どう見たってこの箱、かなり長い間ここに埋まっていたに決まっているんだから」

「たしかに私たちへの疑いはすぐに晴れると思う。けれど、穣さんに対する疑いはどう？」

「父さんへの……？」

呆然とつぶやいた千早は、紫織の言葉の意味に気づき小さな悲鳴を漏らした。

「そう、穣さんの胃に刻まれた暗号から辿り着いたってことがばれたら、警察は間違いなく、穣さんが二十八年前の犯行にかかわっていたと考える」

「父さんが千羽鶴だって言うの!?」怒りにまかせて千早は紫織の襟を摑む。

「落ち着いて。警察はそう考えるだろうって言っているだけ。ただ、それも当然。だって、二十八年間も見つからなかった被害者の遺体の場所を知っていたんだから」

「そんな……」

五人もの幼女が犠牲になった連続殺人事件、父親がその犯人かもしれない。あまりにもおぞましい想像に、顔から血の気が引いていく。そんなわけがないと必死に否定しようとするのだが、かすかな疑念がガムのように心の隅に付着して、取り去ることができなかった。

私は父さんのことをなにも知らなかった。最後まで父さんと『家族』になれなかった。だから、もし父さんに恐ろしい裏の顔があって、それに気づかなかったとしてもおかしくない。

息が乱れてくる。呼吸が苦しい。喘ぐように酸素を貪るのだが、苦しさは和らぐどころか急速に増していく。まるで溺れているかのような感覚。このまま死んでしまうのではないかという恐怖に囚われた千早は、両手で首元を押さえる。

「大丈夫」

不意に紫織に抱きしめられた。シャツの生地を通して、乳房の柔らかい感触が顔を包み込む。

「ゆっくり深呼吸して。過呼吸になっているだけ。呼吸を深くすれば楽になってくるから」

過呼吸。精神的な混乱などから必要以上に呼吸をくり返した結果、血中の二酸化炭素濃度が下がり、息苦しさや震えが生じる症状。

ああ、そうか。私は過呼吸になっているのか。素早く自分の身に起こっていることを理解した千早は、呼吸の速度を落としていく。それにつれ、息苦しさは消えていった。

「落ち着いた？」

抑揚のない声で訊ねられた千早は、慌てて紫織から体を離す。あまり親しくない元同級生に醜態を見せたことが恥ずかしかった。

「苦しいのは楽になった。けど……落ち着いてはいない」

父親が連続殺人犯だったかもしれない。そんなことを知って冷静でいられるはずがなかった。

「穣さんは犯人なんかじゃないと思う」

不意に紫織が発した言葉に、千早は目を見開いた。

「だって、あなたさっき……」

「ここで通報して、状況を全部説明したら、警察はそう考えるって言っただけ。私はそれが正しいとは思っていない。もし穣さんが犯人だったら、わざわざ胃にメッセージなんて刻むようなことはしなかったはず」

「……ずっと罪の意識に苛(さいな)まれていて、最期にせめて遺体の場所だけでも伝えようと思ったのかもしれないじゃない」

「それなら、わざわざあんな特別な人にしか解読できないような暗号を遺す必要はない。ただ、場所を書き遺しておけばいいだけ」

「それだと、胃に内視鏡でメッセージを刻んだ人物に気づかれて、自分が生きているうちにバレると考えたのかもしれないでしょ！」

「千早は一つ忘れてる」さとすような口調で紫織が言う。「穣さんは何者かにメッセージが消されることを恐れていた。そして、その人物は穣さんが生前危惧(きぐ)していたとおり、あなたの実家に火を放つという強硬手段を取ってまで、穣さんが遺した情報、つまりはここに陣内桜子ちゃんの遺骨が埋まっていることを隠そうとした」

千早は「あっ」と声を上げる。紫織は大きく頷いた。

「そう、もし穣さんが千羽鶴だとしたら、誰が放火をしたのか分からなくなる。この事件は、穣さんが連続殺人犯で、死後に罪の告白をしようとしたなんていう単純なものじゃない。なにかもっと複雑な裏がある」

「でも、その裏って……」

凜とした紫織の口調が、千早にはやけに心強く聞こえた。

「それを明らかにするためにも時間がいる。もしここで通報したら、警察に目をつけられた私たちは自由に動けなくなる。だから、まずはここから逃げないと。分かった？」

「わ、分かった……」

紫織の迫力に圧倒された千早は、ふと穴の底に置かれている骨壺を眺める。

「でも、あれはどうする？　埋め直すの？」

細いあごに手を当てて数秒間考え込んだ紫織は、「やめとこう」とつぶやいた。

「長い間、誰にも気づかれることなくこんな寂しい場所に一人埋められていて、ようやく掘り出してもらえたんだから」

遺体に対し強い敬意を払う紫織らしい判断。骨壺に納められた白い遺骨に視線を向けた千早は「そうだよね」とあごを引く。

「それじゃあ、私はショベルとか靴跡とか私たちに繋がりそうなものをかたづけておくから、千早は骨壺に付いた指紋とかを消しておいて」

指示を受けた千早は、再びおそるおそる穴に戻ると、そっと骨壺の蓋を戻し、その表面をハンカチで拭って指紋を消していく。

犯罪者になった気分……。心の中で愚痴をこぼした千早はふと、箱に入っている折り紙の奴さんの腹の部分にはなにか文字が書いてあることに気づいた。

「声聞くときぞ秋は悲しき……」

千早は懐中電灯の光を当てながら、掠れていまにも消えそうなその文字を読む。その歌には聞き覚えがあった。

「……百人一首？」

そうつぶやいた千早は、歌のあとに記されている三つの文字に目を向ける。ひどく掠れているのではっきりと読めない。千早は目を凝らしながら、一文字一文字、ゆっくりと読み上げていく。

「千……羽……鶴……」

その言葉が自分の口から漏れた瞬間、頭から冷水を浴びせられたかのような心地になった。千羽鶴、二十八年前に五人もの少女の命を奪った殺人鬼。やはり、この折り紙は、千羽鶴が遺した『シンボル』だったのだ。

少し離れた位置から「なにしてるの、早く」という紫織の声が聞こえてきた。我に返った千早は、震える手でハンカチを使いながら桐箱の蓋を閉めると、穴から出た。

「それじゃあ私の部屋に戻るよ」

折り紙のことを説明する間もなく、土に付いた足跡を慎重に消しながら進みはじめた紫織に倣いつつ、千早は神社をあとにしたのだった。

その後、可能なかぎり防犯カメラなどがない路地を数十分進んでいき、十分に神社から離れたと判断したところでタクシーに乗ってマンションへと戻ってきた。それから二日半以上経つが、警察が乗り込んでくるようなことはまだない。それどころか、ネットなどを見ても、あの遺骨が発見されたという報道は見つからなかった。

まだ誰も見つけていないのだろうか。古い神社だった。その可能性もある。けど一方で、すでに警察は捜査を開始し、私たちがあの遺骨を掘り起こしたと目星をつけているのかもしれない。

父さんはなぜあの遺骨が埋まっている場所を知っていたのだろう。なぜ掘り返して弔うことなく、ずっと冷たい土の下に放置していたのだろう。一昨日から常にその疑問が頭を満たしていた。紫織が言ったように、父が千羽鶴だとは思えない。しかし、陣内桜子ちゃんの遺骨がどこにあるのか知っていたところをみると、たんに元刑事として犯人を追っていただけとも思えなかった。

父があの恐ろしい事件にどうかかわっていたのか。それを想像するだけで、腹の底が冷えるような恐怖をおぼえる。だからこそ、こうしてベッドに横になり、できるだけ頭を働かせないようにしていた。

目を閉じると、棺の中に横たわる父の姿が頭に浮かんだ。穣の葬儀は昨日、千早だけが立ち会って行われていた。僧侶（そうりょ）の読経が終わり、荼毘に付される直前、千早は死化粧が施されている穣に顔を近づけると、その耳元に囁（ささや）きかけた。

「父さん、いったいなにをしたの」

かすかに微笑を浮かべる穣がその問いに答えてくれることはなかった。その後、父は火葬され、係員の指示のもと箸（はし）で父の遺骨を骨壺に収める間、千早の頭にはずっと、夜の神社で幼児の遺骨を掘り出した光景が蘇っていた。

実家が火事になってしまったことにより、穣の遺骨は一時的に葬儀社に保管され、四十九日が過ぎたあと、母が眠る墓へと葬られる予定だった。

千早が葬儀の記憶を反芻していると、鍵が開く音がする。玄関から「ただいまぁ」と気の抜けた声が聞こえてきた。

「遅くなってごめん。ごはんまだ食べてないでしょ。コンビニのお弁当買ってきた」

部屋に入ってきた紫織はビニール袋の中から弁当とペットボトルの緑茶を取り出す。

「……ありがとう」

千早はローテーブルのそばに正座すると、幕の内弁当のラップを取り、焼き鮭を箸で崩して口に持っていく。脂がのった鮭のはずなのに、砂を食べているように味気なく感じてしまう。

なんとか数口食べた千早は割り箸を置くと、着替えている紫織に声をかける。

「昨日もだけど、なんでこんなに遅かったの？　いつも、定時には仕事を終えていたのに」

「色々と調べないといけない検体が溜まってた。だから、久しぶりに残業してた」

部屋着のジャージに着替えた紫織は、千早の向かいに座って弁当を食べはじめる。

「よく仕事なんてできるわね。三日前、あんなものを掘り返したっていうのに」

「殺人事件の被害者のものと思われる遺骨を掘り当てたから仕事を休みます、なんて言えるわけがない。それにあなたと違って、私はいま忌引きじゃない。もし警察の捜査が迫ってきたとき、私が休んでいたら怪しまれるかもしれない」

「そうかもしれないけど……」

「それに、病院に行かないと手がかりが得られない」

「手がかり？」千早は眉根を寄せる。「手がかりってどういうこと？」

紫織が「それは……」と言いかけたとき、陽気なポップミュージックが部屋の空気を揺らした。

千早は顔をしかめると、ナイトテーブルのうえに置いていたスマートフォンを手に取る。

いまは誰とも話したくない。そう思って『拒否』のアイコンに触れかけたとき、指の動きが止まる。液晶画面には『桜井刑事』と表示されていた。

「誰から？」紫織が身を乗り出してくる。

「……桜井さん。昔、父さんとペアを組んでいたっていう刑事さん」

「ああ、あの男……。出ない方がいいと思う」

桜井に強い疑いを抱いている紫織は、露骨に顔をしかめた。

スマートフォンを見つめたまま千早は迷う。紫織の言うとおり、桜井を全面的に信頼するのは危険だろう。しかし、彼から得た情報のおかげで父が遺した暗号を解けた。一人娘である自分ですら知らない父の姿を、桜井が知っていることに疑いはない。それなら……。心を決めた千早は、『通話』のアイコンに触れると、前回と同様、紫織にも通話が聞こえるようにスピーカーフォンにする。

『いやあ、どうもどうも桜井です。夜分恐れ入ります』

スマートフォンから調子のいい声が聞こえてくる。

「どうも桜井さん。なにかご用ですか？」警戒しつつ、千早は答える。

『三日前のお話が参考になったかと思いまして。お父様の棺に入れる本、決まりましたか？』

「本はやめました。小説とかならまだしも、警察小六法じゃ父も喜ばないと思うので」

『たしかにそうですね。けれど千早さん、なんで本じゃないといけなかったんですか？』

「はい？　どういう意味でしょう？」

『いえね、三日前電話を頂いたとき、ちょっと気になっていたんですよ。生前、故人が愛用したものを棺に入れてあげるというのは、たしかによくある話だ。けれど三日前あなたは、好きな小説はなかったかと、やけに具体的な質問をしてきた。それはどうしてでしょう。好きな音楽でも、好きな食べ物でも、好きな球団でも、好きな趣味でもなく、なぜ小説と限定して訊いてきたのでしょう。なぜ、そこまで「本」にこだわったんでしょう』

不意を突かれた千早は「それは……」と口ごもりながら、必死に言い訳を考える。

「火葬にするとき、本なら問題なく燃えてくれると思ったからです。あの……、葬儀社の方に、金属とかプラスチックを棺に入れるのはできるだけ避けて欲しいと言われまして」

『なるほど、そうですか……』

やけに思わせぶりな声が響く。自分の釈明を、桜井が本心から信じたわけでないことを感じ、口の中の水分が急速に引いていく。次はなにを訊かれるのだろう？　千早が身構えていると、『そういえばですねぇ』という一転して気の抜けた声が聞こえてきた。

『新しい事件の捜査に当たっちゃいまして、いまかなり忙しいんですよ。電話がこんなに遅くなってしまったのも、ほんのちょっと前まで捜査会議に出ていたからなんです』

唐突に自らの状況を語りだした桜井にどう反応していいか分からず、千早は「はあ、そうですか」と生返事をする。

『とくにですね、今日の捜査会議は長引いてしまったんですよ。とても重要な情報が出てきたんでね。そうじゃなければ、もう少し早く電話できたんですが、まことに申し訳ございません』

「あの、そろそろ本題に入って頂けませんか？　なんで急に電話をしてきたんですか？」

桜井は『ああ、これは失礼しました』と咳ばらいをした。

『実はですね一昨日の朝、とある神社の裏手で遺骨が掘り起こされていたんですよ。桐の箱に綺麗に納められた遺骨がね』

千早の全身に鳥肌が立った。見ると、紫織も血の気の引いた顔で固まっている。

「なんの……話ですか？　そんなこと、捜査関係者でもない私に言っていいんですか？」

声が震えないよう、喉に力を込めながら千早は言う。

『関係者じゃない？　いえいえ、千早さん。あなたはこの件の関係者ですよ』

「なにを言って……」舌がこわばって、それ以上の言葉が継げなかった。

『いえ、実はですね、その遺骨というのは二十八年前に誘拐されたまま行方不明になっていた乳児、陣内桜子ちゃんのものと思われるんですよ。そして、あなたのお父様は、その事件をずっと探っていた。そういう意味で、あなたも関係者だと言ったんです』

「ああ……、そういうことですか」

『それに、あの遺骨を掘り出したのもあなたですしね』

天気の話でもするかのような軽い口調で桜井が言う。心臓が止まった気がした。手から生じた震えが、腕、体、そして顔へと広がっていく。

『あれ、どうかしましたか？　電話、切れちゃったかな？　聞こえてますかー？』

「聞こえて……います」千早は喉の奥から必死に声を絞り出す。

「私が遺骨を掘り出したって……、どういう意味ですか？」

『そのままの意味ですよ。あなたから何やらおかしな質問を受けた翌日、あの遺骨が掘り出された。単なる偶然とは思えません。おそらく、あなたはお父様が遺した暗号かなにかを見つけ、私から引き出した情報をつかってあの遺骨の場所を見つけた。そうでしょう？』

完全に見抜かれている。絶望をおぼえながらも、千早は「なんのことだか分かりません」と震える声で答えた。スマートフォンから桜井の大きなため息が聞こえてくる。

『誤魔化しても無駄ですよ。しっかりと指紋が残っているんですからね。調べればそれがすぐあなたのものだって分かる。ああいう、つるっとしたものの表面には、指紋が残りやすいんですよ。次から覚えておいてくださいね』

指紋？　そんなものついているわけがない。徹底的に拭いて消したはずだ。

「その骨壺の指紋は私のものじゃありません。調べたければ好きにすればいいじゃないですか」

声を張り上げると、桜井の含み笑いが聞こえてきた。神経を逆撫でされた千早は「なにがおかしいんですか!?」とさらに声を張り上げる。

『千早さん、なんで箱の中に骨壺が入っていたことを知っているんですか？』

「え、だってそれは桜井さんが……」

『私が言ったのは、遺骨が見つかったということだけです。骨壺なんて言っていません』

かまをかけられた。絶望が全身を侵していく。

これからどうなってしまうのだろう。遺骨を見つけたのに通報せず立ち去ったことは、なんらかの罪になるのだろうか。手錠をかけられる自らの姿を想像し、千早は自らの両肩を抱く。

「私は……、どうなるんですか……？」

かすれ声で言うと、桜井は『ここは一つ、取引といきませんか？』と言い出した。

「取引？」

『そうです。捜査本部はいま、あの遺骨を掘り出した人物を必死に捜しています。その人物こそ、折り紙殺人事件の重要参考人だと思ってね。けれど、私はそれが違うことを知っている。あなたは、お父様が遺した情報によってあれを見つけただけだとね。ただ、捜査本部はそう考えず、あなたを徹底的に調べ上げ、絞り上げるでしょう。私はそれが無意味だと思うんです。それよりは、あなたと協力をして、二十八年前にいったい何があったのかを調べたいと考えています』

協力……、そうすればひとまずは、警察から厳しい取り調べを受けることはない。

唇を固く結んで考えるが、選択の余地などないことは明らかだった。言葉遣いこそ慇懃だが、桜井は選択をさせているのではない、明らかに脅している。

『どうですか、千早さん。もしよろしければ、これからでもお話をうかがいたいのですが』

敗北を悟った千早が「分かりました」と答えようとした瞬間、紫織が身を乗り出した。

「その前にいい」

硬い声で紫織が言うと、『どちら様でしょうか？』という不思議そうな声が聞こえてきた。

「純正医大病理部の刀祢紫織です」

『ああ、水城さんの解剖をなさった先生ですね。なぜ、千早さんと一緒におられるんですか？』

「そんなことはどうでもいい。それより訊きたいことがある」

紫織はスマートフォンを睨みつける。

「水城穣さんが亡くなったという情報を、あなたはどこから聞いたの？　なぜ、あなたはいきなり病理部を訪れて、穣さんの解剖結果でおかしな点がなかったか訊ねたりしたんですか？」

紫織が桜井に強い疑惑を抱くきっかけになった出来事。桜井こそ、父がなんとか情報を隠そうとしていた相手かもしれない。千早は息を殺しながら、桜井の返答を待つ。

『弁護士さんから聞いたからです』

あっさりと桜井は答えた。紫織は「弁護士？」と低い声で訊き返す。

『ええ、そうです。生前の水城さんから依頼を受けていたという野々原っていう弁護士さんですよ。その人から急に連絡が来て、水城さんが亡くなったからすぐに純正医大病院に行って、病理部の先生と話をして欲しいと言われたんです』

千早と紫織は顔を見合わせる。

『正直、わけが分かりませんでしたけど、それが水城さんの遺言だと聞き、いてもたってもいられなくなり、病院にお邪魔した次第です』

桜井さんが病理部に行ったのは、父さんの遺言に従ったからだった。だとすると……。

「紫織、胃潰瘍で読めなくなっていた部分に書かれていた名前って……」

千早が早口で言うと、紫織は硬い表情で数秒黙り込んだあと、ゆっくりと頷いた。

「きっとこの人こそ、穣さんが暗号を伝えようとしていた人物」

『暗号？　あの、どういうことでしょうか？』

訝しげな声が聞こえてくるスマートフォンに向かって、千早は静かに声をかけた。

「桜井さん、すぐにこちらに来てください。お伝えしたいことがあります」

6

冷め切ったブラックコーヒーを一口すすった。

「なるほど、お話は分かりました」

重々しい声で言うと、桜井は一時間近く口を付けていなかったコーヒーカップに手を伸ばし、

水城穣が自らの胃壁に刻んだ暗号を伝えたかった相手、それが桜井だと気づいた千早は、紫織のマンションに彼を呼び出し、これまでのことをすべて隠すことなく伝えていた。

「あの、桜井さん。それで……」

「ちょっと待っていただけますか」桜井は掌を突き出して、千早の話を遮る。「想像よりもはるかに衝撃的な話なんで、頭が整理できていないんですよ」

コーヒーカップをソーサーに戻し、頭痛に耐えるかのようにこめかみを押さえた桜井は、数分黙り込んだあと口を開く。

「まさか水城さんが胃に暗号を刻んで、私に見つけさせようとしていたなんて……」

「あの遺骨が折り紙殺人事件の被害者のものだっていうのは間違いないんですか？」

千早はおずおずと訊ねる。

「まあ、そうでしょうね。科捜研が調べた結果、あの遺骨は一歳前後の女児のものと断定されました。また箱の中に入っていた折り紙と、そこに書かれていた文字は、ほかの事件の際に残されたものと同一人物の手によると鑑定されています」

言葉を切った桜井は、視線を投げかけてくる。

「もちろん、あの折り紙がもともと箱の中にはなく、掘り出した際にあなた方が入れたものだとしたら話は変わってきますが」

「そんなことしていません。折り紙は最初から箱の中に入っていました」

「では、あの遺骨は五番目の犠牲者、行方不明になっていた陣内桜子ちゃんのものと考えるのが妥当でしょう。徹底的に焼かれているのでＤＮＡは採取できませんでしたが、絞殺された乳児の遺骨なんて、そんなにあるものではありませんからね」

「絞殺？」紫織が口をはさむ。「遺骨に絞殺された痕跡があったの？」

「焼け残っていた頸椎に骨折の痕跡が見つかりました。絞殺された際に折れたものだと考えられています。まったく、まだ物心もついていない子供を絞め殺すなんて」

桜井は大きく舌を鳴らすと、再びコーヒーをすすりだした。

やはりあの遺骨は、二十八年前に誘拐された女児のものだった。だとしたら……。

心臓の鼓動が加速していく。千早はこわばった舌を必死に動かして訊ねる。

「どうして……、父は陣内桜子ちゃんの遺骨が埋まっている場所を知っていたんでしょうか。どうして、それをずっと隠していたんでしょう」

桜井はコーヒーを飲み干すと、あごを引いて見つめてくる。

「水城さんこそ千羽鶴だった。死を前にして、良心の呵責に耐えきれなくなり、死後に遺骨だけでも発見されるようにした」

台本を棒読みしているような、平板な口調で桜井が言う。千早の背筋に冷たい震えが走った。

「そう疑っていますか？　それなら、心配ご無用ですよ」

表情を緩めた桜井は、一転して軽い声で言う。

「水城さんはあの事件の犯人なんかじゃありません。それは私が保証しますよ」

「どうしてそう言い切れるんですか!?」

千早が身を乗り出すと、桜井は芝居じみた仕草で肩をすくめた。

「水城さんにはアリバイがあるからですよ。それこそ、鉄壁のアリバイがね。二件目以降の事件が発生した際、水城さんは私と一緒にいました」

「桜井さんと……」

「ええ、この前説明したように、あの事件の捜査で私は水城さんとペアを組んでいました。第五の事件、陣内桜子ちゃんが誘拐された事件以降は、別々に動くことが多くなりましたが、それまでは寝食をともにしていたと言っても過言ではありません。捜査本部の設置後に起きた第二から第五の事件について、水城さんが犯人ということはありません」

千早は胸を撫でおろす。父が連続殺人犯だったのではないか。神社で遺骨を見つけてからずっと、そのことに怯え続けてきた。体が軽くなったような気がする。

「じゃあ、穣さんはどうして、陣内桜子ちゃんの遺骨の場所を知っていたの」

ひとりごつように紫織がつぶやいた。

「それは……、きっと警察を辞めたあとも父さんは事件のことを調べていて、どうにかして気づいたのよ」

「だとしたら、なんで警察に言わなかったの？　行方不明になっていた被害者の遺骨。事件解決のための大きな手がかりになるはず。そうじゃなくても、遺骨をあんな冷たい土の中に放置しておくのは倫理的におかしい。遺族のもとに戻してあげようと思うのが普通じゃない」

冷静な指摘に、千早は言葉が継げなくなる。

「穣さんは自分が死ぬまで、絶対にあの遺骨を見つけられるわけにはいかなかった。だからこそ、胃に暗号を刻むなんていう常軌を逸した方法をとった」

淡々と話す紫織の態度が鼻につき、千早は「なにが言いたいの」と睨む。

「穣さんは犯人ではなくても、この事件について後ろ暗いことがあったと考えるのが妥当」

「後ろ暗いことってなによ」

「詳しいことまでは分からない。それを明らかにできるとしたら……」

紫織は視線を動かして桜井を見た。

「私ですか？　いやあ、正直私にもなにがなんだか」

桜井は鳥の巣のような頭を掻いた。

「ただ私も、水城さんが折り紙殺人事件に深くかかわっていたのは間違いないと思っています」

「父が千羽鶴の共犯だとでも言うんですか⁉」

千早が声を荒らげると、桜井は「いえいえ」と手を振った。

「それはないでしょう。共犯関係というのは、お互いになんらかのメリットがあって初めて成り立つものです。幼女たちが殺されて、水城さんが利益を得るとは思えません。それに、水城さんは間違いなく本気で犯人を追っていました。それは、一番近くで見ていた私が断言できます」

安堵の吐息を漏らす千早の隣で、紫織が首をひねる。

「じゃあ、どうして穣さんは陣内桜子ちゃんの遺骨が埋まっている場所を知り、それを亡くなるまで誰にも伝えなかったの？」

「分かりません。ただ、水城さんと犯人の間には、追う者と追われる者以上の複雑な関係があったと思われます。だからこそ、水城さんが亡くなってすぐに、二十八年前とほとんど同じ手口で女性が殺された」

「え、どういうことですか⁉」

千早の声が高くなる。隣では、紫織も切れ長の目を見開いていた。

「そちらが手の内をすべて晒してくださったのですから、礼儀としてこちらも知っていることをある程度まではお教えしましょう。あなた方にも関係あることですからね」

そう前置きして、桜井は現在追っている事件のことを語りはじめた。

説明を聞き終えた千早は、震える自らの肩を両手で抱く。

「千羽鶴が……、また殺人をはじめた……」

「まだ同じホシによる犯行だと断定されたわけではありません。ただ、私は同一犯だと思っています。水城さんの死によって、二十八年間動かなかった怪物、千羽鶴が目覚めたんだと」

「共犯者じゃないのに、犯人に繋がる情報を死ぬまで守りぬいた。そして、亡くなると同時に犯人が動き出した……。犯人と穣さんとの関係って、どんなものだったの」

紫織は口元に手を当てた。

「その点を明らかにすれば、犯人の正体に迫る手がかりが見つかりそうですね。胃に刻まれていた暗号は私に宛てられたものだった。きっと、水城さんはこの謎を私に解かせようとしていたわけです。尊敬する大先輩からの宿題だ。全身全霊で挑ませていただきますよ」

口調こそ飄々としていたが、桜井の瞳の奥には鋭い光が灯っていた。

「あの……」おそるおそる千早は言う。「このあと、私たちはどうなるんですか？」

「どうなると言いますと？」

「いえ、その……、逮捕とかされるのかなと思いまして」

「逮捕ですか、そうですね……」

桜井は難しい顔で腕を組む。

「まっとうな刑事として取るべき行動は、あなた方のことを捜査本部に報告することでしょう。その結果、逮捕はされなくても重要参考人として取り調べを受けることになります。それに、今後の行動も監視されるでしょう」

「そう……ですよね」

「ただ、それはあくまで私が『まっとうな刑事』だったらです」

うつむいていた千早は「え？」と顔を上げた。

「先日言ったように、私は刑事としての基礎を水城さんに叩き込まれました。今回のことを見ても分かる通り、あの人は『まっとう』とは言えない刑事でした。というわけで、弟子である私も『まっとう』ではない選択をしてみようと思います」

桜井は「あなた方のことは捜査本部に報告しませんよ」と唇の端を上げた。

「あ、ありがとうございます」

「感謝していただく必要はありません。べつにあなた方のためではないですから」

桜井の瞳に再び危険な光が宿る。

「私には水城さんが文字通り身を刻んでまで残してくれた手がかりを、解き明かす義務があります。それには情報が必要なんですよ。水城さんの唯一の身内である千早さん、そして水城さんの解剖を担当した刀祢先生。お二人はとても重要な情報源だ」

「脅しているの？　捜査本部に報告しない代わりに、情報をよこせって」

紫織の言葉に、桜井は苦笑を浮かべる。

「脅しているつもりはありませんよ。ただ、私もリスクを背負っているんです。あなた方のことを隠していたと知られたら、立場が危うくなるんです。危険に見合った対価が欲しいんですよ」

紫織は眉間にしわを寄せて数十秒黙り込んだあと、落ち着いた声で言った。

「ギブ・アンド・テイクは？　こちらが情報を渡す代わりに、桜井さんも私たちに知っている情報をすべて教える。そうして、三人で事件について考えていけば一番効率が良いのでは？」

「捜査情報を一般人であるあなた方にすべて伝える？　いやあ、いくら私が『まっとうでない刑事』でも、そこまではできませんよ。さっきの情報は、どれだけ事態が切羽詰まっているかを知っていただくために教えたにすぎません。それで満足してください」

「なら、情報提供はお断り」

「刀祢先生、あまり交渉がお上手ではないようですね。断るというのでしたら、遺憾ですが捜査本部にあなた方のことを報告するだけです」

「それはお勧めしません」

余裕の笑みを浮かべる紫織を前にして、桜井は「どういう意味ですか？」と眉根を寄せる。

「どうして水城穣さんは警察にではなく、あなた個人宛てにメッセージを残したんだと思う」

「……まさか」桜井の表情がみるみる硬くなっていく。「千羽鶴が、警察内にいるとでも？」

「少なくとも、その可能性があると穣さんは考えていた。だからこそ、あなただけに伝わるように手を打った。自分が鍛え上げたあなたなら、単独で捜査をしてくれると確信していたから」

紫織は軽くあごを引く。

「そうであれば、千羽鶴が捕まっていないことにも説明がつく。警官なら捜査の裏をかけるでしょうし、場合によっては偽の情報を流して捜査本部を混乱させることだってできる」

「一般の警察官にはそんなことはできませんよ。捜査本部の情報は、ほとんど外に漏れることはありません」

「なら、犯人は捜査本部内にいたのかも」

衝撃的な仮説に言葉を失っている桜井を尻目に、紫織は話し続けた。

「本当に千羽鶴が警察関係者かは分からない。けど、可能性を否定できない以上、あなたは捜査本部に私たちのことを報告できない。そんなことをすれば、私たちを危険に晒すことになるから」

苦虫を噛みつぶしたような表情のまま、桜井は黙り込む。部屋の空気が張り詰めていくなか、千早は成り行きを見守ることしかできなかった。桜井がふぅと大きく息を吐く。

「交渉がお上手でないという発言は取り消します。お若いのになかなかのタヌキですね」

「お褒めにあずかり光栄。それで、どうします」

「どうするもこうするも、私には選択権がないじゃないですか」

苦笑しつつ桜井はローテーブル越しに手を差し出してきた。

「私たち三人で協力して、水城さんが遺した謎を解き明かしましょう」

7

ソファーに腰かけながら、千早は落ち着きなく部屋を見回す。八畳ほどのスペースにソファーとローテーブル、そして本棚だけが置かれたシンプルな応接室。ふと大きな窓の外に視線を向ける。このビルの最上階である十階から見下ろす下町の町並みは、なかなかに壮観だった。

桜井と協力関係を結んだ二日後の昼下がり、千早は墨田区東向島の住宅街の一角に建つ、八木(やぎ)沼(ぬま)建設という建設会社の本社ビルを訪れていた。この会社こそ水城穣が生前、警備員として勤めていた会社だった。

ノックの音が響き、扉がゆっくりと開く。千早は慌てて立ち上がった。

「お待たせして、申し訳ありません」

部屋に入ってきたのは長身の女性だった。年齢は四十前といったところだろうか。タイトなスーツが細身のボディラインを浮き上がらせている。涼やかな目元、高い鼻筋、薄い唇、その顔は同性ですら一瞬、目を奪われるほどの美を湛(たた)えていた。

女性は慣れた手つきで名刺を差し出してくる。そこには『(株) 八木沼建設　副社長　八木沼和歌子』と記されていた。

「頂戴します」会釈しながら、千早も名刺を取り出して交換する。

「あら、お医者様でいらっしゃるんですか?」

「はい、純正医大附属病院に勤めています。急にご連絡差し上げたにもかかわらず、わざわざお時間をとっていただきありがとうございます」

昨日、父のことについて話を聞きたいと連絡を取ったところ、今日の午後なら副社長が応対できると回答があった。

「気になさらないでください。水城さんはずっとうちに勤めてくれた大切な警備員さんでした。それに、副社長なんて肩書ですけど、ほとんど名前だけで大した仕事はないんです」

和歌子はおどけるように微笑む。整いすぎてどこか冷たい印象だった顔が、一転して少女のように可愛らしくなった。

千早が「失礼します」と再びソファーに腰を下ろすと、和歌子は鼻の付け根にしわを寄せた。

「お父様のことは本当に残念でした。心からお悔やみ申し上げます。お亡くなりになった日に連絡くださった弁護士さんに、お葬式の日程を訊ねたんですが、それについては知らないと言われてしまい……。本当なら、弔問に伺いたかったのですが……」

「お心遣いありがとうございます。ただ、葬儀は身内だけですませましたので。あの、八木沼さんは父と親しかったんでしょうか?」

礼を言いながら探りを入れる。千早は穣の知り合いから得られる情報、桜井は警察の捜査情報、そして紫織は病理解剖の詳しい結果から分かる情報、三人それぞれが事件の手がかりを探し、それらを共有する。それが二日前に桜井と千早たちが交わした約束だった。

「親しかったっていうほどじゃないです。すれ違うと軽く挨拶するぐらいで、しっかり話したのは水城さんが警備員の採用面接にいらしたときぐらいですね」

「そうなんですか……」

「ただ、そんなに話はしなかったけど、私は水城さんのことを家族だと思っていましたよ」

「家族……」

――たんに血が繋がっているからといって、親子になれるわけじゃない。

最後に会ったとき、父からかけられた言葉が耳に蘇り、胸に鋭い痛みが走る。

「ええ、水城さんだけじゃなく、うちの社員全員が家族だと私は思っています。特に水城さんはこの本社ビルができてからずっと勤めてくれた、大事な家族でした」

和歌子は懐かしそうに目を細めると、天井あたりに視線を送った。そこになにか思い出を見るかのように。

たとえ社員を大切に思っていたとしても、ほとんど言葉を交わしたこともない警備員のことを思い出し、こんな表情を浮かべるものだろうか。胸に小さな疑念が浮かぶ。

「こちらのビルはいつ頃に建ったんですか？」

「たしか……、九年ほど前でしたね。もともとは、北千住（きたせんじゅ）にあるビルを借りていたんですけど、だいぶ古くなったのでここに自社ビルを建てることにしたんです」

「じゃあ、父は九年間、ここに勤めていたんですね」

「ええ、すぐ近くの違う会社で警備員をやっていらしたらしいんですけど、このビルの開業に合わせて警備員を募集したら、応募してきてくれたんです。こちらとしても元刑事さんがいてくれたらなにかと心強いということで、採用させていただきました」

やはりなにかおかしい。千早の胸に芽吹いた不審は、じわじわと大きくなっていく。

「よくそんなに覚えていらっしゃいますね。普通、重役の方が警備員のことまでそんなには気にかけないものじゃないですか」

「重役といっても、私はお飾りみたいなものですから」和歌子の顔に暗い影がさした。

「お飾り？　でも、副社長なんですよね？」

「ええ、一応。けれど、他の重役たちはみんな私のことを『ホステス上がりの後妻』としか見ていませんよ」

自虐で飽和した和歌子の言葉を聞いて、千早は状況を把握する。

妻を亡くした前社長が、クラブかどこかで働いていた和歌子を見初めて後妻に据えたのだろう。その後、夫を亡くした和歌子は遺産として会社の株を相続した。だからこそ会社としてもぞんざいに扱うことができず、名前だけの副社長という立場を与えている。

「会社の経営については、義理の息子にすべて任せています。私の仕事といえば、取引先の方とここでお話をしてもてなすことくらい。ホステスをしていたころとそう変わりありませんね」

寂しそうに言ったあと、和歌子は「けれど」と軽く胸を張った。

「私は他の重役たちと違い、ずっとこの会社にいます。だからこそ、社員のことを誰よりも理解できると思っています」

熱を込めて話した和歌子は、はっとした顔になる。

「ああ、ごめんなさい、変な話をしてしまって。お父様のことについて知りたいなら、同僚の警備員から話を聞いた方がいいですよね。水城さんの娘さんがいらっしゃるって聞いて、どうしても会っておきたくてこちらにお呼びしちゃったんです。警備員室に連絡をしますから、ちょっと待ってくださいね」

和歌子は立ち上がると、壁に取り付けてある内線電話の受話器を取る。

この規模の会社なら社員は数百人にのぼるだろう。いくら家族と思っていても、わざわざ副社長自ら警備員の娘に「どうしても会いたい」と思うだろうか。やはり、和歌子はなにか隠している。父についての何かを。

和歌子の華奢な背中に視線を注いでいると、彼女が振り返った。

「ちょうどいま、水城さんと同じようにここの開業から勤めている警備員がいるようです。その人と話せるように手配しておきましたから、よかったら会いに行ってみてください。私よりもずっと、水城さんのことについて詳しく知っているはずですから」

できれば、和歌子からなにか手がかりを引き出したかった。しかし、目の前の女性がなにか隠しているという根拠が自らの勘だけという状況では、これ以上粘ることも難しい。

千早はほぞを噛みながら腰を上げると、「わざわざありがとうございました」と頭を下げる。

「気にしないでください。またなにかあったら、いつでも訪ねてきてくださいね」

和歌子が差し出した左手を反射的に握った千早は、目を見開く。

スーツの袖から覗く和歌子の左手首には、まるでバーコードのようにリストカットの古傷が幾重にも刻まれていた。

「ああ、あんたが水城さんの娘さんか。警備員の米原です。どうぞどうぞ、そこに座って」

スキンヘッドの恰幅のいい男は軽い声で言う。年齢は六十前後といったところだろうか。大量の脂肪を蓄えた腹が、警備員の制服を突き上げている。和歌子との面談を終えた千早は、ビルの一階にある警備員室へとやってきていた。

「急にお邪魔してすみません」

千早がパイプ椅子に腰かけると、米原は茶碗（ちゃわん）にお茶を注いだ。

「いやいや、もう午後の見回りも終わったし、あとは基本的に待機しているだけだから気にしないでいいよ。しかし、まさか水城さんにこんな可愛い娘さんがいたなんてねぇ」

この歳で『可愛い』などと言われることを気恥ずかしく思いつつ、千早はお茶をすすった。

「米原さんは父と親しかったんですか」

「親しかったというか……、長く同僚ではあったよ」

米原は頭髪のない頭を掻いた。その態度を見て、千早はすぐに米原と父の関係を理解する。

「すみません、無愛想な父で。一緒にお仕事しにくかったですよね」

「いや……、まあ、そうかな……。水城さん、ほとんど喋ってくれないんでね。一緒にいて息が詰まるというか……。自分が病気だってことも、結局最後まで言ってくれなかったな」

千早は再度「すみません」と頭を下げる。

「けどね、見回りとかの仕事はちゃんとやってくれているから、文句はなかったよ。一緒にいるとちょっと落ち着かなかったけど、そんなに控室にはいなかったしね」

「控室にいなかった？　では勤務中、父はどこに？」

「うーん、……裏庭かな」

「裏庭？　そこになにがあるんですか？」

「喫煙所だよ。いやあ、俺もタバコ吸うからニコチン切れたときのイライラは分かるんだけどさ。ただ、水城さんは待機時間、ほとんどそこのベンチに座って過ごしていてね。さすがに、勤務中何時間もタバコを吸っているのはどうかと、ちょっと問題になったな」

「何時間も……」

千早は顔をしかめる。たしかに父はチェーンスモーカーだった。家でもいつもタバコをくわえていて、副流煙の臭いに辟易していた。しかし、まさか職場でもずっと喫煙していたとは……。

「一年くらい前からは、水城さんもタバコをやめようとしていたみたいだけどね。近くにある病院で知り合いの医者に伝手でもらったっていう禁煙補助剤を何ヶ月も飲んでいたし。ただ、やっぱり禁煙は難しかったみたいで、最後まで喫煙所通いはしていたな」

一年前ということは、癌が見つかったころだろう。当然、主治医から禁煙を言い渡されていたはずだ。にもかかわらず、タバコを吸い続けていたのか。父の意志の弱さが情けなかった。

「そんな勤務態度で、よくクビになりませんでしたね」

「水城さんはうちのお偉いさんのお気に入りだからね」

意味が分からず「お気に入り？」と訊き返すと、米原は皮肉っぽく唇をゆがめた。

「あまり水城さんの勤務態度が良くなかったんで、上層部に報告した同僚がいたんだよ」

米原は肩をすくめると、「俺じゃないよ」と付け足した。

「それで、どうなったんですか？」

「お咎めなしさ。見回りをちゃんとしているなら、水城さんだけはそれでもいいって回答だった。ボーナスも減額されることなく、俺たちと同じだけもらっていたよ。つまり、なぜか水城さんだけ特別扱いされていたってことさ」

「それは、父が元刑事だから、トラブルがあったときなどに警察とのパイプ役になってくれると期待していたからじゃないでしょうか？」

言い訳するようにつぶやくと、腫れぼったい米原の目が大きくなる。

「刑事？　水城さんが？」

「ご存じなかったんですか？」

「初耳だよ。水城さん、自分のことはほとんど喋らなかったから。というか、若いころからずっと警備員をしていたって言っていた気がするな」

　父は刑事であることを隠していた、それじゃあ……。

「あの、米原さん。折り紙殺人事件ってご存じですか？」

「えっ……？　ああ、それって大昔にあった事件だろ。そりゃ、知っているけど……」

　米原は戸惑い顔になる。

「父から、その事件についての話を聞いたことはありませんか？　父が刑事時代に、最後にかかわっていた事件なんです」

「水城さんがあの事件に？　いやぁ、なにも聞いてないよ。言っただろ、水城さんが刑事だったことさえはじめて知ったんだからさ」

「……そうですか」

　ここに来れば、事件の手がかりが得られると思っていた。しかし、父は身近にいた同僚とさえ、ほとんど話をしていなかった。無駄足だった……。失望が背中にのしかかってくる。

「ごめんな、お嬢ちゃん。たいしたこと話せなくて。なにかできることはないかな。といっても、水城さん、私物とか全部処分していたみたいだから、渡せるような形見もないんだけどさ」

　自宅と同様、職場も生前にすべて整理していたらしい。それが、父なりの終活だったのだろう。

　これ以上、米原から情報を引き出すのは難しそうだ。それなら……。千早は顔を上げた。

「父がいつも行っていた喫煙所、そこに連れて行っていただいてもいいですか？」


「ここが裏庭だよ」

　ビルの裏口から外に出ると、米原が言う。芝生が敷き詰められたバスケットコートほどの広さの敷地だった。奥にあるフェンスの向こう側には、住宅や材木を加工している工場などが見える。

「天気のいい日は昼休みに、社員が芝生でバドミントンをしたり、レジャーシートを広げて昼食をとったりしてるんだ。そして、あそこが喫煙所だね」

米原は裏庭の隅を指さす。うららかな陽光に照らされた裏庭で、その一角だけはビルの陰になって暗かった。バス停のような簡単な屋根の下に、ベンチと灰皿だけが置かれている。

千早は米原とともに喫煙所に近づいていった。

「水城さんはいつもそこのベンチに座っていたね。あの人の専用席みたいなもんだよ」

米原の話を聞きながら、千早はベンチに腰を下ろす。父さんはなにを考えながらここに座っていたんだろう。ベンチにしみついているタバコの臭いに辟易しつつ、千早は思考を巡らせる。

千羽鶴をずっと追い続けていたのだろうか。なぜ陣内桜子の遺体がどこにあるか知っていて、なぜそれを隠していたのだろう。……時々は私のことも思い出したりしてくれていただろうか。

「そんなわけないか」千早は米原に聞こえないよう、弱々しくつぶやく。

最期まで親子だと認めてくれなかった自分のことなど、父の頭にはなかったはずだ。仕方がない、それだけ絆が希薄だったのだ。血の繋がった他人、それが自分たちの関係だったのだろう。

「お嬢ちゃん、大丈夫かい？」

米原に声をかけられて、千早は我に返る。

「すみません、ボーッとしちゃって。けど、なんだか寂しい場所ですね」

「最近は喫煙者の肩身が狭くなっているからな。それに、各フロアにも喫煙室があるから、タバコを吸う奴らは大体そっちに行くんだよ。ここにはほとんど人が来ないな」

「ほとんど人が来ない……」

ベンチに一人寂しく腰かける父の姿を想像しながら、千早はそびえ立つビルを見上げた。

8

「これって、俺たちがやらないといけない仕事なんですか」

スマートフォンの地図アプリを確認しながら、湊光基は隣を歩く猫背の中年男に声をかける。

「なに言ってるの湊君、とても重要な仕事だよ。こんな任務を任されて誇りに思わないと」

ペアを組んでいる桜井が軽い口調で言った。

「誰もやりたくない仕事を押し付けられただけのような気がするんですけど」

「ああ、もちろん誰もやりたくなんかないさ。遺族にガイシャの死を伝えるなんてね。ただ、誰もやりたくない仕事をしていると、事件の真相に迫る手がかりを見つけられたりするんだよ」

「そんなもんですかね」

いくら文句を言っても暖簾（のれん）に腕押しなので、湊は口をつぐむと、昨日の捜査会議を思い出す。

いまだ犯人に繋がる有力な情報は見つかっていないものの、二十八年前に行方不明になっていた陣内桜子と思われる遺骨が見つかったことで、会議は熱気にあふれていた。

二十八年前と同じ手口の殺人事件が起きてすぐ、陣内桜子の遺骨が見つかった。やはり今回の殺人は、折り紙殺人事件と繋がっている可能性が高い。誰が遺骨を掘り返したのかさえ分かれば、今回の事件だけではなく、迷宮入りになっていた折り紙殺人事件の真相まで分かるかもしれない。捜査員の多くがその期待に前のめりになるなか、会議は進んでいった。

会議が解散になろうかというタイミングで、唐突に桜井が手を挙げた。有賀が「なんだ、桜井」と剣呑（けんのん）な口調で訊ねると、桜井は緩慢に立ち上がった。

「いやー、遺族にはもう連絡したのかと思いまして」

「遺族？」有賀の眉間にしわが寄った。

「ええ、陣内桜子ちゃんの遺族ですよ。二十八年前に行方不明になった娘。ご遺族はいまも彼女を捜し、その帰りを待ちわびているかもしれません。遺骨とはいえ、一刻も早く両親のもとに返してあげるべきじゃないですか」

「それは所轄が……」

「いやいや」桜井は大きく手を振った。「だめですよ、所轄じゃ。捜査本部の刑事が直接出向いてこそ、必死に捜査をしていることが伝わると思うんです。捜査一課の誰かが行かないと」

「……捜査一課の刑事には各々が担当する捜査がある。遺族への連絡係を務める暇はない。一部の例外を除いてな」

有賀は薄い唇にシニカルな笑みを浮かべると、あごをしゃくった。

「桜井、お前がその『例外』だ。そんなに遺族のことを思っているなら、お前自身が娘の遺骨が発見されたことを両親に教えてやれ」

「あっ、私ですか。いやあ、管理官のご指名とあれば喜んでお引き受けしますよ」

桜井は嬉々として答えたのだった。

そうして翌日の午後三時ごろ、湊は桜井とともに板橋区の高島平にある住宅地を歩いていた。

今日の午前に調べたところ、陣内桜子の母親は事件から約五年後に自殺をしており、父親である陣内晋太郎はこの付近のアパートで独り暮らしをしていた。

「そこのアパートですね」湊は十数メートル先にある木造アパートを指さす。

桜井は「道案内お疲れ」と湊の肩を軽く叩くと、アパートの敷地へと入っていく。かなり年季の入ったアパートだった。築四十年は軽く過ぎているだろう。外壁はところどころ剝げており、二階へと上がる鉄製の外階段は錆びていまにも壊れそうだった。郵便受けの名札はほとんど空欄で、チラシが溢れている。よく見ると、窓ガラスにひびが入っている部屋も少なくなかった。

「なんか廃墟みたいですね」

「とりあえず行ってみようよ」

一階の奥にある扉の前まで桜井は進んでいくと、インターホンを押す。しかし、壊れているのか音が響くことはなかった。

「陣内さん、陣内さん、いらっしゃいますか？」

桜井は勢いよくノックしはじめる。大きな音が響くが、反応はなかった。

「やっぱり誰も住んでいないんじゃないですか？」

「いや、そんなはずはないよ。だって、今朝調べた資料によると、陣内晋太郎は生活保護受給者なんでしょ。それなら、登録されているとおりの住所に住んでいるさ。そうじゃないと、受給資格を失っちゃうからね。単に留守なんだよ。もしくは居留守を使って……」

桜井がそこまで話したとき、背後から「おい！」というだみ声が響いた。湊が振り向くと、ジャージ姿の痩せた男性が立っていた。

「人の部屋の前でなにしてんだ」

「ああ、すみません。陣内晋太郎さんですか？」

男は「だったらなんだっていうんだよ」と苛立たしげに吐き捨てた。どこかまぶしそうに細められた目から、敵意のこもった視線が浴びせられる。

この男が陣内晋太郎？　湊の眉間にしわが寄る。資料によると、五十四歳のはずだが、目の前の男は老人にしか見えなかった。皮膚に刻まれた無数のしわ、まだら模様のように顔のいたるところに目立つシミ、枯れ木のような細い体に、曲がった腰。歯は大部分が抜け落ちている。どれだけ不健康な生活を送れば、五十代半ばでここまで老けてしまうというのだろう。

一人娘を誘拐され、妻にも先立たれた苦悩が彼を蝕んだのだろうか。湊が同情していると、桜井はしわの寄ったコートの内ポケットから警察手帳を取り出して陣内の顔の前に掲げる。

「警視庁捜査一課の桜井と申します。ちょっとお話よろしいでしょうか？」

「刑事!?」陣内の顔に動揺が走る。「俺はなにもしてないぞ。なにかの勘違いだ」

桜井はすっと目を細め、前傾姿勢になって陣内の顔を凝視した。

「な、なんだよ」

陣内が後ずさる。桜井は答えることなく無造作に手を伸ばすと、ジャージの袖をめくった。露わになった腕を見て、湊は「あっ」と声を上げる。陣内の左肘の内側、そこは無数の注射の跡によってどす黒く変色していた。

「シャブ……ですかね」

桜井が皮肉っぽく唇の端を上げる。陣内は慌ててジャージの袖を戻した。

「違う！　いや、違わねえけど、昔のことだよ。いまはもうやめた！　もう何年もやってねえよ」

「たしかに、生活保護でもらう金額で覚醒剤を注射し続けるのは難しいでしょう。けどね、シャブの依存性はそんなに甘いもんじゃない。注射できるほど純度が高いものは手に入らなくても、炙って吸入するくらいなら安くて質の悪いものでも十分じゃないですかね」

桜井は陣内の目を指さす。

「ねえ、陣内さん。あなたの目ね、まだ太陽が出て明るいのに瞳孔が全開なんですよ。だからまぶしくて、さっきから目を細めているんでしょ。シャブをやると、そうなるんですよ。生活保護の受給金で買った貴重なシャブを吸い、テンションが上がってパチンコでも打ちにいった。けれど、勝つことができずイラついて帰ってきた。そんなところですかね」

飄々と説明する桜井を湊は呆然と見つめる。恐怖の表情を浮かべて後ずさる陣内の態度を見るに、桜井の指摘が正しいのは明らかだった。

「俺を逮捕しようっていうのか？　逮捕状はあるのかよ！　逮捕状は！」

陣内は唾を飛ばして怒鳴る。桜井は渋い表情を浮かべて顔を拭った。

「興奮しないでくださいよ。あなたを逮捕しに来たわけじゃない。少しだけ話を聞いてください。そうしたら、おとなしく退散しますから」

「話？　なんだよ、話って」

警戒心をみなぎらせながら陣内が言う。桜井は陣内と視線を合わせると、静かな声で告げた。

「とても残念なお知らせです。先日、あなたの娘さん、陣内桜子ちゃんのものと思われる遺骨が発見されました」

陣内は数回まばたきを繰り返す。半開きになったその口から「は？」と呆けた声が漏れた。湊は口を固く結ぶ。二十八年前に誘拐された一人娘が遺体で発見された。それを知ったとき、どんな感情をおぼえるのだろう。どこかで生きていてくれるかもしれないという、かすかな望みが消え去った絶望か。それとも、遺骨だけでも戻ってきてくれたという安堵だろうか。

しかし、陣内の反応は湊の予想とは全く違うものだった。

「ああ、娘か。昔、そんなのいたなぁ」

興味なげにつぶやいた陣内は、脂の浮いている頭髪をがりがりと掻いた。

「なあ、その遺骨ってやつ俺が引き取らないといけないのか。面倒なんだけどよ」

「面倒って、あなたの娘さんですよ！」

湊が甲高い声をあげると、陣内はかぶりを振った。

「娘っていってもさ、まだギャーギャー泣くだけの時期に誰かにかっぱらわれたんだよ。それに、ずっと昔の話だろ。俺とは関係ねえよ。そっちで適当に処理してくんねえかな」

「適当に処理って、あなたね……」

頭に血が上り、怒鳴りかけた湊の前に、桜井がさっと手を掲げる。

「承知しました。それではこちらで大切に埋葬させていただきます。後日、それについての書類に記載をしていただきますが、ご了承くださいね」

「ああ、それくらいならやってやるよ」

桜井は「よろしくお願いします」と慇懃に頭を下げた。

「話は済んだだろ。さっさと消えてくれよ」

虫でも追い払うように手を振る陣内から、湊は視線を外す。これ以上、この不愉快な男と同じ空間にいたくなかった。湊が足を踏み出そうとしたとき、桜井が「ちょっと待ってください」と不敵な笑みを浮かべた。

「話はまだ終わっていないんですよ。というか、これからが本番なんです」

「本番?」訝しげに陣内が訊き返す。

「ええ、そうです。あなたはどうやら、娘さんにほとんど興味がないようだ。それは、もうずっと昔の話だからですか。それとも、事件が起きた当時も同じだったんでしょうか?」

鼻の付け根にしわを寄せる陣内に向かって、桜井は語り掛ける。

「乳児を車内に放置するというのは、普通はあり得ないと思うんですよ。ご存じでしょ、それほど気温が高くない日でも、日光が当たっていると車内はとてつもない高温になることがあります。子供ならすぐに熱中症になって、命を落とす。毎年、そういう痛ましい事件が起きています」

「……ショッピングセンターで買い物して、すぐに戻る予定だったんだよ」

「ほう、そうなんですか。けれど、当時の資料を見ると、あなた方がショッピングセンターの駐車場に車を停めたのが午前十一時前後、そして子供が誘拐されたと通報をしたのは午後三時すぎとなっています。すぐ戻る予定だったら、なんで通報までに四時間も経っているんですか」

「おぼえてねえよ、そんな昔の話」

「そうですか。では思い出すお手伝いをいたしましょう。あなたはその日、ショッピングセンターに買い物に行ったのではありません。その隣にあるパチンコ屋に、夫婦で訪れていたんです。そこの駐車場がいっぱいだったから、隣の駐車場に車を停めたんです。そして、四時間近くパチンコを楽しんだあと、車に戻って誘拐に気づいたんですよ。パチンコ屋の防犯カメラにあなた方、夫婦の映像が残っていました」

「……だったらなんだって言うんだ」

「あなたは昔から娘さんに興味がなかった。いや、それどころか娘さんを邪魔だと思っていたということですよ。それこそ、車の中で死んでくれたらと思うくらいにね」

「俺が娘を殺したとでも言うのか！」

陣内が声を荒らげる。しかし、その目は泳いでいて、虚勢を張っているのが明らかだった。

「いえいえ、そんなこと思っていませんよ。ただ、あなたにとって娘さんがどういう存在なのか確認したかっただけです」

桜井は息を乱している陣内に向かって、深々と頭を下げる。

「時間を取らせてしまって申し訳ありませんでした。そろそろお暇いたしますね。娘さんのこと、心からお悔やみ申し上げます」

顔をあげた桜井は、「じゃあ行こうか」と湊を促すと、立ち尽くしている陣内のわきを通り過ぎていく。呆気にとられていた湊は、慌ててあとを追った。

「いいんですか、このまま帰って」

アパートの敷地を出たところで湊が声をかけると、桜井は「なにが？」と首を傾げた。

「なにって、あの男、シャブ中なんでしょ。逮捕した方がいいんじゃ……」

「あくまで私の勘だからね。身体検査をしても、いま持っているか分からないし、家宅捜索の令状がないからガサ入れするわけにもいかないしさ」

「でも……」

「それにさ、私たちはあの男に、娘さんの死という不幸な現実を突きつけたんだよ。そのうえで、シャブの使用でワッパをかけるっていうのは、さすがにひどすぎると思うんだよね」

「でもあの男は、一人娘を邪魔だと思っていたんですよ。もっと問い詰めるべきですよ」

「いやいや、それは昔から分かっていたことなんだよ」

桜井はぱたぱたと手を振る。湊は「え？」と目をしばたたいた。

「だからさ、あの男が、娘を虐待していたんじゃないかっていう疑いは事件発生当初からあったんだ。乳児を車内に放置していたし、なにより娘が誘拐されたっていうのに、そんなに心配するそぶりも見せなかったからね」

「それじゃあもしかして、両親が娘を殺害したんじゃ……」

「それはないよ。防犯カメラの映像で、ショッピングセンターの駐車場に入ってくる際、後部座席に乗せられた娘の姿が確認されているんだ。そして、そのすぐあとから四時間近くパチンコを打つ両親の姿もね。間違いなく、陣内桜子ちゃんは誘拐されたんだよ」

桜井は横目で湊に視線を送ってくると、「ただね」と続けた。

「湊君が言うように、両親が誘拐に噛んでいるんじゃないかと最初は疑われていた。誰か知り合いにでも頼んで、娘を攫(さら)ってもらったんじゃないかとね。けど、そんな面倒なことをする理由もないし、そもそも翌日に現場の駐車場で『あれ』が見つかったからね」

「奴さんの折り紙ですね」

「そう。それが見つかったことによって、陣内桜子ちゃん誘拐事件は千羽鶴によるものとして捜査がはじまり、両親への疑惑はいつの間にか消えてしまったんだよ」

桜井は人差し指を立てながら説明する。

「そこまで知っていたなら、なんでわざわざ陣内に会う必要があったんですか」

「だから、それは管理官に指示されたから……」

「ごまかさないでください。昨日の捜査会議で、桜井さんは自分が陣内のところに行くことになるよう、管理官を誘導していました。なにか目的があって、陣内に会いに来たんですよね」

湊は桜井の横顔を見つめた。この男が見た目に反して優秀な刑事だということを、これまでの付き合いで理解しはじめていた。陣内が覚醒剤依存症だと見抜いた観察眼も人並外れている。

「いやあ、やっぱり書類で見るのと本当に話を聞くのじゃ、伝わってくる空気感が違うからさ」

「空気感？」

「両親が陣内桜子を虐待していた疑いがあることは知っていた。けれど、一言で虐待といっても、その内容は様々だ。愛しているが、育児のストレスで思わず手が出る親。まったく愛情を持たず、育てるのを億劫に感じる親。中には、子供に対して強い憎しみを持っている親までいる」

「陣内がどれに分類されるか知りたかったと？」

「うん。見たところ、あの男は徹頭徹尾、娘に関心がなかったみたいだね。自分の生活の中に飛び込んできた異物とでも感じていたんだろう。だから、積極的に排除することはしなくても、なにかの事故ででもいなくなったらいいなと思っていた」

「たとえば、車内に放置して、熱中症で死んだり……」

「そういうこと。けど、パチンコから戻ってみると、娘は何者かによって連れ去られていた。混乱した両親は、自分たちが直接手を下したと疑われることを恐れて警察に通報したんだよ」

「はぁ、なるほど」湊は曖昧に相槌を打つ。「けれど、陣内桜子ちゃんを誘拐して殺害したのは千羽鶴なんですよね。なら陣内晋太郎がどんな男でも、あまり関係ないんじゃないですか」

「そんな単純な話じゃないんだよ」不敵な笑みが桜井の顔に浮かぶ。「そう、この事件はシリアルキラーがただ殺人を犯しているなんて単純なものじゃない。事件の裏に、私たちが気づいていない大きな闇が横たわっているんだ。そして、二十八年前の最後の事件となった陣内桜子ちゃんの誘拐こそ、その闇を照らし出すための突破口だ。だから関係者たちの生の声を聞いて、陣内桜子ちゃんの身になにが起きたのかを暴いていく必要があるんだよ」

「どうして陣内桜子ちゃん誘拐事件がそんなに重要だと？」

湊が訊ねると、「刑事の勘ってやつさ」と唇の端を上げた。

「……そうですか」

小さく頷きながら、湊は気づいていた。桜井はなにか情報を隠していると。捜査本部にも報告していない、秘密の情報を。しかし、問い詰めたところでしらを切られるに決まっている。この男は見た目に反して鋭く、そして見た目どおりに腹に一物を抱えているのだから。このまま桜井を自由に行動させてよいのだろうか。彼の動きを捜査本部に報告するべきではないだろうか。

湊は唇を噛むと、しわの寄ったコートに包まれた桜井の背中を眺めた。

9

「なるほど、その本社ビルができてからずっと、水城さんは警備員として勤めていたんですね」

缶ビールをちびちびと飲みながら桜井が言う。

「といっても、あまり真面目に働いてはいなかったみたいです。さっき言ったように、暇があったら喫煙所にいたみたいで」

赤ワインの入ったグラスを手に、千早は酒の匂いが充満した部屋を見回す。部屋の主である刀祢紫織は、隣でウイスキーをロックで飲みながら、黙々とつまみのチーズを口に運んでいた。

「たしかに水城さんはヘビースモーカーでしたね。捜査車両に乗っていると、車内が煙くて」

桜井が懐かしそうに言う。八木沼建設の本社ビルを訪ねた二日後の夜十時過ぎ、千早は桜井、紫織と、情報共有のために集まっていた。

「で、その副社長の女性がなにか知っていそうだったんですね」

桜井がビール缶を口に運ぶ。千早はグラスに残っていたワインを呷(あお)った。

「そんな気がしたんですけど、うまくはぐらかされてしまって……。すみません」

「気にしないでください。一回足を運んだだけで手がかりが得られるほど甘くはないですよ」

「でも、桜井さんは陣内桜子ちゃんの父親と一度話しただけで、色々と情報を引き出したじゃないですか」

「そこは経験の差ってやつですかね。だてに三十年近く刑事をしてはいませんって」

桜井は得意げに胸を反らした。

「とりあえず私は、折を見てまた八木沼建設に行ってみようと思います。ほかの同僚警備員からも話が聞けるかもしれないし、また副社長にもアプローチしたいから」

「いやいや、なにか新しい情報が出るまでそちらの会社の方は置いといて、他のところを調べた方がいいと思います。まずは広く浅く情報を集めるのが捜査の基本ですから」

「でも、他のところと言っても、職場以外で父とかかわりがあるところを知りませんし……」

父との希薄な関係をいまさらながら後悔し、声が小さくなっていく。

「焦る必要はありませんって。ゆっくり考えて進んでいけばいいんです」

桜井は手にしていた缶ビールを飲み干すと、次の缶を開ける。

「そんなに飲んでもいいんですか？　このあと、捜査本部がある警察署に戻るんですよね」

「大丈夫。いまごろ、他の刑事たちも武道場で酒を飲んでいますよ」

「ならいいですけど。でも、陣内桜子ちゃんが両親に虐待されていたなんて……」

千早は弱々しく首を横に振る。両親から疎まれ、そして誘拐されて殺害される。あまりにも短く、そしてあまりにもつらいその人生に胸が痛くなる。

「まあ、どの程度の虐待をされていたかは分かりませんが、少なくとも父親からは愛情を受けていなかったことは確実でしょうね」

「陣内桜子ちゃんが虐待されていたことで、なにが分かるんですか？　なにか犯人に繋がるヒントになるとか」

「さあ、どうでしょうか。私にも分かりません」

拍子抜けする千早を尻目に、桜井は「ただ……」と続ける。

「陣内桜子ちゃんの身になにが起きたのかを明らかにすることが、この事件の真相に迫る最短ルートだと思うんですよ。一人だけ遺体が発見されず、その後、犯行がストップした。それがなぜなのか分かれば、きっと真実が見えてくると思うんです」

「それに、どうして父が遺骨のありかを知っていたか……」

千早が付け足すと、桜井は「ええ、それもです」と頷いた。

「というわけで、私は陣内桜子ちゃんについてできる限りの情報を集めてみようと思います。それに、千早さんたちが集めてくる情報を合わせれば、そのうちになにか摑めてくるはずです」

「そのうちにって……」

桜井の適当な物言いに不安を覚えつつ、千早はグラスにワインを注ぐ。

「そういえば、私たちが遺骨を掘り出したことは、まだばれていないんですよね」

「それは大丈夫です。捜査本部が必死になって調べていますけど、お二人にたどり着くまではもう少し時間がかかるでしょう。それまでに、私たちで真犯人を見つければいいんですよ」

「そんなことできるんですか。あまり手がかりが集まっている感じがしないんですけど」

「仕方がないじゃないですか。こちらとしても、水城さんが遺骨の隠し場所を知っていた件を報告できれば捜査員を動員できます。けれど、警官が犯人かもしれないと刀祢先生がおっしゃるので動けないんですよ」

桜井が恨めしげな視線を向けると、クラッカーにチーズを載せていた紫織が「え、私？」と自分を指さした。

「私？　じゃないわよ」千早はため息をつく。「情報交換のために集まったのに、あなたさっきから食べてばっかりじゃない。なにか情報はないの」

「そんなこと言われても、通常業務が忙しくて、まだ穣さんの臓器の切り出しが終わっていない。雑用をやるはずのあなたが休んで、人手が足りないから」

痛いところを突かれ、千早は「うっ」と言葉を詰まらす。

「とりあえず、残業して標本を作って、土日で病理診断をする予定だからそれまで待って」

「……うん、ごめん」

千早が首をすくめると、紫織は「ああ、そうだ」と両手を合わせた。

「少し時間があったんで昨日、穣さんの臓器を肉眼的に観察したんだけど、気になるところがあった」

「気になるところ？　なにかの手がかりですか」桜井が身を乗り出してきた。

「手がかりってほどじゃないけど、腹腔神経叢が壊死してた」

「腹腔神経叢？」桜井の眉根が寄る。

「腹腔内にある内臓神経が寄り集まった場所です」

千早は説明しながら紫織を見る。

「腫瘍が神経叢まで浸潤していたってこと？」

「そうじゃない。人工的な処置によるもの」

「人工的な処置って……、腹腔神経叢ブロック？」

千早がつぶやくと、紫織は「たぶん」とあごを引いた。

「あの、話が専門的過ぎてついていけないんですが、説明していただいてもよろしいですか」

桜井が声をかけてくる。

「腹腔神経叢ブロックは、癌などによる腹部の疼痛を抑えるための処置です。背部から注射針を刺し、そこから高濃度のアルコールなどを使って内臓神経を破壊することで痛みを抑えます」

「内臓神経を破壊……。なんだか、恐ろしい処置ですね。で、水城さんが痛みを抑えるためにその処置を受けていたということですか」

「いえ、そんなはずありません」千早は首を横に振る。「父が腹腔神経叢ブロックを受けていたなんて私は知りません。そんな処置をしていたら、私に絶対報告が入るはずです」

「そう、穣さんのカルテを見ても、腹腔神経叢ブロックを受けたという記録はなかった。だから気になった。穣さんはうちの病院以外にも、医療機関に通ってた？」

紫織はあごに指を添える。千早は首を横に振った。

「ううん、癌が見つかって転院させてからは全部うちの病院で診ていたはず。他の病院にかかっていたりは……」

そこまで言ったとき、一昨日、父の同僚が口にした言葉が頭をかすめた。

――知り合いの医者に伝手でもらったっていう禁煙補助剤を何ヶ月も飲んでいたし。

「違う……。父さんは他の病院にかかってた……」

紫織が「どういうこと？」と小首を傾げる。

「父さんの同僚から聞いたの。父さんが知り合いの医者からもらった禁煙補助剤を何ヶ月も飲んでいたって。けれど、禁煙補助剤は本来、十二週までしか保険適用で処方はできないはず」

「水城さんには、無理を聞いてくれる医者の知人がいたということですね。そして、大学病院以外にそこでも処置を受けていた。……いろいろな処置をね」

桜井が押し殺した声で言う。千早の脳裏に、胃壁にいびつな暗号が刻まれている光景が蘇った。

「もしかしたら、父さんの胃に暗号を刻んだ医者を見つけられるかもしれない」

千早がそうつぶやいたとき、部屋に軽い電子音が響いた。桜井が「ああ、失礼」とズボンのポケットからスマートフォンを取り出し、顔の横に当てる。

「ああ、湊君。どうかしたの？　……うん、私？　……私ならいま、居酒屋でちょっと晩酌をしているところだよ。……え？　すぐに帰れ？　どうしたの、こんな夜中にさ。なにかあった……」

飄々としゃべっていた桜井の顔が一気にこわばる。

「分かった、すぐに戻る」

硬い声でつぶやくと、桜井はスマートフォンをポケットに戻した。

「すみません、すぐに捜査本部に戻らないといけなくなりました」

「えっ、なにがあったんですか？」

深刻な雰囲気に不安をおぼえ千早が訊ねると、桜井は陰鬱な声でつぶやいた。

「新しい犠牲者が出ました」

第三章　二十八年間の沈黙

1

「ガイシャは足立区綾瀬に住むＯＬの住谷奈央、二十七歳。実家暮らしだが、三日前の夜、会社の飲み会から帰路についたあと行方が分からなくなり行方不明者届が出ていた。昨日の早朝、台東区千束で近所の住人が、散歩させていた犬が吠えながら雑木林に入ったのであとを追ったところ、遺体を発見。近くに落ちていたバッグに入っていた運転免許証により、身元が特定された」

葛飾署刑事課長である牧本が資料に目を落としながら、事件の概要を説明していく。

「鑑識が現場を調べたところ、ガイシャの穿いていたスカートのポケットから奴さんの折り紙が見つかり、手口からも同一犯による連続殺人事件の可能性が極めて高いとのことで捜査本部に連絡が入った。その後……」

たどたどしく話す牧本の額には汗が光っていた。資料を持つ手は細かく震えている。

まあ、仕方ないねぇ。後方の席に座る桜井は内心でつぶやきながら、捜査員たちを観察する。

その誰もが、殺気すら孕んでいそうな鋭い視線を正面に向けていた。

千早たちと情報交換を行った翌日の午後、桜井は葛飾署の講堂で、捜査会議に参加していた。

普段はその日の捜査で集めた情報を報告しあい、翌日以降の捜査方針を決める会議だが、今日はまったく雰囲気が異なっていた。

桜井は正面に座る幹部たちの前に作られたひな壇に視線を向ける。昨日まで、そこには最初の事件で犠牲になった北野聡美の写真だけが置かれていた。しかし今日はその横に、面長でやや茶色がかった長髪の女性の写真が置かれている。昨日遺体で見つかった住谷奈央のものだった。屈託のない笑みを浮かべているその写真から、桜井は目をそらしてしまう。

新しい犠牲者が出てしまった。自分たちの力不足のせいで、あの女性は命を落としてしまった。この場にいる捜査員の誰もが、そんな思いを抱えているのだろう。講堂には犯人に対する怒りが充満し、空気が沸騰していた。

牧本が事件の説明を終えると、目を閉じて腕を組んでいた有賀管理官が立ち上がった。

「ガイシャを殺したのは私たちだ」

有賀の声は大きくはなかったが、捜査員たちは怒鳴られたかのように身をこわばらせる。

「私たちがホシを挙げていれば、住谷奈央が命を落とすことはなかった。私も含め、この場にいる全員がそのことを胸に刻む必要がある」

有賀は捜査員たちを無言で見回す。鉛のように重い沈黙が講堂に満ちた。

三分ほどかけて捜査員一人一人と視線を合わせたあと、有賀が沈黙を破った。

「私たちはなにをするべきだ」有賀は胸の前に拳(こぶし)を掲げる。「私たちのせいで亡くなったガイシャに、刑事としてできることはなんだ？　土下座して詫(わ)びることか？　それとも冥福(めいふく)を祈ることか？　違う。ホシを挙げることだ。彼女の命を奪った鬼畜にワッパをかけ、その罪を償わせることだ。それこそが私たちにできる唯一の供養だ。分かったな」

捜査員たちのなかから「おう！」と、雄たけびが沸き上がる。

「さすがにこれは響くねえ」

鼻の頭をなでながら、桜井はひとりごつ。最初の捜査会議で有賀が刑事たちを焚きつけた際には内心冷笑していた桜井だったが、いまの演説には体温が上がった。それはきっと、有賀の言葉が捜査員を鼓舞するための計算された演技ではなく、心からの叫びだったからだろう。

二十八年前の事件では、有賀も捜査に参加していた。犯人を逮捕することができず、次々と年端もいかない幼女が犠牲になっていく無力感。それに苛まれた経験を思い出したからこそ、冷静沈着な有賀があそこまで熱くなっているのだろう。

「それでは、現在分かっている情報を伝える」

有賀は一転して普段通りの落ち着いた口調で話しはじめた。

「折り紙については現在、科捜研で検査中だが、これまでの事件と同一人物によって作られた可能性が高いと仮報告を受けている」

有賀はホワイトボードに貼られた写真を指さす。そこには奴さんの折り紙が写っており、その腹部に『三笠の山に出でし月かも』と文字が記されていた。

「これは百人一首の、七番目の歌の下の句だ。連れ去られた場所は判明していないので、上の句の折り紙はまだ見つかっていない。なんにしろ、北野聡美殺害事件と同一犯による連続殺人だということだ。しかし、検視によって前回の事件と異なる点が浮かび上がってきた」

有賀は手にしていた写真を叩きつけるようにホワイトボードに貼った。それは、被害者の首元を拡大したものだった。白い皮膚に、みみず腫れのような赤い線がいくつも走っている。

「前回の事件、そして二十八年前の事件では、索状痕は一本だけだった。しかし、今回のガイシャには複数の索状痕が確認されている」

「激しく抵抗されたということですか？」

前方に座っていた桜井の同僚、馬場が声を上げる。

「いや、検視官の見立てでは、拷問を受けたのではないかということだ」

『拷問』という不吉な単語に、講堂にざわめきが走った。

「おそらくホシは、首を絞められたガイシャが失神すると力を弱め、意識が戻るのを待ってから再度首を絞めるという行為を何度も繰り返したと思われる」

「ガイシャから何かを聞き出そうとしていたということですか？　それとも、強い恨みからガイシャを苦しめたかった」

　再び馬場から問われた有賀の目つきが鋭くなった。

「その可能性もあるが、私の意見は違う。おそらくホシは、……愉しんだんだ」

「愉しんだ……」馬場が絶句する。

「そうだ。いまのところ、二人のガイシャに接点は見つかっていない。二十八年前と同じように、ホシは攫いやすい標的を狙っているものと思われる。怒りや恨みからの犯行じゃない。ただ、快感を貪るためだけに殺人を犯している」

　平板だった有賀の口調に、抑えきれない怒りが滲みはじめる。

「今回の事件は、性的倒錯者による連続殺人だ。ホシは女の首を絞めることに強い快感をおぼえている。そして、単に絞殺するだけじゃ満足できず、何度もガイシャの首を絞めて気絶させて、繰り返し快感を得るようになった」

　凄惨な話に捜査員たちが黙り込む中、有賀は「ただ……」と続けた。

「これはチャンスでもある。二十八年前の事件でも、今回の事件でも、これまでホシはほとんど物証を残していなかった。綿密な計画に沿って手口を変えることなく、冷静沈着に犯行に及んでいた。しかし、ここに来て手口が変わったということは、ホシは破綻してきたということだ」

「破綻というと？」馬場が訊ねる。

「今回のヤマが連続幼女殺人事件と同一犯によるものだと仮定すると、ホシはなんらかの理由で長期間、犯行を止めていた。その間に蓄積しつづけていた欲求に、二十八年ぶりの犯行で火が付いたんだ。いま、ホシは自分を制御できていない状態だ。燃え上がる欲望に自制心が呑み込まれている。ガイシャを拷問したことだけでなく、前回からほとんど時間をおかずに次の犯行を起こしたことからも、暴走状態にあることがうかがえる。必ずなにかぼろを出しているはずだ」

力強く頷く捜査員たちを見回しながら言葉を続ける有賀の口調が、再び熱を帯びはじめる。

「しかし、これはチャンスであると同時に、ピンチであることも忘れるな。欲望を制御できない状態に陥っているということは、ホシはすぐにでも次の獲物を狙って動き出す。これからは時間との勝負だ。これ以上、一人たりとも犠牲者を出すな！」

捜査員の中から再び「おう！」と声が上がった。

「では、明日からの捜査方針について説明する。まずは……」

具体的な指示を出す有賀を見つめながら、桜井は無精ひげの生えたあごを撫でる。

有賀の予想は間違っていないだろう。犯人は自らの欲求に呑み込まれはじめている。遅かれ早かれ、そう遠くない未来、この事件は解決するはずだ。

「問題は、それまでに何人の犠牲者が出るかだねぇ……」

一刻も早く犯人の正体を暴く必要がある。陣内桜子の遺骨を見つけ出したのが、千早たちであると報告をするべきだろうか。彼女たちとの約束を破ることになるが、人命には代えられない。その情報を知れば捜査本部も、水城穣の死こそが二十八年ぶりの犯行の引き金となったことを認め、捜査が正しい方向に進むだろう。しかし……。

真剣な表情で有賀の指示を聞いている捜査員たちを、桜井は見回す。先日、刀祢紫織が口にした、捜査本部内に犯人がいるかもしれないという言葉。それが引っ掛かっていた。

この捜査本部の中で二十八年前、折り紙殺人事件の捜査にも参加していたのは……。

桜井の視線が正面のひな壇に向く。捜査一課長の左近、管理官の有賀。さっき発言していた馬場も、所轄署の刑事として捜査に当たっていたはずだ。二十八年前は大量の捜査員が動員されていた。もしかしたら、他にも当時の捜査にかかわっていた者がいるかもしれない。

この中に犯人がいる？　そんなわけないと何度も自分に言い聞かせるのだが、ガムのように頭蓋骨の内側にこびりついた疑念を、どうしてもはがすことはできなかった。

「刀祢先生の言うことって、なんとなく説得力があるんだよな」

口の中で言葉を転がしつつ、桜井はこれからとるべき行動を頭の中でシミュレートしていく。

もし誰が遺骨を掘り出したか報告すれば、捜査は大きく加速するだろう。犯人逮捕は早くなり、新しい犠牲者を出すリスクを抑えることができる。その一方で、犯人が捜査関係者だった場合、こちらの手を晒すことになる。犯人は警戒を強め、正体を暴けなくなるかもしれない。さらに、あの二人の医師との信頼関係は破綻し、彼女たちからの情報を得ることができなくなる。

どうするべきだ。いま自分が進むべき最善の道はどれだ。腕を組んで悩んでいるうちに、有賀が捜査方針の説明を終えた。

「以上だ。なにか付け足すことがある者はいるか？」

講堂を見回している有賀と目が合う。思わず右手が挙がりかけるが、桜井は組んでいる腕に力を込めて抑え込んだ。

「では、解散」

有賀の合図とともに一斉に椅子が引かれ、数十人の捜査員たちが立ち上がる。その中で、桜井は口をかたく結んで座り続けた。

まだだ。まだ、あの二人と協力関係を維持するべきだ。桜井は熱のこもった額に手を当てる。犯人と水城穣の関係、それこそがこの事件の真相に迫るための最大の手がかりに違いない。水城千早は娘として、そして刀祢紫織は解剖医として、水城穣の抱えていた闇に迫っている。それらの情報を得るまで、彼女たちについて報告するのは待つべきだ。

利用するだけしたうえで裏切ろうとしていることに対して、わずかに罪悪感をおぼえつつ桜井は立ち上がった。

「お二人には申し訳ないけど、捜査のためには手段を選ばないのが刑事って生き物だからね」

つぶやくと、隣に座っていた湊が「なにか言いましたか？」と見上げてくる。

「いや、独り言だよ」

桜井は椅子の背にかけていたコートを手に取り、勢いよく羽織った。

2

「えー、こんにちは、水城千早さんですね。担当する堀です。こちらの医院ははじめてですね。今日はどうされましたか？」

白髪の目立つ初老の医師が電子カルテを見ながら言う。

「数日前から胃のあたりが重いんです」千早はセーターの上からみぞおちを押さえた。

「なるほど、数日前から胃が重いね。それじゃあ、診察をしますのでそちらのベッドに仰向け（あおむ）になってもらってもいいですか」

千早は言われた通り横たわった。

「ちょっと失礼しますね。足を曲げて、お腹の力を抜いてください」

千早のセーターをめくって腹部を露出させた堀は、聴診、打診、触診と進めていく。

「はい、服を直して起きていただいて結構ですよ。圧痛もないようですし、聴診でも異常はありませんでした。おそらく胃炎でしょうね。胃粘膜保護薬と制酸薬を処方しておきますので内服してください。あと、脂っこいものと、辛いものは避けて……」

診察を終えた堀は、診察記録を打ち込みながら言う。ベッドから身を起こした千早は、堀に近づくとその耳元に囁(ささや)いた。

「私は水城穣の娘です」

キーボードを叩いていた堀の手が止まる。頸椎(けいつい)が錆(さ)びついたかのような動きで振り向いた堀の顔は、恐怖にひきつっていた。

「水城の……娘？」

「ええ、そうです。あらためて、はじめまして堀先生。父がお世話になりました」

とうとう見つけた！　微笑みながら会釈しつつ、千早は内心で快哉(かいさい)を叫ぶ。

穣が腹腔神経叢(ふくくうしんけいそう)ブロックを受けていたと紫織から聞いてすぐ、千早は父が隠れて診療を受けていた医師を捜しはじめた。その人物こそが父の胃に暗号を刻んだ犯人だ。そう確信をしていた。

腹腔神経叢ブロックはX線透視下で行われる複雑な処置だ。それに加えて、内視鏡で胃壁に文字を刻むことができる設備があり、禁煙補助剤の処方も行っている。さらに、大学病院のような多くの医師がいる医療機関ではなく、個人で営んでいるような医院。その条件に当てはまる施設をインターネットで検索したところ、都内で数ヶ所見つかった。千早は三日前から、父の職場だった八木沼建設本社から近い順に、リストアップした医療機関を受診しては、水城穣の娘であると医師に告げていた。これまでに受診した二つのクリニックでは、囁かれた医師は「なんのことでしょう？」と訊(き)き返してくるだけだった。そして三軒目に訪れたのが、この堀医院だ。

「なんの用なんだ！」

「そう興奮なさらないでください。ちょっと先生とお話をしたいだけなんです」

「うるさい！　話すことなんてない」

「先生、私は患者ですよ。そんな言い方はないんじゃないですか」

「診察は終わった。処方も済んだ。分かったらさっさと帰ってくれ」

「いいんですか、追い払って。この足でそのまま警察に行くかもしれませんよ」

「警察……」堀の声がかすれた。

「ええ、そうです。あなたは父の胃壁に文字を刻んだ。それはもはや医療行為とは言えません。傷害罪に当たると思いますし、医師法にも反しています」

「あれは、水城が俺を脅して無理やり……」

「なにがあったにせよ、あなたが父の体を傷つけたことに違いはない。追い出されたら、私はあなたを告発します。有罪になったら、医道審議会で医業停止処分を受けるかもしれませんね。そうでなくても、末期癌患者の胃に暗号を刻んだなんていうおぞましい事件、マスコミが放っておきませんよ。あなたがしたことは全国ニュースで流れるでしょう」

みるみる血の気が引いていく堀の顔を眺めながら、千早は目を細めた。

「どうします？　診察はこれで終わりですか？」

「……なにを、話せばいいんだ？」震える堀の唇の間から弱々しい声が漏れる。

「時間がかかるでしょうから、いまはやめておきましょう。次の患者さんを待たせるのも悪いですし。診療が終わったあと、あらためてというのはどうですか」

「……午後六時に診察が終わる。七時に裏口に来い」

両手で顔を覆う堀を尻目（しりめ）に、千早は出入口へと向かった。

「承知しました。それでは堀先生、またのちほど」


「そこに座ってくれ」

堀に促された千早は、革張りのソファーに腰かける。指示された通り、午後七時に裏口に向かうと、待っていた堀が院内に招き入れてくれた。二人は電気が落とされた廊下を進み、階段を上がって二階にある院長室へとやってきた。

デスクと応接セット、本棚だけが置かれた六畳ほどの部屋を千早は見回す。それほど広くはないが、家具からは高級感が醸し出されている。

「悪いが、職員たちはもう帰ったんで茶は出せない」

ローテーブルをはさんで向かいに座った堀が、硬い声で言う。

「気にしないでください。必要なお話さえ聞ければ、すぐにでも出ていきます」

「なにが目的でここに来た」

血走った目で堀が睨(にら)んでくる。その迫力に千早は恐怖をおぼえた。

「ここにいることは友人に伝えてあります。もし私に危害を加えれば、あなたの仕業だとすぐに分かります。くれぐれも、口封じなんて馬鹿なことは考えないでくださいね」

早口で言うと、堀は大きく舌を鳴らした。

「あんたも親父さんみたいに、俺を脅すのか……」

「やっぱり父に弱みを握られていたんですね。だから胃壁に文字を刻んだ」

失言に気づき、堀の表情がひきつる。

「……なんのことだか分からない。あんたの勘違いじゃないのか。そもそも、俺がそんなことをしたなんていう証拠でもあるのか」

千早は膝の上に置いていたバッグからスマートフォンを取り出し、操作する。

『あなたは父の胃壁に文字を刻んだ。それはもはや医療行為とは……』

『あれは、水城が俺を脅して無理やり……』

数時間前、外来で交わした会話が再生される。堀の口が半開きになった。

「ボイスレコーダーのアプリを使って、さっきの会話を録音しました。これだけで証拠になると思います。少なくとも、警察がこの病院を調べるには十分な証拠に」

堀の表情が弛緩していく。「……なにが聞きたいんだ」という声が半開きの口から漏れる。

「そうですね、まずは先生が父にどんな弱みを握られていたのか。それから教えてください」

「それは……、勘弁してくれ……」

千早は腰を浮かし、ローテーブルに両手をつくと、言い淀む堀に顔を近づける。

「堀先生、知っていることを全部話していただけたら、私は告発しません。けれど、もし少しでも隠していると感じたら、私は今夜にでも警察に行って被害届を出します」

千早は大仰に両手を広げた。

「先生、立派な医院じゃないですか。ＣＴや小さな手術室まであり、複数の医師が働いている。個人でここまでの医療施設を作り上げるには、大変な苦労があったと思います。その大切な医院を守り、雇っている多くのスタッフの生活を守るためにも、正直に話してください」

顔を紅潮させた堀の体が、細かく震えだす。少し追い込みすぎたかもしれない。年配者とはいえ相手は男性だ。破れかぶれになって襲い掛かられたら身を守れるか分からない。千早がソファーから腰を浮かしかけたとき、堀は大きく息を吐いた。

「顔はあんまり似ていないけれど、あんた、間違いなく水城の娘だな。追い込んでくるセリフとかそっくりだよ。こっちの一番弱いところをついてくる。いやらしいったらありゃしない」

　髪を掻き乱しながら、堀は恨めしげな視線を送ってくる。

「じゃあ、答えていただけますね。父にどんな弱みを握られていたのか」

「……水城にはじめて会ったのは、三十数年前。俺が大学生のときだった。そのとき、俺はちょっとした事件を起こして、その頃、所轄署の刑事だった水城に逮捕されたんだよ」

「具体的にはどんなことをしたんですか」

　堀はばつが悪そうに首をすくめる。

「一緒に飲んでいた女の酒に睡眠薬を混ぜて、眠ったところを家に連れて行って……」

「……つまり、女性に薬を盛って、強姦したってことですね」

　嫌悪感で飽和した声で言うと、堀は首を振った。

「知らない女に薬を飲ませたわけじゃない。それまで、いい雰囲気になることもあったんだが、それでもなかなか深い仲になれなかったから魔が差して……」

　千早は「なにが魔が差してですか」と、氷のように冷たい声で吐き捨てる。脅迫に対する罪悪感は完全に消え、代わりに堀に対する嫌悪が胸に満ちていた。

「そもそも、強姦で逮捕されたような犯罪者が、どうして医者になれたんですか。そんな大きな罪を犯したら、医師国家試験の受験資格を失うんじゃないですか」

「示談で不起訴になったからだ……。ただ数年前、水城が急に現れて、いきなり色々と必要な薬を寄越せとか言ってきたんだ。去年は禁煙補助剤を保険が利く期間を超えて処方しろとか……。断れば、俺が昔やったことについて、週刊誌にでも情報を売るって脅して……」

「自業自得じゃないですか。それで、父に腹腔神経叢ブロックをしたり、あまつさえ、内視鏡で胃に暗号を刻んだりしたんですね」

「俺は断ったんだ！」堀は勢いよく顔を上げた。「内視鏡で文字を彫るなんて危険すぎる。少しでも間違えれば、胃壁が破れて、緊急手術をするはめになるって。けれど、あの男は『いまの生活を守りたいなら、死ぬ気で成功させろ』って言ってきかなかった」

「父はあの暗号についてなにか言っていましたか。知っていることを全部教えてください」

軽蔑の視線を向けたまま、千早は訊ねる。堀と同じ空間にいるだけで虫唾が走るが、この男こそ父と折り紙殺人事件を繋げる最大の手がかりだ。この男から情報を引き出すことができなければ、調査は袋小路に迷い込んでしまう。

「なにも知らない。何度も『どういう意味なんだ？』って訊いたけれど、『あんたには関係ない』としか答えなかったよ」

失望が心を黒く染めていく。千早は両手をローテーブルに叩きつける。堀の体が大きく震えた。

「思い出してください。どんな些細なことでもいいんです。父がなにか言っていなかったか、死ぬ気で思い出してください。いまの生活を守りたいんでしょ！」

堀はおびえた表情で細かく頷くと、腕を組んで唸りだした。千早は口を固く結んで、堀を見つめる。やけに粘度の高い時間が過ぎていく。数分の沈黙ののち、堀の目が大きくなった。

「なにか思い出したんですか!?」

「大したことじゃないが、内視鏡を口に入れる寸前、水城に訊ねたんだ。『なんでこんなことをするんだ』って」

「父はなんて答えたんですか!?」

「『愛する家族のため。俺の唯一の家族を守るためだ』。水城はそう言ったよ」

千早は「唯一の家族……」とつぶやく。それが自分を指していないことは分かっていた。父とは最後まで『親子』になれなかった。そんな自分を、父が『愛する家族』と表現するはずがない。

だとすると……。優しく微笑む女性の姿が脳裏をかすめ、千早は目を大きく見開く。

「……お母さん？」

いまは亡き母との思い出が、走馬灯のように頭をよぎっていく。

寡黙な父だったが、母を大事にしていたことはその態度から感じていた。十二年前、母が亡くなった際、千早は生まれて初めて父が涙を流すのを見た。

父にとっての『唯一の家族』、それはきっと母のことだったのだろう。けれど、母を守るためというのは、どういう意味……。そこまで考えたとき、千早の背中に冷たい震えが走った。自分の顔から血の気が引いていく音が聞こえる。

先日、父が連続殺人犯で陣内桜子の遺骨を隠したのかもしれないと言ったとき、桜井がすぐに否定してくれた。自分と一緒にいたので、アリバイがあると。

「でも……、お母さんにはアリバイがない……」震える唇の隙間からかすれ声が漏れる。

出産する前はパートの仕事をしていた母だったが、千早が生まれてからは育児に専念していた。だから、アリバイなんてあるわけがない。

母が千羽鶴かもしれない。

首を激しく振って、頭に湧いた恐ろしい想像を掻き消そうとするが、逆にそれは水面（みなも）に垂らした墨汁のように脳全体に染みわたっていった。

もし母が千羽鶴で、そのことを父が知ったらどうしただろうか。千早は視線を上げ、頭の中でシミュレートを行う。きっと父はなんとしても、母を守ろうとしたに違いない。すぐにそう確信できるほど、娘の自分から見ても両親の絆（きずな）は強いものだった。呼吸が乱れていく。

陣内桜子誘拐事件のあと、父の様子がおかしくなったと桜井は言っていた。もしかしたら父は、自宅で乳児の遺体を見つけたのではないか。母が連続殺人犯だと知った父は、彼女を守るために乳児の遺体を火葬し、神社に葬った。そして、二度と犯行を起こさないと母に誓わせた父は、刑事としてあるまじき行為の代償として警察を退職した。

事件から十六年後に母が亡くなった後も、妻の名誉を守るために父は事件の真相を語ることはなかった。ただ、自分が癌に冒され、残された時間が少なくなったとき、人知れず神社の土の下に埋まっている陣内桜子のことを放っておくことができなくなった。だから、もっとも信頼している桜井に遺骨の場所を伝え、弔ってもらおうとした。

化学反応のように頭の中でストーリーが湧き上がってくる。なんとか必死にそれを否定しようとするのだが、その仮説はあまりにも整然と組み上がっていって、突き崩すことができなかった。

千早は緩慢に立ち上がると、ふらふらと左右に揺れながら扉へと向かう。堀が「え、どこへ？」と訊ねてくるが、答える余裕などなかった。

院長室を出た千早は、おぼつかない足取りで一階へと降りていく。

薄暗い階段が、千早にはまるで地獄の底へとつづいているかのように感じられた。

3

階段を降りていく。やがて黒く光沢のある扉が姿を現した。力を込めて扉を押すと、隙間から濃厚な葉巻の香りが漏れてくる。千早は軽くせき込みながら、店の中に入った。

バーカウンターが間接照明の淡い光に照らされている。グラスを磨いていたバーテンダーが、「お一人ですか？」と落ち着いた声で訊ねてきた。

「いえ、知人と待ち合わせを」

千早は店内を見回す。堀から話を聞いた二日後の夜、千早は銀座(ぎんざ)のシガーバーを訪ねていた。

「千早ちゃん。こっちだよ」

奥のカウンター席に座っていたスーツ姿の壮年男性が手をあげる。

「お久しぶりです、叔父さん」

近づいていくと、母方の叔父である山路明は笑みを浮かべた。

「姉さんの葬儀以来だから、十二年ぶりくらいかな。大きくなったねぇ」

「十二年前から身長は変わっていませんよ。太ったってことですか」

冗談めかして言いながら山路の隣に座った千早は、バーテンダーに「ギムレットを」と声をかける。今日は強い酒を飲みたい気分だった。沈んでいる気持ちをジンで麻痺させよう。

「体格の話じゃなくて、立派になったなと思ったんだよ。すっかり大人だね」

「もうアラサーですから」千早は唇の端をあげる。

「いまはなにをしているのかな？　たしか、医者を目指していたんだよね」

「純正医大の外科医局に入局しました」

「そうか、夢をかなえたんだ。姉さんもきっと喜んでいるよ」

目を細めた山路は、灰皿から葉巻を手に取ってうまそうにくゆらすと、「千早ちゃんは？」と勧めてくる。

「私は吸わないんで」

「それじゃあ、シガーバーに誘って悪かったね。いきつけの店なんだよ」

「気にしないでください。私の方から連絡したんですから」

「急に連絡があったときは驚いたよ。最初はなにかの詐欺じゃないかと思ったくらいだ」

山路は小さな笑い声をあげると、ロックのウイスキーを口に含んだ。

堀医院で話を聞き、母が連続幼女殺人犯かもしれないという疑惑をおぼえた千早は、その疑いを解消するためにも詳しい情報を集めなくてはと考えた。そして思い当たったのが、数えるほどしか顔を合わせたことのない叔父だった。母が入院していたころ、連絡をする必要があるかもと念のため登録しておいた番号に昨日電話をかけたところ、今夜会えることになった。

バーテンダーがショートカクテルグラスを千早の前に置く。

「とりあえず乾杯しようか」

山路が掲げたグラスに自分のグラスを当てると、千早はギムレットを一口含む。灼けるようなアルコールの刺激が、爽やかな後味を残して食道を落ちていく。

「では、さっそく聞かせてもらえるかな。どうして急に私を呼び出したのか」

山路はグラスを回す。球状の氷がグラスに当たる軽やかな音が鼓膜をくすぐった。

「お母さんのことについて話を聞かせて欲しいんです」

山路は「姉さんのこと？」とまばたきをする。

「そうです。娘である私の目からではなく、他の人から見たお母さんの姿を知りたいんです」

「なんで急に？」

千早は口を固く結ぶ。母が連続殺人犯かもしれないから、などと言えるわけもなかった。千早の態度になにかを察したのか、山路は天井に向かって煙を吹きだした。

「もちろん、思い出話をするのは構わないよ。ただ、姉さんと私は十歳近く年齢が離れていたこともあって、そこまで親しくしていたとは言い難いんだよ。姉さんについて詳しい話を聞きたいなら、穣さんに訊くのが一番いい。三十年近く連れ添った夫婦なんだからね」

「……父は先日、亡くなりました」

千早が声を絞り出すと、山路は目を大きく見開いた。

「いや……、そうだったのか。穣さんが……」

動揺した様子でウイスキーを呷った山路は、大きく息を吐く。

「それは本当にご愁傷様。心からお悔やみ申し上げるよ」

千早は「ありがとうございます」と無理やり笑顔を作った。

「そうなると、昔の姉さんについて詳しく知っているのは私くらいということになるのか」

「はい、だから叔父さんから話を聞きたかったんです。父はこの十二年、お母さんの話はほとんどしてくれませんでしたから」

「きっと思い出すとつらかったからだよ。知っているかな。姉さんと穣さんは幼馴染でね、子供のときからずっと一緒にいたんだ。まさに人生をともにするパートナーだったってことさ」

やはり父にとって自分は、二人の世界に突然現れた異物だったのだろう。だから、最後まで本当の『親子』になることはできなかった……。気持ちが沈んでいく。

「それで、お母さんはどんな人でしたか。私にはすごく優しいというか、過保護なくらいでしたけど、他の人に対しては」

「誰にでも優しい人だったよ」山路の表情が柔らかくなる。「私に対してもなにかと世話を焼こうとしてくれた。けどさ、男ってある程度の年になると、母親や姉と仲良くしているのが気恥ずかしくなるんだよ。だから、自然と姉さんを避けるようになってね。馬鹿なことをしたもんだ」

「私がまだ小さかったころ、お母さんはなにか……悩んでいたりしませんでしたか」

千早は必死に言葉を選びながら探りを入れる。折り紙殺人事件があったのは、自分が物心つく前だ。育児に追い詰められたことで母が精神の均衡を失い、恐ろしい犯罪に手を染めてしまったのではないか。この二日間、そんな想像に囚われていた。

「悩んで……か。どちらかというと、千早ちゃんが生まれる前の方がつらそうだったな」

「どういうことですか？」手がかりの予感に千早の声が大きくなる。

「結婚してから十年以上、姉さんと穣さんには子供ができなかったんだよ。姉さんが体質的に妊娠しにくかったらしい。そのことで、姉さんは悩んでいたよ。穣さんに申し訳ないってね」

　山路が横目で視線を送ってくる。

「だから、千早ちゃんを妊娠したときの姉さんの喜びようっていったらなかったよ。ほとんど没交渉だった私にまで連絡をよこしたくらいだからね。ある意味、千早ちゃんのおかげで私たちは、また姉弟に戻れたようなもんなんだ」

「そんなに喜んでくれたんだ……」

　この二日間、暗く濁っていた気持ちがわずかに明るくなる。

「さっき姉さんが過保護だったって言ったけど、仕方ないんだよ。それくらい待望の娘だったんだからね。しかも、子供のとき千早ちゃんは病気がちだったらしいし」

「そうみたいですね」

　母から耳にたこができるほど、「あなたは小さいとき、すごく体が弱かったんだからね」と聞かされた記憶が蘇る。

「そのせいで、高校まで運動部に入ることを禁止されていました。怪我したらどうするんだって、お母さんに反対されて。運動、好きだったんですけどね」

　その反動で、大学時代は空手部に入って、日夜稽古に明け暮れたものだった。

「許してあげてくれよ。十年以上も待ち続けて生まれてきた娘に、万が一のことがあったらって心配だったのさ。それくらい、姉さんは千早ちゃんのことを大切に思っていたんだよ」

「じゃあ、私が生まれた後、お母さんの様子がおかしかったということはなかったんですね」

　千早は縋りつくように言う。山路の個人的な感想で、母に対する疑惑が晴れるわけではない。しかし、いまはどんな不確かなものであっても、救いになる情報が欲しかった。

「ああ、そういえば……」山路は視線を上げながらつぶやく。「たしか、千早ちゃんが小さいころ会いに行ったとき、少し様子がおかしかったことがあったな」

「おかしかったって、どんなふうにですか？」

「なんというか、心ここにあらずというか、なにを話しても生返事でね。私が訪ねている間、ずっと千早ちゃんを抱いていた。私にも抱っこさせてくれないかって言うと、『触らないで！』って、これまで見たこともないような剣幕で怒鳴られたよ」

山路はこめかみを掻くと、「もう一杯」とバーテンダーにグラスを差し出し、ウイスキーを注いでもらう。濃い琥珀(こはく)色の液体が、氷の表面を伝ってグラスにたまっていった。

「それって……正確にはいつ頃の話ですか？」

「いつ頃？　そうだなぁ、私がちょうど転職した頃だったから」

山路が葉巻をふかすと、指折り数えていく。それを見ながら、千早は胸元に手を当てた。心臓の鼓動が痛いほどに加速していく。

「たしか二十八年前だね」

山路の言葉を聞いた瞬間、ひときわ強い心臓の拍動が掌(てのひら)に伝わってきた。

二十八年前、まさに折り紙殺人事件が日本中を震撼(しんかん)させていた時期。

やっぱりお母さんが……。めまいをおぼえ、千早は慌ててカウンターに両手をつく。

「千早ちゃん、どうした？　顔が真っ青だぞ」

山路の声が、千早にはやけに遠くから響いてくるように聞こえた。

4

　蛍光灯の無味乾燥な光に照らされた外廊下を、千早は緩慢な足取りで進んでいく。銀座のシガーバーを出たあと、居候している紫織のマンションに戻っていた。

　母が連続殺人犯だという疑いを払拭(ふっしょく)するため、山路と会った。しかし、得られた情報はさらに疑惑を濃くするものでしかなかった。胸の中で大きく成長した不安と恐怖をごまかすため、山路に止められるまで、強いカクテルを何杯も続けざまに喉(のど)に流し込んだ。

　黒い感情はアルコールでいくらか希釈されたが、代わりに強い吐き気がみぞおちにわだかまっている。帰りのタクシーの中でも、気を抜けば嘔吐(おうと)してしまいそうで、窓を開けてずっと外の空気を吸っていた。枷(かせ)がつけられたかのように足が重い。なんとか目的の扉の前までやってきた千早は、合鍵(あいかぎ)で錠を外すと倒れ込むように室内に入った。

　パンプスを脱ぎ捨て、バッグを放ると、玄関の壁に背中をあずけて座り込む。このまま意識を失ってしまいたかった。そうすれば恐ろしい想像を、耐えがたい現実を忘れてしまえるから。

「なにやっているの？」

　声を掛けられ、千早はのろのろと顔を上げる。ジャージの上下を着た紫織が、眼鏡の奥から不思議そうにこちらを眺めていた。

「見たら分かるでしょ。座ってるの。このまま寝るつもりだった」

「こんなところで寝たら、風邪ひく。ちゃんと着替えて、寝室で眠った方がいい」

　普段通り抑揚のない紫織の口調が、今日はやけに気に障った。

「言われなくても分かってるわよ！　ほっといて！　関係ないでしょ」

「ほっとけない。あなたが風邪をひいたら、調査が滞って、穣さんの遺志を確認することに支障が出る。それに玄関で寝られたら迷惑」

「私のためじゃなくて、あくまで病理医としての好奇心のためってわけね」

皮肉を込めて言うと、紫織は唐突にひざまずいて、千早の目をまっすぐに覗き込んできた。

「好奇心じゃなくて使命。解剖させていただいた者としての、最低限の責任」

口調こそ平板だが、紫織の瞳の奥には強い光が宿っていた。千早は視線をそらしてしまう。

「分かったわよ。寝室に行けばいいんでしょ」

勢いよく立ち上がる。しかし、アルコールで麻痺した三半規管はそのスピードに対応できなかった。視界がぐるりと回り、千早は大きくバランスを崩す。

倒れる。そう思ったとき、体の傾きが止まった。

「大丈夫？」両手で千早の体を抱きかかえた紫織が訊ねてくる。

「あ……、大丈夫。……ありがとう」

気恥ずかしさをおぼえて体を離そうとした瞬間、またふらついてしまう。

「いいから摑まっていて」

紫織が肩をかしてきた。千早は小さく頷くと、おとなしく紫織に支えられながら廊下を進む。

「どれくらい飲んだの。なにかあった？」

「……だから、あんたには関係ないってば」

蚊の鳴くような声で千早はつぶやく。胸の奥にヘドロのようにたまったこの感情を吐き出してしまいたかった。しかし、母が千羽鶴かもしれないなどと、言えるわけもなかった。

「事件についてなにか分かったの？　それなら、情報共有するって約束」

千早は俯いて、聞こえないふりを決め込む。紫織はこれ見よがしに大きなため息をつくと、リビングの扉を開いた。家具の少ない殺風景な部屋の中心に鎮座しているローテーブルに、食べかけのコンビニ弁当が置かれていた。

「あんた、いまごろ夕飯食べていたの？」

ソファーに腰かけながら千早は言う。

「ちょっと前に帰ってきたところだったから」

「食事もしないで、こんな時間までなにしていたのよ」

「穣さんの臓器をある程度プレパラートにできたんで、組織の様子を確認していた」

「え、深夜まで顕微鏡覗き込んでいたってこと？」

「そう。一人で落ち着いてやりたかったから、就業時間が終わってみんなが帰ったあとにやった。普通の病理解剖より、今回はさらに詳しく調べないといけないから」

「食事をすることも忘れて、必死に手がかりを探していたの？　よくそこまでのめり込めるね。娘の私よりも、よっぽど熱意を持っているじゃない」

いやみのつもりで言ったのだが、紫織は無表情のままだった。

「あなたより熱意があるかどうかは分からない。けれど、私はどんなことをしても、穣さんの遺志を明らかにしたい。それには、組織を観察して分かる情報だけじゃ足りない。だから、あなたがなにか手がかりを摑んだなら教えて」

すべてぶちまけてしまいたいという衝動にかられる。これ以上、自分だけで秘密を抱え込んでいたら、胸腔内の臓器が腐ってしまいそうだった。

「お母さんが……」無意識にその言葉が漏れた瞬間、千早は勢いよく両手で口を押さえた。

アルコールで思考が濁っているせいだ。もう寝てしまおう。そうすれば、馬鹿なことを言わないですむ。立ち上がりかけた千早の肩を、紫織がそっと押した。再びソファーに座り込んだ千早は、紫織を睨(ね)め上げる。

「寝るんだから邪魔しないで」

「やっぱりなにか情報を掴んだんだ。教えて」

「なんで自分の家族のことを、あなたに教えないといけないのよ」

「あなたがつらそうだから」

「つらそう？　私が？」

「うん」紫織は大きく頷いた。「この二日ぐらい、あなたは苦しんでいた。助けを求めてもがいているように見えた。特に、今日は迷子になった子供みたい」

千早の額に紫織がそっと手を触れる。こもっていた熱が冷たい掌に吸い取られていく。

「だから、話を聞かせて。一人で抱え込んで悩むより、きっと楽になる」

普段の無表情が嘘のように、慈愛に満ちた笑みを浮かべる紫織の顔が、古い記憶にある母の微笑と重なる。視界が滲むのをおぼえ、千早は慌てて目をこすった。

「……なら、あなたのことも話してよ」

千早が小声で言うと、紫織は「私のこと？」と訊き返した。

「この前、なんでそんなに解剖にこだわるのか訊いたとき、なにか重い話をしようとしたでしょ。それを聞かせてよ。私だけが秘密を喋(しゃべ)るなんてフェアじゃない」

紫織の身の上話に興味があるわけではない。ただ、感情が昂(たかぶ)ったまま話したら、途中で泣き出してしまうだろう。だから、少しだけ落ち着く時間が欲しかった。

「あまり楽しくない話だよ。それでいて、長い話」

「かまわないわよ。夜は長いんだし、酔い醒(ざ)ましにちょうどいいでしょ」

紫織は「分かった」とカーペットに座ると、淡々と話しはじめた。

「前にも言ったけど、私は中学生のころから不登校になった。暗い性格だったから友達もできなくて、クラスのいじめのターゲットになって」

暗いというよりも、浮世離れしているのが原因だろうな。千早は内心でつぶやく。人は自分とは違う存在を排除しようとする本能がある。大人になれば理性でその本能を抑え込むこともできるが、子供から大人に変わる過渡期にはその本能が、強く、そして残酷な形で出現しがちだ。

「引きこもっていた私を、父親や教師たちは叱って、無理やりにでも学校に行かせようとした。そんな私を守ってくれたのが、お母さんだった。お母さんは学校でこれ以上いじめられたら、私が壊れてしまうって父を説得して、学校には抗議に行ってくれた。そのおかげで、私を無理やり登校させようとする人はいなくなった。学校に行かなくても私が勉強に遅れなかったのも、お母さんが家で勉強を見てくれたから」

幸せそうに母親との思い出を語っていた紫織の表情に暗い影が差す。

「けど、お母さんは私が十五歳のときに亡くなった」

「……なにかの病気？」

「うん、心筋梗塞(こうそく)。昼食の時間にキッチンに行ったら、お母さんが意識を失って倒れてた。すぐに救急車を呼んで病院に搬送したけど、意識が戻らないまま二日後に亡くなった」

「それは、……つらかったわね」

乳癌で亡くなった母を看取(みと)ったときのことを、千早は思い出す。目に見えて弱っていく母を見るのは、心臓を握りつぶされていくかのように苦しかった。しかし、自分には覚悟を決める時間があった。なんの前触れもなく大切な母親を亡くした紫織が受けた衝撃は、おそらくはるかに大きかっただろう。

「お母さんが息を引き取ったあと、主治医が言ってきた。『まだ三十代の女性が心筋梗塞を起こすのは珍しい。死因をはっきりさせるためにも、病理解剖をお勧めします』って」

かつて大学病院では、可能な限り病理解剖を行うという方針をとっていた。おそらく、主治医の発言もそんな方針に沿ってのものだったのだろう。

「ショックで呆然としていた父は断ることができず、病理解剖に同意した。剖検を担当する病理医が説明にやってきたとき、私ははじめてお母さんが解剖されることを知って、パニックになった。お母さんの体を切り刻むなんてひどいことをしないでって」

「そりゃそうよね」

医師である自分でさえ、肉親を解剖されることに強い抵抗をおぼえたのだ。まだ十五歳の少女が混乱するのも当然だ。

「解剖をやめてもらうように私は泣き叫びながら父にお願いした。けれど、父は魂が抜けたみたいになにも言わなかった。そんなとき、病理医が声をかけてきてくれた」

紫織の表情が柔らかくなる。

「『最大限の敬意をもって大切なお母様の体を解剖させていただきます。そして、お母様の遺志を全力で汲み取り、ご家族にお伝えします』って」

「あなたが私に言ったセリフね」

千早の指摘に、紫織はかすかにはにかんだ。

「その言葉で、解剖に対する拒否感は弱くなった。私とお母さんはお別れの言葉を交わすこともできなかった。だから、もし解剖でお母さんの想いが分かるなら、それを知りたいと思った」

「それで、お母さんを解剖することになったってわけか。で、なにか分かったの？　お母さんの遺志とかいうものは」

「ええ」紫織はゆっくりと頷いた。「病理解剖の結果、お母さんの心臓冠動脈にはいくつもの狭窄(さく)部位が見つかった。それだけじゃなく、全身の動脈にコレステロールの著しい沈着が認められた」

「え？　三十代でそんなに動脈硬化が進んでいるって異常じゃない」

「そう、異常だった。だから詳しく調べたところ、私の母方の祖父も、三十代で心臓発作で亡くなっていたことが分かった」

「親子続けて、若くして心臓発作で亡くなる……」

そこまで条件がそろえば、アルコールで回転が遅くなった頭にもある疾患名が浮かび上がる。

「家族性高コレステロール血症」

千早がぼそりとつぶやくと、紫織は小さくあごを引いた。

家族性高コレステロール血症。悪玉コレステロールと呼ばれるＬＤＬコレステロールが異常に増加する遺伝性の疾患。その患者は適切な治療を受けなければ、若いうちに狭心症や心筋梗塞を起こすことが多い。

「そのあとすぐに検査したところ、私のコレステロール値も異常に高かった。だからそれ以来、スタチン系の高脂血症治療薬を飲んでコレステロールをコントロールしている」

「じゃあ、もしお母さんが病理解剖を受けなかったら……」

「たぶん、私も若いうちに冠動脈疾患で命を落としていた」

紫織は胸元に掌を当てた。

「『君に幸せに長生きしてほしい。それがきっとお母さんの遺志だったんだよ』。担当の病理医はそう言ってくれた。その言葉を聞いたとき、お母さんが『幸せにね』って声をかけてくれたような気がした」

「素敵なドクターが担当してくれたのね」

「うん、松本先生にはとても感謝している」

「え、松本先生って、病理部の部長の!?」

「そう。松本部長みたいに亡くなった人が遺した声を聞けるような医師になりたくて、私は必死に勉強して純正医大に合格して、病理部に入ったの」

なるほど、松本がやけに紫織のことを買っていたのは、直弟子だったからか。納得しながら千早は紫織に訊ねる。

「それで、あこがれの松本部長には追いつけたの？」

からかうように言うと、紫織は真剣な顔で首を横に振った。

「まだ全然。けれど、努力はしている。少しでも部長に近づけるように、いまは穣さんが遺した声を拾い上げることに全力を尽くしたい。だから教えて。あなたが調べてきたことを」

紫織は身を乗り出し、千早の手を包み込むように摑んだ。千早はその手を軽く振り払う。

「そんなに迫ってこないでよ。私、そっちの趣味はないわよ」

「そっちの趣味？」

「分からないなら気にしないで。ちゃんと話してあげるから、落ち着きなさいってことよ」

いつのまにか、全身の細胞を冒していた黒い感情が薄くなっていた。目の前の病理医は信頼できる。彼女にならすべてを話しても大丈夫だ。なぜかそんな気持ちになっていた。

「どこから話したらいいかな。まずはこの前、父さんの胃に暗号を書いたドクターを見つけて、そいつから話を聞いたの……」

千早はこの数日間の出来事を語っていく。それにつれて、体が少しずつ軽くなっていった。紫織はほとんどまばたきもすることなく、無言で千早の話に耳を傾けてくれた。

「……というわけなのよ」

数十分かけて話を終えた千早は、大きく息を吐く。長く話したので疲れていた。しかし、その疲労感が爽快ですらあった。ソファーから立ち上がった千早は、部屋の隅にある小型の冷蔵庫を開けると、ジンジャーエールの瓶を取り出して蓋を開け、薄い飴色の液体を口の中に流し込んだ。痛みをおぼえるほどの炭酸の刺激が、口から胃へと落ちていく。

「で、刀祢先生のご意見は？　やっぱり、お母さんが怪しいと思う？」

千早が瓶を振ると、紫織は口元に片手を当てる。

「穣さんには、奥さんとあなた以外に家族はいなかったの？」

「私が知る限りはいなかったわね。両親は早くに亡くしているし、兄弟はいないって言っていた。少なくとも、『愛する』とか『唯一の』なんていう家族はお母さんだけだったはず」

「あなたを指していたという可能性は？」

「それはない」千早は自虐的に鼻を鳴らす。「最後に会った日、父さんになんて言われたと思う。たんに血が繋がっているからといって、親子になれるわけじゃない。父さんは私にそう言ったの」

「ただの照れ隠しだったのかも」

「……違う」

脳裏に父と最後に会話を交わした光景が蘇り、胸が締め付けられた。

「あのとき、父さんはこのうえなく本気だった。お前と親子なんかじゃないと、私を完全に拒絶した。あの人にとって私は、夫婦の生活に割り込んできた邪魔ものだったのよ。父さんにとって『家族』は、お母さんだけだった」

「お母さんが千羽鶴だったから、穣さんは必死に秘密を守り続けた。そう思っているのね」

「だとすれば、父さんの不可解な行動も説明がつくでしょ。事件後、父さんが刑事をやめたのは、犯人をかくまっている自分に警察官の資格がないと思ったから。刑事より家にいる時間が長い仕事に就くことで、お母さんがまた事件を起こさないように監視する意味合いもあったのかもね。退職後に事件について調べなかったのも当然よね。だって、犯人が誰か知っていたんだから」

千早は瓶を顔の前に持ってくる。細かい炭酸の泡がはじけ、ぱちぱちと音を立てた。

「まだ、そうと決まったわけじゃない。あなたは衝撃的な仮説を思いついて、それに囚われてしまっているだけ」

紫織の目に同情の色が浮かぶ。千早は大きくかぶりを振った。

「他にどんな解釈があるっていうのよ。病理解剖で父さんが遺した声を聞いているんでしょ。あの人はなにか言っていた？」

「検体をすべてプレパラートにするのは時間がかかるから、組織の観察は少ししかできていない。だから、まだ穰さんの声は聞こえてこない」

「そんなところだと思った。解剖することでその人の想いが分かるなんて、スピリチュアルみたいなこと、最初から期待していなかったしね」

苛立ち(いらだ)も手伝って、きつい口調になってしまう。

「ごめんなさい。私が未熟なせいで、穰さんの声をうまく拾い上げることができなくて」

紫織が哀しげに目を伏せるのを見て、千早は我に返る。

「……こっちこそごめん。頑張ってくれているのに、いやみったらしいこと言って。ちょっと酔ってて、うまく頭が回っていないの。それに、お母さんのことで混乱してて」

早口で言い訳をするが、紫織の表情が変わることはなかった。

「あ、あのさ。進んでいないって言っても、少しは組織を観察できたんでしょ。別に事件に関係してなくてもいいから、分かったこととかあった？」

「今日は、肺の組織を観察した」紫織はのろのろと顔を上げる。

「なにか変わったことは？」

「肺気腫（はいきしゅ）がかなり進んでいた」

「ああ、肺気腫ね。父さん、ヘビースモーカーだったから」

千早は顔をしかめる。肺気腫とは、くり返し炎症にさらされることで肺組織が変性し、末梢（まっしょう）を中心に肺胞が風船のように膨らむ疾患で、多くは長期間の喫煙によって引き起こされる。

「父さん、最後の入院をする寸前まで、職場でもずっとサボって喫煙所にいたんだって。癌が分かってからは禁煙するように口を酸っぱくして言っていたのに、隠れて吸ってたのよ」

ため息交じりに言うと、紫織が「え？」と目をしばたたいた。

「穣さんは禁煙していたはず。少なくとも、一年程度は」

「どうしてそんなこと分かるのよ？」

「たしかに穣さんの肺は、長期間の喫煙によって肺気腫を起こしていた。けれど、肺胞がタバコの煤（すす）で汚れているということはなかった。禁煙してから肺胞がきれいになるまで、ある程度の期間は必要。だから、亡くなる一ヶ月前までタバコを吸っていたなんてことはあり得ない」

「でも、同僚の警備員が、父さんは最後までいつも喫煙所にいたって……」

戸惑う千早の前で、紫織は低い声でつぶやいた。

「だとしたら、その同僚が嘘をついているか、もしくは穣さんにはタバコを吸う以外に、喫煙所にいないといけない理由があったはず」

5

「ここまで案内すればいいっスかね」

若い警備員は面倒くさそうに言う。その胸には『萩本』という名札がついている。

翌日、千早は再び、八木沼建設の本社を訪れていた。警備員室に顔を出すと、前回案内してくれた米原は不在だったが、髪を茶色に染めたこの萩本という警備員が応対してくれた。

水城穣の娘であることを告げ、もう一度だけ喫煙所を見たいと言うと最初、萩本は難色を示した。しかし、警備員室の奥にいた中年の警備員に「お前、水城さんにはお世話になっていただろ。少しぐらいは恩返ししろ」と叱られ、しぶしぶ案内をしてくれた。

「待ってください。ちょっとだけ伺いたいことがあるんですけど」

踵を返そうとする萩本に声をかけると、彼は「なんっスか」と苛立たしげに茶髪の頭を掻く。

「萩本さんは、長くこちらにお勤めなんですか？」

「そんなことないっスよ。高校卒業してからバイトとして入ったんで、三年くらいっスかね」

「ここの警備って、アルバイトも雇っているんですね」

「俺の親父がここで警備員やってたんスよ。その伝手で雇ってもらいました。その親父も去年、脳卒中で死んじまいましたけどね」

萩本の顔に一瞬、暗い影が差す。千早は「それはご愁傷様です」と言いながら、目の前の男に訊ねるべきことを頭の中でリストアップしていく。

「父とは親しかったんですか？」

「べつに。だって水城さんってほとんど喋らないでしょ。ガタイは小さいのに、やけに威圧感があって近寄り難かったんスよ。あの人と親しかった人なんて、いないんじゃないかな」

「でも、さっき世話になったたって」

「ああ、ここでバイトはじめた最初のころ、仕事のやり方とか少し習っただけ。どっちかって言うと、俺の方がお世話していた気がしてますけどね。水城さん、いつもここでサボっていたから」

父さんがいつも喫煙所にいたというのは本当だということか。乾燥した唇を舐めた千早は、最も訊ねたかった質問を口にする。

「父がこの喫煙所でなにをしていたかご存じですか？」

「はぁ？　喫煙所なんだからタバコを吸っていたんでしょ」萩本は呆けた声を上げる。

「いえ、父は一年ほどタバコを吸っていなかったはずなんです。それなのに、どうして喫煙所にいたのかを知りたくて」

「タバコを吸わないのに喫煙所にいた？　わけわかんないな。もし本当にそうなら、たんにサボっていただけじゃないっスか。なんでそんなこと知りたいんスか」

「いえ、なんでもありません。すみません、忘れてください」

わずかに失望しつつ、千早はその場をごまかした。

「もういいっスかね。俺もそんなに暇ってわけじゃないんで」

返事を聞くこともなく、萩本は踵を返して離れていく。まだ訊きたいことはあったが、無理に引きとめるわけにもいかなかった。

千早は前回来たときと同様、喫煙所に置かれたベンチに腰かける。ここで父はなにをしていたのだろう。膝に両肘をつき、手にあごを乗せながら、千早は思考を巡らせる。

正面のフェンスの向こうには、放課後の小学生や、買い物から帰宅する主婦などの姿があった。木材工場からは、資材を切り出す音がリズミカルに響いてくる。

初夏の香りを孕んだ風を顔に感じながら、千早はぼそりとつぶやいた。

「……監視」

そう、監視だ。父はここでなにかを監視していた。だからこそ、ここに長時間とどまっている必要があったのではないか。ここから見えるものは……。千早はせわしなく視線を動かす。

正面の工場、連なっている背の低い住宅、ひっきりなしに客が出入りしているコンビニエンスストア、少し離れた位置に建つタワーマンション。この中に、監視していた対象があるのだろうか。ふと視線を上げた千早は息を呑む。

視界を遮るようにそびえ建つ八木沼建設本社ビル。鉄筋コンクリート十階建てのその建築物の中から、いくつもの視線が千早に注がれていた。普段、ほとんど社員が利用しない喫煙所に、見慣れない人物が座っているからだろう。

心臓が大きく鼓動する胸に、千早は手を当てる。そうだ、監視対象が外にあるとは限らない。父は社内の人物を監視していた？　だとしたら誰だ？　ここから、どのフロアを見ていたんだ？　下層階から順に見上げていった千早の視線が最上階で止まる。全面ガラス張りの窓際に一人の女性が立ち、千早を見下ろしていた。見覚えのある人物だった。八木沼建設の副社長である八木沼和歌子。

急に気温が下がったような気がして、千早はとっさに自らの肩を抱く。遠目でも分かるほど、千早を見下ろす和歌子の視線は冷たかった。

先日、和歌子と面会した際の記憶が頭に蘇り、千早は「あっ」と声を漏らす。別れ際に気づいたリストカットの痕に衝撃を受け、そのときは気づかなかったが、あらためて振り返ると、和歌子にはおかしな点があった。

元刑事の父が警備員になって、心強かった。和歌子はそう言った。しかし、父はかつて刑事であったことを同僚にも、そして娘である自分にさえ隠していた。勤めている会社の重役とはいえ、他人に漏らすとは思えない。

では、どうして父が刑事だったと和歌子は知っていたのか。考えられる理由は一つ。刑事時代の父に会ったことがあるのだ。おそらく、なんらかの事件を通じて。

その事件とはなんだったのだろうか。千早は乾燥した唇を舐めた。

最初に会ったときに直感したように、和歌子は何かを隠している。父がここで和歌子を監視していた可能性は高い。それなら……。

千早はバッグからスマートフォンを取り出すと、電話帳から和歌子の携帯番号を選ぶ。面会の際にもらった名刺に書いてあった番号を登録しておいた。

数瞬、躊躇したあと、『発信』のアイコンに触れる。呼び出し音が鳴ると、窓際に立つ和歌子がスーツのポケットからスマートフォンを取り出すのが見えた。

『はい、八木沼です』

人工音声のように無機質な声が聞こえてくる。

「先日お邪魔した水城千早です。また御社にお邪魔しています」

『ええ、いま見ていますよ。よろしければ、私の部屋にいらっしゃいませんか。電話越しより、そちらの方が落ち着いて話せますし』

和歌子の唇に妖しい笑みが浮かぶのを遠目に見て、千早は喉を鳴らして唾を飲み込んだ。

「どうぞ。お砂糖とミルクはどうしますか？」

和歌子がローテーブルにコーヒーカップを置く。

「ブラックで結構です。ありがとうございます」

千早はカップを手に取って口元に持ってくると、一口飲んだように見せかけて、すぐにソーサーに戻す。和歌子が出したものを口にすることに恐怖をおぼえていた。

和歌子に指示されて千早が向かったのは、副社長室だった。先日面会に使われた応接室より一回り大きく、応接セットの奥にアンティーク調のデスクが置かれている。

対面のソファーに腰かけた和歌子は、自分のカップに砂糖とミルクを投入する。

「コーヒーは甘い方が好きなんです。けど、こんなに入れたら太っちゃいますよね」

おどけて言いながら、和歌子はその整った顔に人懐っこい笑みを浮かべる。しかし、その目がまったく笑っていないことに千早は気づいていた。

「それで、今日はなんのご用でしょうか？」

どこから話すべきか。どうしたら、和歌子の顔に張り付いている人工的な笑みをはがせるだろうか。千早は必死に頭を絞る。

きっと、和歌子はなにかを隠している。その情報を手に入れれば、二十八年前と現在、時代をまたいで起きている連続殺人事件の闇を暴くことができる。そんな予感がしていた。

慎重にならなくては。どうやって目の前の女性の口を割るか、その戦略を立てなくては。詰将棋をしているような心地になりながら、千早はゆっくりと口を開いた。

「父が元刑事だと知っておられましたよね」

「ええ、それがどうかしましたか」

「父がそんなことを言うなんておかしいと思うんです。父は警備員の同僚にも、娘の私にさえ、元刑事だったということを隠していたんですから」

「雇い主には教えておくべきだと思ったんじゃないでしょうか」

そんなわけないと言いたかったが、強く反論するだけの根拠がなかった。

「それじゃあ、父を雇い続けていたのはどうしてなんですか？」

「どういう意味ですか？」

「ごまかさないでください。たしかに元刑事だけど、父は小柄で体力もある方じゃありませんでした。それに、父は真面目に働いていませんでした」

「あら、九年間、一度も遅刻や無断欠勤はなかったはずですけど」

「でも、仕事自体はサボってばかりだった。父は勤務時間中、よく裏庭の喫煙所にいました」

千早は立ち上がると、全面ガラス張りの窓に近づく。

「ここからは、裏庭が見えます。あなたは、父がサボっている姿を何度も見ていたはずです」

和歌子は微笑を浮かべたまま立ち上がると、無言で近づいてくる。圧迫感をおぼえた千早は、一歩下がって距離をとった。

「同僚の警備員の方が言っていました。この会社の重役の誰かが、父を特別扱いしていたって」

「それが私だっていうのかしら」和歌子はすっと目を細める。

「そう考えるのが妥当だと思います」

「どうしてそんなことをする必要があると？」

「それは……。父に脅されていたからじゃないですか」

「脅されていた？」和歌子は小首を傾げる。

「そうです。あなたはなにかの事件の際、刑事時代の父に会い、弱みを握られてしまった。こんな大きな会社の副社長としては、とうてい許されないような弱みを」

「それを公開すると脅して、うちの会社で雇ってもらったということ？　あなたのお父さんはそんな卑怯(ひきょう)なことをする人だったの？」

挑発的な和歌子のセリフに、千早はわずかにあごを引いた。実際に父は、堀を脅して胃に文字を刻ませている。必要があったとしたら、どんな手段でも取っただろう。

「水城さん、かわいそうに。実の娘さんに信頼されていないなんて」

和歌子は口元を手で隠すと、忍び笑いを漏らす。

「仮に脅されていたとしたら、私にはどんな秘密があるのかしら」

千早は言葉に詰まった。父が和歌子を脅していたという確信はあったが、その内容まで分かるわけもなかった。

どうするべきだ？　なんと言えば和歌子を追い詰め、彼女の秘密を暴くことができる。

緊張で乾いた口腔内を舐めると、千早は押し殺した声で言った。

「折り紙殺人事件をご存じですか？」

「……なんの話？」

和歌子はまばたきを繰り返す。しかし、その表情にかすかな動揺が走ったのを千早は見逃さなかった。やはり、和歌子は折り紙殺人事件にかかわっている。

「二十八年前、この地域を中心に五人の女児が誘拐されて殺された事件です」

「ああ、あの事件ね。覚えてる覚えてる」和歌子は両手を合わせた。

「日本中がすごい大騒ぎになったからね。私もまだ中学生になったばかりだったから怖かった。何ヶ月も集団登校だったし、両親には外に出るなってうるさく言われたなぁ。でも、それがどうしたの？」

「父が調べていたんです」

「水城さんが？」

「はい、父は刑事として連続幼女殺人事件の捜査に加わっていました。そして、その事件が迷宮入りしたのを機に、刑事をやめました」

「へえ、そうなんだ。でも、なんでその事件のことを私に？」

「あなたがかかわっているからです」

和歌子はどこか白々しく、「私が？」と自分の顔を指さす。

「そうです。あなたは二十八年前の連続殺人事件になんらかの形でかかわり、父に弱みを握られた。父はあなたを脅してこの会社に勤め、喫煙所からあなたを監視し続けていたんです」

「なかなか面白いお話。千早さん、あなたとっても想像力が豊かなんですね」

「間違っているんですか？」

「ええ、間違っていますよ。それとも、私がその殺人事件の関係者だっていう証拠でも？」

痛いところを突かれ、千早は唇を嚙(か)む。このままでは、はぐらかされてしまう。どうすれば、和歌子の余裕を奪うことができるだろう。

数十秒間、頭を絞ったあと、千早は身を翻して出入り口へと向かった。

「あら？　お帰りになるの？」

不思議そうに和歌子がつぶやく。千早は扉の前で顔だけ振り返った。

「ええ、お邪魔しました。このまま警察に行きます」

「警察!?」

「そうです。世間には公表されていませんけど、いま折り紙殺人事件と同一犯によるものと思われる殺人事件が起きているんです」

情報を漏らさないと桜井と約束していたが、いまはそんなことを気にしている余裕はなかった。和歌子から情報を引き出せなければ、必死に手繰ってきた手がかりの糸が途切れてしまう。

「父が亡くなってすぐ、二十八年ぶりに事件が起きたことに捜査本部は興味を持っています。父がなにか事件について知っていたんじゃないかと疑っているんです。だから、さっきの話を報告させてもらいます。あなたがおっしゃる通り、なんの証拠もない話ですけど、きっと詳しく調べてくれるはずです。もしかしたら、こちらの会社を捜索するかも」

千早は緊張で声が震えないよう、喉に力を込める。警察に行くなどというのは、完全なはったりりだった。父の死と、今回の事件が関係していると疑っている捜査員は自分だけだと桜井は言っていた。その桜井に情報を伝えたところで、自分の勘だけが根拠である以上、会社を捜索するなどできるはずもない。

引き留めてくれと内心で願いつつ、千早は「失礼します」とドアノブに手を伸ばす。和歌子が動揺している気配を背中で感じる。しかし、声はかからなかった。

扉を開け、背中に汗が伝うのをおぼえながら部屋の外へと出る。赤い絨毯（じゅうたん）が敷かれた廊下に出た千早は、ゆっくりと扉を閉めていく。その隙間から、和歌子の声が漏れてくるのを待ちながら。

和歌子の声は聞こえなかった。代わりに、扉が閉まる重い音が廊下に響き渡る。

唇を噛んで天井を仰ぐ。ブラフは失敗した。賭（か）けに負けてしまった。必死にたどってきた細い手がかりの糸が、とうとう切れてしまった。和歌子が隠していた秘密を暴くことは、もはや難しい。手を伸ばせば届くところまで近づいていた事件の核心が、一気に離れてしまった。

これからどうすればいいのだろう。力なくうなだれながら、千早は重い足取りで廊下を進んでいく。エレベーターのボタンを押したとき、背後から扉が開く音が聞こえてきた。

振り返った千早は目を見開く。鬼気迫る表情を浮かべた和歌子が、足早に近づいてきていた。

「待って！」息を乱した和歌子が、千早の手を握る。

かかった！　千早は胸の中で快哉を叫ぶ。

「警察はダメ。会社に迷惑がかかる。私のせいで捜索されるなんてことになったら、ここを追い出されるかもしれない」

縋るように和歌子は言う。その態度からは、余裕が完全に消え去っていた。

はじめて和歌子に対して優位に立った千早は、口角を上げる。

「ここではなんですし、お部屋でお話を伺いましょうか」

「それで、なにを話せばいいんでしょうか」

和歌子が険しい眼差しを向けてくる。千早と和歌子は副社長室に戻り、再び対峙していた。千早はもったいをつけるように黙ったまま微笑を浮かべる。千早の目には、和歌子の体が一回り小さくなったように映っていた。

「あなたが話を聞きたいって言うから、ここに戻ったんですよ」

和歌子の声が甲高くなる。混乱しているいまこそ、一気に攻めるべきだ。千早は前傾する。

「あなたは嘘をついていた。あなたは二十八年前の折り紙殺人事件の関係者で、その捜査をしていた父となんらかの接触を持った。そうですね」

千早が鋭く言うと、和歌子は大きく息を吐いた。

「半分だけ正解」

「半分？　どういう意味ですか。正直に話してくれないと、すぐにでも警察に行きますよ」

「ちゃんと話しますよ。まず最初に言っておきます。私は折り紙殺人事件の関係者ではありません。その点については、あなたの完全な勘違いです」

「そんなはずありません。さっき事件の話題を振ったとき、あなたは動揺しました。あなたが事件にかかわっていたのは確実です」

「ええ、たしかに動揺しました」和歌子は小さく頷いた。「全身から冷や汗が出て、気を抜いたら悲鳴を上げそうになっていました」

「なら……」と言いかけた千早を、和歌子は掌を突き出してさえぎる。

「けど、それは私が折り紙殺人事件にかかわっていたからじゃありません。違う事件の記憶がフラッシュバックしたからです。三十年近く、私を苛み続けている記憶が……」

「違う事件？」

千早は首をひねった。気を落ち着けようとしているのか、和歌子は冷め切ったコーヒーを一口飲む。カップを持つその手が細かく震えていることに千早は気づいた。

「私の実家は自営業を営んでいました」

押し殺した口調で和歌子は語りはじめる。

「ただ、バブル崩壊の影響で事業はかなり厳しい状態になっていました。資金繰りが行き詰って生活が苦しくなり、両親の仲も険悪になって、中学生になったばかりだった私は夜遅くまで外で遊んですごすようになりました。まあ、簡単に言うと『グレた』というやつですね」

和歌子は皮肉っぽく唇の片端を上げた。

「自然と、あまり良くない友人たちと一緒に行動するようになりました。軽い犯罪で警察のお世話になったこともあります」

「軽い犯罪って万引きとかですか？」

「そんなところです。荒れた生活をしていたんですよ。ただ、まだ中学生の女子が深夜に出歩いていたりすれば、リスクも高くなる。いま考えれば当然のことですけど、あのころはそんなことも分からないくらい子供だったんです」

深いため息をつく和歌子に、千早は「それで、なにがあったんですか」と先を促す。和歌子は気怠（けだる）そうに話しはじめた。

「ある日の深夜、私は繁華街から自宅に向かっていました。その時間なら、家族も寝ていて顔を合わせなくてすむから。家まであと数百メートルという場所にある公園の前を通ったとき、突然後頭部に衝撃が走りました。後ろから殴られたんです。朦朧（もうろう）として倒れた私は、殴った男に公園の中に引きずり込まれて公衆トイレの裏へと連れていかれました」

想像を超える壮絶な話に、千早が「どうなったんですか？」と声を震わせる。和歌子の顔にどこまでも哀しげな笑みが浮かぶ。

「あなたが想像している通りのことですよ。犯人は両手で首を絞めながら、私の体をおもちゃにしました」

「そんな……」

「けど、私はまだ幸運な方だったんですよ。頭を殴られた影響でほとんど抵抗できませんでしたから。もし抵抗していたら」

「抵抗していたら……、どうなったんですか？」

「その二ヶ月くらい前から、都内で女子中高生を狙った同じ手口の暴行事件が続いていました。被害者は私を含めて五人いて、一人は激しく抵抗した結果、……絞め殺されてしまいました」

千早は絶句する。

「男が満足して帰ったあと、私は魂が抜けたようにその場に倒れ込んでいました。朝になり、散歩にやってきた近所の人が私を発見して通報してくれて、私は病院へと搬送されました。一通りの治療を受けて入院しましたが、ショックが大きくてただ天井を眺めていることしかできませんでした。両親が面会に来てくれたけど、何を言われてもほとんど反応できませんでした。体は生きているのに心は死んでしまっている、そんな感じだったんです」

そのときのことを思い出したのか、和歌子は視線を上げる。

「次の日、病室に若い刑事がやってきて、犯人の人相や特徴だけでなく、私がどんなことをされたのかを事細かに聞き出そうとしました。『なにも覚えていない、話したくない』と言っても、その刑事は『そんなわけないだろう』『ほかの子が被害に遭ってもいいのか』などとまくしたてた。まるで容疑者の取り調べのような剣幕で」

「ひどい……」

「ええ、ひどいですよね。こんなに怖くて苦しくて悔しい思いをするぐらいなら、死んでしまいたい。本気でそう思いました。パニックになって頭を抱えて泣いていると、病室にもう一人、中年の刑事さんが入ってきました。私はさらにひどく尋問されるんだと思って絶望したんです。小柄ですけどかなり強面(こわもて)の刑事さんで、しかも鬼のような形相をしていましたから。けど……」

　こわばっていた和歌子の表情がわずかに柔らかくなった。

「その刑事さんは私じゃなく、若い刑事に向かって怒鳴ったんです。『なにやっているんだ！　さっさと出ていけ！』ってね」

「まさか、その刑事って……」

「ええ、水城さんですよ。病室で二人きりになると、水城さんはまだ中学生だった私に深々と頭を下げて謝りました。そのうえで、いまはつらいだろうから落ち着くまで話さなくていいと微笑んでくれたあと、約束してくれました」

「約束？」

「『犯人は必ず俺が逮捕する。だから、いまは事件のことをできるだけ考えないで、ゆっくり心身を休めなさい』。そう言って、あの人は私の頭に手を当ててくれたんです」

　その感触を思い出すように、和歌子は額に手を添えた。

「その瞬間、硬く凍りついていた心が溶けたのが分かりました。涙があふれて止まらなくなって、私は水城さんのスーツの襟をつかんで、彼の胸に顔をうずめて大声で泣きました。その間、彼は私の背中を優しく撫でてくれたんです」

「父さんがそんなことを……」

千早は呆然とつぶやく。父の微笑んだ顔などすぐには思い出せない。頭を撫でられた記憶もほとんどなかった。

娘の私でもされたことがないことを、この人はしてもらった。強い嫉妬が襲い掛かってくる。しかしその一方で、父の知らない一面を垣間見られたことが嬉しくもあった。

「私は後日、女性警官から話を聞かれることになりました。もちろん事件のことを話すのはつらかったですが、それでも男性に聞かれるよりはだいぶましでした。退院してからは外に出ることが怖くて、ずっと家に閉じこもっていました。外出したら、またあの犯人に襲われる。ずっとそんな恐怖に苛まれていました。けれど、それを救ってくれたのも水城さんでした」

「今度は、父がなにをしたんですか？」

「犯人を捕まえてくれたんですよ。事件から一ヶ月ぐらいして、犯人が逮捕されました。近所に住む、ヤクザ崩れの無職の男でした。そのことを、水城さんはわざわざ自宅まで報告しにきてくれたんです。私が証言した男の入れ墨を手がかりに、水城さん自身が犯人を見つけ出したことを教えてくれました。そして、また私の頭を撫でながらこう言ってくれたんです。『君のおかげで犯人を捕まえることができた。君は犯人に勝ったんだよ』と」

千早は心臓の鼓動を確かめるかのように、胸元に両手を当てた。

「それを聞いた瞬間、ずっと私の心と体に絡みついていた恐怖はすっと消えました。この人が言うんだから、私はもう安全なんだ。そう確信することができて、また外に出ることができるようになったんです。もちろん、完全に立ち直るまでにはかなり時間がかかりましたけど」

唐突に和歌子はスーツの袖をまくった。露出した左手首にバーコードのように刻まれたリストカットの傷跡に、千早の体がこわばる。

「犯人は無期懲役の判決を受けて刑務所に行き、事件は解決しました。でも、精神的な傷が完全に癒(い)えたわけではなく、私は何度も手首を切りました。特に、折り紙殺人事件が起きている間はつらかった……。小さな女の子が誘拐されて殺される。私が巻き込まれた事件と共通点が多くて、何度もあの夜の光景がフラッシュバックしたんです。自分を傷つけないと耐えられなかった。腐り落ちそうな自我を、なんとか痛みで保っていたんですよ」

和歌子は「変なもの見せてごめんなさい」と袖を戻した。さっき、折り紙殺人事件について言及した際、なぜ和歌子が過剰に反応したかを理解し、千早の胸に罪悪感が湧いてくる。

「ただ、水城さんに助けてもらわなければ、私は間違いなく自分の命を絶っていました。水城さんは私にとって命の恩人なんですよ」

口を固く結んでいる千早に、和歌子はそっと手を伸ばす。その手が千早の頬に触れた。滑らかな感触が心地いい。

「水城さんはきっと、犯罪者に対してはとても厳しかったんでしょう。けれど、私のように傷ついた者には、とても優しい方でした。悪人を許さない強さと弱いものを慈しむ優しさを持った、とても素敵な男性でした」

「あ、ありがとうございます……」

声が震え、なぜか視界が滲んでくる。千早は慌てて目元をこすった。

胸のなかが熱くなっていく。ここまで父のことを慕っている人がいたことに感動していた。

和歌子が「どうぞ」とティッシュペーパーを差し出してくる。それを受け取った千早は洟(はな)をかむと、数回深呼吸をくり返して、大きく波立っている感情を抑えていく。

「すみません、急に泣き出したりして」

謝罪すると、和歌子は「いいんですよ、気にしないで」と柔らかく言う。その姿が、記憶の中の母親の姿と重なり、また涙がこみ上げそうになる。

「父は和歌子さんが副社長だということを知って、こちらの会社に勤めたんですか？」

「いいえ、たぶん分からなかったはずですよ。二十年は会っていなかったし、私は名字も変わっていたから」

「じゃあ、こちらの会社に就職したのは偶然だと」

「ええ、面接で水城さんが入ってきたときは、息が止まりそうになったわね。水城さん小柄だし、履歴書では元刑事ってことを隠していたから、他の重役たちは落とそうとしたんですよ。けれど、私があの人は絶対頼りになるって説得して、採用してもらいました」

「そうだったんですね。では、父がずっと喫煙所にいたのに、注意されなかったのは」

「それも、私が水城さんを特別扱いしていたからです。それに関しては、副社長として公平性に問題がありましたね。少し反省しています」

冗談めかして言うと、和歌子は立ち上がって窓際に移動する。

いまの話を信用していいのだろうか。すべて嘘の可能性はないか。数十秒の思考の末、千早は
「なんの権限もない副社長って、かなりストレスがあるんですよ。ただ、ここから喫煙所にいる水城さんの姿を見ると安心できたんです。今日も、思わず癖で喫煙所を眺めてしまいました。もう、あの人がいるわけないのに」

結論を出す。きっと和歌子は真実を述べていると。約三十年前、和歌子が本当に事件に巻き込まれたか否かは、詳しく調べれば分かるはずだ。そんな嘘をつくとは思えなかった。それに……。

千早も腰を上げて窓へと向かい、和歌子の横顔を眺める。

さっき、事件のことを語った際の、和歌子の鬼気迫る態度。あれが演技だとは思えなかった。

父は和歌子を監視していたんじゃない。逆に和歌子が父のことを見ていた。だとすると、父は喫煙所でいったいなにをしていたというのだろう。

「先ほどはいろいろと失礼なことを言ってすみませんでした。あと一つだけ伺いたいんですが、父があの喫煙所でいつもなにをしていたか、ご存じありませんか」

千早が訊ねると、和歌子は眉を訝しげにひそめた。

「タバコを吸っていたんだと思いますけど」

「そうですよね……」

捕らえたと思った手がかりが、指の間をすり抜けて落ちていくのを感じ取りながら、千早は唇を噛んだ。

6

「さきほどはありがとうございました」

警備員室の小窓を千早は覗き込む。部屋の奥で雑誌を読んでいた萩本がこちらを向いた。

「ああ、お帰りっスか」

相変わらず気怠そうな声で答えつつ、萩本は雑誌をわきに置いた。

「はい、用事はすみましたから」

和歌子から話を聞き終えた千早は、副社長室をあとにしてエレベーターで一階へと降りていた。千早が会釈して外に出ようとすると、萩本が「あ、ちょっと」と声をかけてきた。

「あのさ、さっき水城さんが喫煙所でなにしてたのか訊きましたよね」

「え、ええ、訊きましたけど」

「ちょっと思い出したことがあるんスよ」

「思い出したこと!?」

「そんな興奮しないでくださいよ。本当にちょっとしたことなんスから」

「どんな些細なことでもかまいません。教えてください」

小窓の枠に手をかけながら言うと、萩本は首筋を掻いた。

「いやね、水城さんのことでちょこちょこクレームが入っていたんスよ。喫煙所からずっとこっちを見ていて気味が悪い。まるで監視されているみたいだってね」

「監視!?」声が裏返る。

まさかそのキーワードが萩本から出てくるとは思ってもみなかった。

「誰ですか。この会社の誰が、父に監視されていたんですか!?」

千早がまくしたてる。萩本は顔の前で手を振った。

「いや、社内の人間じゃないっスよ。クレームを入れてきたのは……」

萩本の説明に千早は窓枠に手をかけながら耳を傾ける。

「……ってわけなんスよ。なんか参考になりました?」

萩本が説明を終えるや否や、千早は身を翻して走り出した。背後から「あれ、どうしたんスか?」という萩本の声がかすかに聞こえてきた。


八木沼建設の本社ビルの正面玄関から出た千早は、パンプスを鳴らして会社の裏手へと走る。フェンス越しに喫煙所がある裏庭が見えてくる。荒い息をつきながら足を止めた千早は、左右を見回して車が来ないことを確認すると、ガードレールを飛び越え、片側二車線の車道を横切って向こう側の歩道へと渡った。

乱れた息を整えつつ、顔を上げる。学校にある体育館のような建物、その正面には高さがゆうに十メートルはありそうな巨大な出入り口が開いている。奥には無数の木材が並べられていて、二十人ほどの従業員がそれらを運んだり、巨大な装置で切断したりしている。千早は出入り口のわきにかけられた看板に視線を向ける。そこには『(有) 立花材木』と記されていた。

　父に監視されているようで不快だ。この工場からそんなクレームが何度か入った。萩本はそう教えてくれた。

　千早は振り返る。フェンスの向こう側に、八木沼建設の喫煙所に置かれたベンチが見える。ベンチに座って正面を向けば、自然とこの工場を眺めることになる。父は意図せずこの工場を見つめて抗議を受けたのか、それとも……。

「……ここを監視するために、いつも喫煙所にいたの？」

　口の中で独り言を転がしながら、千早は視線を彷徨(さまよ)わせる。できれば工場関係者に話を聞きたいのだが、受付は見当たらなかった。意を決した千早は、緊張しつつ敷地へと入っていく。数メートル進んで工場の中へと入った千早は、濃厚な木の香りと騒音に圧倒されて立ち尽くした。作業服を着こみ、ヘルメットをかぶった作業員たちの大部分は年配の男性だった。額に汗を光らせながら、黙々と木材を加工している。

　声をかけるタイミングがつかめずおろおろしていると、無骨な装置で木材を切断していた作業員が千早に気づき、厳しい表情で近づいてくる。

「だめだよ、あんた。ここは立ち入り禁止だよ」

　首にかけたタオルで顔の汗を拭(ふ)きながら、男はしわがれた声で言う。年齢は六十前後といったところだろうか。苔(こけ)のようにあごを覆いつくす無精ひげには、白いものが目立っている。

「すみません、あの、こちらの責任者の方と少しだけお話ししたいんですけど」

「責任者？　責任者なら俺だよ。工場長の関(せき)っていうんだ。俺になんの用だよ」

関は怒鳴るように言う。その態度に圧迫感をおぼえつつ、千早も声を張り上げた。

「こちらの工場はいつごろからあるんでしょうか？」

「あ？　いつごろから？　四十年くらい前からだけど、それがどうしたって言うんだ」

四十年前、ということは折り紙殺人事件が起きたときにはすでにあったということだ。かすかな手ごたえをおぼえつつ、千早は質問を重ねていく。

「三十年以上勤めている従業員の方はいらっしゃいますか？」

「古い工場だし、一人前になるには時間がかかるから、そりゃいるよ。というか、半分ぐらいがそうじゃねえかな」

事件当時から勤めていた従業員が複数いる。父がこの工場を監視していた可能性がじわじわと高まっていくことに興奮しつつ工場内を見回した千早は、頭から冷水を浴びせられたような心地になる。従業員たちが作業の手を止め、こちらに視線を注いでいた。

父がこの工場を監視していたとしたら、ここに折り紙殺人事件の関係者がいるかもしれない。もしかしたら千羽鶴が……。足から震えが這(は)いあがってくる。

母の容疑を晴らすことに必死になり、実家に放火されたことが頭から消えていた。自分も犯人に狙われているかもしれないというのに。

体がこわばっていく。いますぐここから逃げ出したい。そんな衝動が全身を襲った。

千早が踵を返そうとした瞬間、「なあ」と関が声をかけてくる。

「なんでそんなこと訊くんだよ。あんた、誰なんだい？」

我に返った千早は、こわばった舌を必死に動かして言う。

「あの……、私は八木沼建設でお話を聞いて……」

「なんだ、八木沼さんの人かよ。それならそうと、早く言ってくれって」

千早の説明を遮った関は、「ちょっと待ってな」と言い残して工場の外へと消えていった。なにが起きているのか把握できないまま、千早はその場にとどまる。手がかりを得られるかもしれないという思いが、逃げ出しそうになる足の動きを止めていた。

従業員たちと目が合わないよう俯いていると、「待たせたな」という声が聞こえてきた。振り返ると関が、作業服を着た男性と一緒に立っていた。

「こっちがうちの社長だから。あとはこいつと話をしてくれよ」

そう言い残すと、関は持ち場に戻る。それを合図に、従業員たちも一斉に作業を再開した。

「社長の立花芳樹です。八木沼建設の方ですね。いつもお世話になっております」

立花は精悍な顔に笑みを浮かべると、慇懃に名刺を差し出してくる。

「いえ、それは……」

名刺を受け取りつつ、誤解を解かなくてはと千早が戸惑っていると、立花は「ここはうるさいので、事務所でお話を伺いましょう」と促してくる。千早は首をすくめると、立花とともに建物を出て、工場のわきにあるプレハブ小屋へと向かった。

立花は「どうぞおかけください」と言いながら、冷蔵庫から緑茶のペットボトルを取り出した。千早がおずおずとパイプ椅子に腰かけると、立花は長テーブルにペットボトルを置き、向かいの席に座った。

「すみません、小汚い事務所で。それで、どんなご用件でしょうか？　八木沼建設さんと打ち合わせの予定はなかったはずですが」

「すみません」千早は立ち上がり、頭を下げる。「私は八木沼建設の社員ではないんです。八木沼建設の警備員の方に伺って、こちらに話を聞きに来ただけなんです」

立花はきょとんとした表情を浮かべたあと、軽く笑い声をあげた。

「ああ、そうだったんですか。こちらこそすみません。うちの従業員が早とちりしたようで」

「申し訳ありません、急に押しかけてしまって」

「気にしないでください。一日中、事務仕事に明け暮れていて、辟易（へきえき）していたところなんです。少しぐらいなら時間を取れます。それで、どちら様でしょうか？」

「あっ、申し遅れました。私はこういうものです」

千早は春物のジャケットのポケットから名刺入れを取り出す。立花は立ち上がると「頂戴（ちょうだい）します」と名刺を受け取った。

「お医者さん……ですか」名刺を眺めながら、立花はつぶやく。

「実は、私の父がこちらの工場にご迷惑をおかけしたと伺いまして、謝罪に参りました」

立花とともに椅子に腰を戻した千早は、慎重に言葉を選びながら言う。

「お父様が？」

「はい、水城穣といいます。八木沼建設の警備員で、よく喫煙所のベンチに座っていました」

「ああ、あの方ですか……」立花はわずかに渋い顔になる。

「不快な思いをさせたようで」

千早が再び頭を下げると、立花は胸の前で手を振った。

「いえいえ、私は特に迷惑をかけられたわけではありません。基本的に、ここで仕事をしているか、取引先に打ち合わせに行っていますので。ただ、工場で作業している従業員の中には、ずっとこちらを見ているので、まるで監視をされているようだと感じる者もいまして……」

「それで、八木沼建設に抗議されたんですね」

「抗議というほどでは」立花はどこか卑屈に唇の端を上げる。「うちの会社は、八木沼建設さんにとてもお世話になっています。ですからやんわりと、よくこちらを見ている警備員さんがいるけれど、なにか気になることがあるのかと質問させていただいただけです。気にしないでくださいという回答だけ頂きました」

副社長である和歌子に特別扱いをされていた父は、八木沼建設の中でもなかなか扱いづらい存在だったのだろう。千早は頭の中で状況を整理していく。

「従業員の方の中に、父の知り合いの方とかはいらっしゃらなかったんですか。例えば、父とときどき話していたとか」

父は工場を監視していただけではなく、従業員に接触していたかもしれない。もし、従業員の中に千羽鶴がいると考えていたなら、そうしていたはずだ。しかし、立花は首を横に振った。

「いえ、私の知る限り、そういう者はいないはずですが」

「それじゃあ、父に直接抗議をしに行った方とか」

「それこそあり得ませんよ。うちの工場があるのは、八木沼建設さんのおかげだってことは、私以上に従業員が知っていますから」

「どういうことですか？」

立花は少し躊躇するようなそぶりを見せたあと、喋りはじめる。

「この会社は、私の父である立花浩一郎（こういちろう）が四十年ほど前に立ち上げました。ただ、経営危機に陥って三十年近く前に一度つぶれかけたんです。銀行も融資してくれず、父は闇金まがいのところからも借金をしているような状態でした」

「三十年近く前……」

それはもしかしたら、折り紙殺人事件が起こった時期ではないだろうか。千早は立花の説明に意識を集中させる。

「追い込まれたとき手を差し伸べてくれたのが、もともと取引があった八木沼建設さんでした。

うちに十分な融資をしてくれたうえ、仕事を回してくれました。そのおかげで、なんとかうちは倒産せずにすんだんです。まあ、その代わりに色々なものを差し出しましたけどね」

立花の顔に一瞬、暗い影がさした。隣に大きな本社ビルが建っているところを見ると、担保に土地でも取られたのかもしれない。

「そのような事情で、社員が個人的に抗議するわけにはいかないので、代表して私が八木沼建設さんとお話しさせていただいたんです。ただ、さっきも言った通り、私もそれほど強く言うわけにもいかず、なあなあですませてしまいました。そのせいで、社内での肩身がさらに狭くなってしまいましたよ」

「肩身が狭いって、立花さんは社長さんなんですよね」

「三年ほど前、父が突然他界したのを機に、小学校で教師をしていたのを辞め後を継いで社長に就任したんです。ただ、私は材木の切り出しなどは全くできません。長く勤めている社員たちからすれば、素人である私をなかなか社長とは認めがたいんでしょう」

言われてみれば工場長の関も、立花に対してかなりぞんざいな態度をとっていた。

八木沼建設の社員でないことが分かったあとも、なぜ立花が話を続けてくれたのか分かった気がした。きっと、いまの立場に息苦しさをおぼえていた立花は、それを吐き出す対象が欲しかったのだろう。そして、赤の他人である自分は、そのはけ口として適当だったのかもしれない。

この工場を監視するために、父が喫煙所にいた可能性は高い。立花からなら、まだまだ情報を引き出すことができそうだ。

千早が頭の中で訊ねるべき質問をリストアップしていると、立花が腕時計に視線を落とした。

「あっ、すみません。これから取引先の会社との打ち合わせで、出ないといけないんです。私はそろそろ失礼しますので、よろしければお茶を飲み終えるまでゆっくりしていってください」

立花は早口で言うと席を立った。出入り口に向かう立花に、千早は慌てて「待ってください」と声をかける。ドアに手をかけながら、立花は「なんでしょう?」と振り向いた。

できる質問は一つだけだ。なにを訊く? いま最も必要としている情報はなんだ? 焦りで頭が回らなくなる。

「立花さんのお父様、先代の社長はどんな方だったんでしょうか?」

いまにも出ていきそうな立花の様子に、千早はとっさに口走る。

もっと重要な情報を訊きたかったのに……。後悔で頬がひきつるが、どうしようもなかった。

「優しい父でしたよ。とても子供好きで」

哀愁のこもった口調で立花は答える。

「昔はこの敷地内で、子供相手にそろばんや手芸の教室などもしていました。近所の子供がたくさん来ていたんですよ。特に女の子が多かったかな。小学生や幼稚園生くらいの女の子が」

7

両目にコンタクトレンズを嵌めた刀祢紫織は、正面の鏡を見つめる。タイトなスーツを着た長身の女性と目が合った。紫織は普段はほとんど使用していない化粧ポーチを開くと、中から口紅を取り出す。

深紅のリップを唇に塗った紫織は「よし」と小声でつぶやいた。

日曜日の朝、Tシャツとジーンズで出勤してきた紫織は、ロッカールームでスーツに着替えると、眼鏡をコンタクトに換え、念入りに化粧をしていた。

ロッカールームをあとにした紫織は、ヒールを鳴らしながら廊下を歩いていく。すれ違った医師や看護師たちが振り返るのを背中で感じながら、紫織は職場である病理診断室に到着する。

扉のわきにあるスイッチを入れると、無人の部屋が蛍光灯の漂白された光に浮かび上がった。病理部は土日は基本的に休みとなる。一人で落ち着いて作業に集中するため、紫織は休日出勤をしていた。

席につき、顕微鏡の光源を入れた紫織は鍵のかかったデスクの引き出しを開けてプレパラートを取り出す。それをクリップでステージに固定すると、紫織は目を閉じて深呼吸をくり返したあと、深々と一礼をした。

ゆっくりと瞼(まぶた)を上げた紫織は接眼レンズに両目を当てると、右手でハンドルを操作し、何百倍にも拡大された組織を眺めていく。数分かけてじっくりと観察を終えると、素早くプレパラートを取り換え、再びレンズを覗き込んだ。次々にプレパラートを換えながら、紫織は全神経を視覚に集中させ、ハンドルを操作し続ける。

顕微鏡を覗き込みはじめてから、二時間ほどしたとき、不意に扉が開く音が響いた。顔を上げると、病理部の部長である松本がいた。

「おや、刀祢先生」紫織に気づいた松本は軽く手をあげる。「そんな正装をしてどうしたのかな？　今日は病理解剖の依頼が入ったという話は聞いていないが」

「先日、解剖させていただいた患者さんの組織を観察していたんです。ただ、まだ彼が遺した声を十分に汲み取ることができていないので……」

「正装をして気合を入れて観察をしようとしていたわけか」

紫織は「はい」と頷く。

「いやね、明日の教授会で使う資料を忘れたから取りに来たんだけど、君が鬼気迫る顔で顕微鏡を覗き込んでいたから驚いたよ」

松本はおどけた口調で言う。紫織は「すみません」と背中を丸めた。

「謝ることはないよ。君の病理解剖に対する姿勢は本当に素晴らしい。私も常々、見習わなくてはと思っているんだ」

「そんなことありません。だって……」

松本に少しでも近づくことこそ、自分の目標だ。自分はまだまだ、尊敬する彼の足元にも及ばない。その想いを伝えたかったが、口下手な紫織は言葉に詰まってしまう。

そんな紫織に柔らかい眼差しを向けながら、松本は隣のデスクの席に腰かけた。

「この前、解剖したということは、水城先生のお父様だね。君がそこまで必死になるところを見ると、なにかおかしな点があったのかな？　私が力になれることはあるかい？」

松本と視線が合う。心の中まで見透かされるような気がして、紫織は目をそらしてしまった。

松本のことは信頼している。しかし、水城穣は自らの胃に暗号を刻んだことを、桜井以外にはできるだけ知られたくなかったはずだ。

故人の遺志を尊重しなければ。けれど、松本にならば……。

迷って黙り込んでいると、松本は軽く肩を叩いてきた。

「どうやらあまり広めない方がいい情報のようだね。君がそう判断したのなら、私に伝える必要はない。いまの話は忘れてくれ」

松本は椅子から腰を上げると、自分のデスクの引き出しから資料の束を取り出し、「それじゃあ、頑張ってね」と出入り口へと向かう。

「待ってください！」

扉を開けた松本の背中に、紫織は声をかける。松本はドアノブから手を離して振り返った。

「どうした？」

「先生のおっしゃる通り、水城穣さんの解剖で分かった情報は伝えられません。娘である千早……、水城先生もそれを望んでいます」

「患者本人と、遺族が望んでいるなら、そうするべきだね」

「でも、私では水城穣さんの遺志を汲み取ることができないんです。彼はきっと、なにか思い残すことがあった。なにか伝えたいことがあった。けれどどれだけ必死になっても、彼の想いを読み取ることができないんです」

　腹腔神経叢ブロックの跡から、胃に暗号を刻んだ医師を見つけることができた。肺組織を観察して、最近は喫煙していないことを突き止め、そこから千早がなにかに気づいたようだ。

　しかし、水城穣が本当に伝えたかったこと、その本質にはまだ触れることができていない。死を前にして、自らの胃壁に暗号を残す。そんな常軌を逸している行動に彼を走らせた闇の正体を摑めずにいた。

「刀祢先生はちょっと前のめりすぎなのかもしれないね」松本がゆっくりと近づいてくる。

「前のめりすぎ？」

「そう、君は解剖した患者さんの遺志を読み取らなければいけないという想いがとても強い。それは素晴らしいことだ。ただそれは、独りよがりになる危険性も帯びている」

　紫織は黙って松本の言葉に耳を傾ける。

「最大限の敬意をもってご遺体を解剖させていただき、その組織まで細かく調べ上げることで故人の遺志を汲み取る。私が教えたことだね」

「はい、そうです。顕微鏡ですべての組織を観察し、どんな小さな異常も見逃さないようにする。それを心がけてきました」

「君は一人だけでそれをしようとしているだろ。それじゃあ、限界があるよ」

意味が理解できず、紫織は「え？」と声を漏らす。

「病理解剖というのは共同作業だ」

「それは、解剖をサポートする助手との、ということですか？」

「いや、そうじゃない」松本は首を横に振った。「ご遺体とのさ」

「ご遺体との共同作業……」紫織は呆然とその言葉をくり返す。

「そうだ。強い感情を残して亡くなったご遺体は、それを必死に伝えようとしている。病理医は解剖と組織観察という手段を用いて、彼らのかすかな声に耳を傾けなくてはならないんだよ。ご遺体が語り、我々がそれを受け取る。だから、共同作業」

「私にはそれができていないと？」

「できていないってわけじゃない。ただ君は、やや視野が狭まっている気がする。集中するのはいいが、あまり自分を追い詰めずに、ご遺体と語り合ってもいいんじゃないかな」

「ご遺体と語り合う……」

　松本のアドバイスはどこまでも抽象的で、禅問答をしているような心地になる。しかし、なぜか乾いた砂が水を吸うように、その言葉は紫織の細胞に沁み込んでいった。

「そうだよ。私はそうやって、君のお母様の想いを感じ取ったんだ。君に対するどこまでも深い愛情をね」

「……お母さん」感情が溢れそうになり、紫織は口元に力を込める。

「刀祢先生、君は優秀な病理医だ。少し肩の力を抜くことをおぼえれば、きっと今回のご遺体の声も聞き取ることができるさ」

　松本はジャケットのポケットから取り出したハンカチを紫織に手渡すと、「それじゃあ頑張って」という言葉を残して部屋から出ていった。

ハンカチで目にたまった涙を拭き、洟をかんだ紫織は、胸元に片手を当てる。たしかに、独りよがりになっていたのかもしれない。病理医としての自らの能力を駆使し、遺体の異常をすべて見つけ出す。そのことにやっきになりすぎていた。

遺体の声を聞き出すのではない、遺体に語ってもらう。その気持ちをいつの間にか忘れていた。

「……穣さん、あなたは何を伝えたかったんですか」

静かに語りかけると、紫織は再び顕微鏡を覗き込む。なぜか、ヘマトキシリンエオジン染色で色付けされた組織が、さっきまでよりも鮮やかに見えた。

紫織は心の中で穣に語りかけながら、様々な組織を観察し続ける。

「あれ……？」

副甲状腺。甲状腺の裏側にある米粒ほどの大きさの臓器である組織を観察していた紫織は、声を上げる。そこに明らかな異常が見受けられた。

「なんでこんなことに？」

ハンドルを操作しながらつぶやいた紫織は、わきにある電子カルテに所見を入力すると、数秒考え込んだあと顕微鏡のステージからプレパラートを取り外そうとした。

それほど珍しい異常というわけではない。次の標本に移ろう。

滑らかでひんやりとしたガラス製のプレパラートの表面に指先が触れた瞬間、紫織は振り返る。どこかから声が聞こえた気がした。しかし、部屋の中には誰もいない。

気のせいだったのだろうか？　そう思ったとき、胸の奥にざわりとした感覚をおぼえ、紫織は素早くプレパラートから手を引いた。

いまのはなんだろう。胸騒ぎがする。おずおずと紫織は接眼レンズに両目を近づけ、再び副甲状腺の組織を観察しはじめる。

無意識のうちに、私はなにかに気づいた。なにか重要なことに。そんな予感がしていた。

副甲状腺に異常があるのは間違いない。けれどこれが、水城穣が抱えていた闇になにか関係があるのだろうか。副甲状腺に異常をきたす疾患としては……。

「まさか……」

小声でつぶやきながら顔を上げた紫織は、マウスを操作し、電子カルテに穣のX線写真を表示させる。

「……やっぱり」

注意して観察しなければまず気づかないほど、ほんのわずかな異常がそこから読み取れた。

穣さんはあの疾患を患っていた。けれど、それが事件となにか繋がりがあるのだろうか。

紫織が腕を組んだとき、再びかすかな声が聞こえた気がした。紫織は目を見開き、大きく息を呑んだ。頭の中で火花が散る。その火種は脳細胞の網を次々に発火させ、脳全体がショートしそうなほど急速に働きだした。そこから発生した光が、ずっと闇の底に沈んでいた謎の輪郭をうっすらと浮き上がらせてくる。

「これが穣さんの抱えていた闇……。だとすると……」

かすれ声でつぶやいた紫織は、ぶるりと体を震わせる。想像が正しかったら、穣がとった異常な行動にも説明がつく。

「これを誰かに気づいてほしかったの？」

紫織は天井を見上げる。もしかしたら、さっきの声は穣からのものだったのだろうか。

「そんなわけないか」

紫織はふっと微笑んだ。きっと、これまでに集めてきた情報が、ちょっとしたきっかけで連鎖的に繋がっていっただけなのだろう。

ただ、この現象が松本が言っていた『ご遺体の声を聞き取る』ということなのかもしれない。

紫織は額に手を当てて、これからどうするべきか考える。

まずはこの仮説が正しいか証明する必要がある。それまで、他人に漏らすわけにはいかない。特に千早には。

すぐに検査をしないと。あの検査はかなり時間がかかる。立ち上がって出入り口に向かいかけた紫織は、ふと思いなおしてデスクに置かれたスマートフォンを手に取ると、ある人物に電話をかける。この仮説が正しいと証明するため、まずは簡単に確認が取れる情報から集めていこう。

数回呼び出し音が鳴ったあと回線が繋がった。

『はい、もしもし。桜井ですが』

スマートフォンから、中年刑事のどこか面倒くさそうな声が聞こえてきた。

8

「捜査に行かなくてもいいんですか？」

湊が声をかけてくる。長机に片肘をついていた桜井は、資料をめくる手を止めた。

「なに言っているの、これもれっきとした捜査だよ」

「そうは言っても、一日中ここにいるのは問題なんじゃないですか？」

桜井と湊は朝から葛飾署の資料保管室にこもり、警視庁から運び込まれている折り紙殺人事件の資料を読み漁(あさ)っていた。

「靴をすり減らして聞き込みをするだけが刑事の仕事じゃないよ。こうやって過去の資料を読み返すと、事件解決につながる手がかりが見つかったりするもんなんだ」

「そもそも、なにを見つければいいんですか？　こんなに大量にあるんですよ。全部読んでいたら、それだけで何ヶ月もかかります」

湊は棚に積まれた大量の段ボール箱を指さす。

「さっきから何度も言っているじゃないか。最後の事件、陣内桜子ちゃん誘拐殺人事件についてさ。あの出来事にこそ、一連の事件を解き明かすための鍵が埋まっているんだよ」

「どうしてそんなこと分かるんですか？」

「刑事の勘ってやつさ」

はぐらかす桜井に、湊は疑わしげな視線を向けてくる。

「本当に勘なんですか？　桜井さん、俺になにか隠しているでしょう」

内心動揺するが、桜井はそれをおくびにも出さず、大きく両手を広げる。

「おいおい、湊君。なに言っているんだよ。私が相棒に情報を隠すような男に見えるかい？」

「見えます」

即答され、桜井は「信用ないなぁ」と苦笑する。

「桜井さん、捜査会議が終わったあと、一人でふらっとどこかに消えますよね。そのときになにか正規の手続きを踏まない方法で、情報を集めてきているんじゃないですか。俺のことをパートナーだって言うなら、正直に答えてください」

おや、なかなかいい読みだねぇ。内心で感嘆しつつ、桜井は湊の目をまっすぐに見つめると、低く押し殺した声で言う。

「捜査会議のあと私がなにをしているのか、本当にそんなに知りたいの。どうしてもって言うなら話すけど、聞いても後悔しないかい？」

「後悔なんてしません。教えてください」

緊張した面持ちで湊は頷く。桜井は破顔すると、後頭部を掻いた。

「いやあ、実はさ。いきつけのクラブのホステスがもう少しで口説けそうなんだよ。だからさ、捜査中でもちょっとだけ顔を出して繋ぎとめておきたいんだよね」

湊の顔がみるみる紅潮していく。「もういいです！」と声を張り上げた湊は、苛立たしげな手つきで再び資料をめくりはじめた。まだちょっと粘りが足りないかな。桜井はわきに置いた段ボール箱の中から、新しい冊子を取り出すと、目を通していく。

水城穣は、陣内桜子の遺骨が埋められている場所を知っていたにもかかわらず、最期まで隠していた。捜査本部に報告していないその情報をどうしたら最も有効に使えるか考えた桜井は、陣内桜子誘拐事件について一から調べ直すことにした。

水城穣と千羽鶴の間には特別な関係があったはずだ。おそらくは、なんらかの協力関係が。そのきっかけは、間違いなく第五の事件、陣内桜子の誘拐だろう。第五の事件が起きるまで、穣が必死に犯人を追っていたことは、パートナーだった自分が誰よりも知っている。

桜井は唇を舐めると、埃をかぶった記憶を思い起こす。

陣内桜子が失踪したあの日から、明らかに穣の態度が変わった。目に見えて憔悴し、桜井を置いて単独行動をすることが多くなった。当時は乳児まで犠牲になったことへの責任に押しつぶされたのだと思っていたが、あのときに犯人となんらかの接触を持った可能性が高い。

水城さん、あなたはいったい、なにをしたんですか。あなたと犯人はどんな関係なんですか。

桜井が口を固く結んでいると、湊が「あの……」と声をかけてきた。

「今回の事件って、本当に千羽鶴の仕業なんでしょうか？」

予想していなかった質問に、桜井は目をしばたたく。

「どうしたの、急に？　資料見るのに飽きたのかな？」

「それもあるんですけど、気になっていたんですよ。捜査本部でもいつの間にか、千羽鶴の犯行の可能性が高いって雰囲気になっているじゃないですか。それでいいのかなって……」

湊が言う通り、事件発生当初は同一犯説に懐疑的だった有賀も、いまはほぼ千羽鶴の犯行として捜査方針を立てている。それには、陣内桜子のものと思われる遺骨が発見されたことが大きいだろう。同じ手口の殺人事件が起きたと同時に、二十八年間も行方不明だった被害者のものと思われる遺骨が見つかった。それを見れば、模倣犯などではなく、同一犯による犯行だと考えるのが自然だ。ただ……。

桜井はあごを撫でる。捜査本部は遺骨を掘り出したのが犯人だと考えているふしがあるが、実際はそうではない。捜査本部が同一犯と決めつける根拠は、その実、かなり薄弱だ。

「なんとなく、有賀管理官は前のめりになっている気がするんですよ。俺の気のせいかもしれませんけど」

「いや、気のせいなんかじゃないよ」

桜井には有賀の気持ちが痛いほどわかった。折り紙殺人事件は、警視庁捜査一課史上、最大の汚点と言っても過言ではない。犯人を逮捕できないまま犠牲者が増えていくことに対する身を裂かれるようなふがいなさ、捜査本部の解散が決定した際の絶望は、昨日のことのように思い出すことができる。五人もの幼女を手にかけた鬼畜を逮捕したい。できることなら、自分の手で。その願いは、捜査にかかわった警察官全員に共通するもののはずだ。もちろん、有賀も含めて。

千羽鶴の逮捕という悲願への渇望が、いつの間にか有賀の視野をじわじわと狭め、冷静さを奪っていった。当然、捜査を指揮する管理官の熱は、捜査員たちへと伝染していく。

有賀さんだけでなく、私も冷静さを失っていたかもな。桜井は首筋を掻く。

今回の事件が起きてすぐ、千羽鶴による犯行だと確信した。刑事の勘がそう告げていると思った。しかし、そうであってほしいという希望が、勘を鈍らせていたのかもしれない。

「もしかしたら、頭が柔らかい若者で、ニュートラルな目で全体像を俯瞰(ふかん)できる君の方が、事件の本質に迫れるのかもねぇ」

「はい？　どういう意味ですか？」

「独り言だよ。それで、湊君は今回の事件をどう見るの？　模倣犯による犯行だと？」

「いえ、現場に残っていた折り紙に書かれた文字の筆跡が、二十八年前のものと同じである以上、たんなる模倣犯ではないと思います。ただ、同一犯とは限らないんじゃないかと……」

　自信なげに湊は言う。桜井は「続けて」と先を促した。

「一番気になっているのは、被害者が子供から大人の女性に変わっていることです。二十八年前の事件も、今回の事件も、快楽殺人者による犯行の可能性が高い。けどそういう奴らって、同じタイプの被害者を狙い続けると思うんですよ」

「二十八年間で嗜好(しこう)が変わったのかもよ」

「そもそも、二十八年も沈黙していたのに、いきなり二人も立て続けに殺すっていうのも不自然だと思います。まあ、違う罪で刑務所にでも入っていたのなら別ですけど」

「刑務所か……」桜井は鼻の頭を撫でる。「二十八年間もくさい飯を食うとしたら、無期懲役だね」

「はい、だから最初は二十八年前に無期懲役を食らって、最近出てきたような奴が怪しいと思っていました」

「有賀さんも、最初はそんな方針だったね。陣内桜子ちゃんの遺骨が出てきてから、あまりそっちには力を割かなくなっていったけどさ。じゃあ湊君は、いまからでも最近出てきた無期懲役犯をリストアップするべきだと思っているの？」

「いえ、思っていません。やっぱり、被害者のタイプが変わったことが引っ掛かっています。逆だったらまだ分かるんですけど」

「逆？」桜井は首を傾けた。

「そうです。ガイシャが成人女性から幼児に変わるなら、道理が通っている。考えてもみてください、二十八年前、ホシが三十歳だったと仮定したら、いまは還暦に近い年ですよ。若いころに比べて体力は大きく落ちているはずだ。にもかかわらず、幼児よりもはるかに攫うのが難しい成人女性を狙うっていうのはちょっとおかしいと思うんです」

「……言われてみればそうかもね」

「成人女性を誘拐するには車や相手を気絶させるような道具だって必要です。それに、今回のホシはガイシャを拷問している。そのためには、誰にも見つからないような監禁場所も必要だ。三十年近く懲役刑を食らっていたような奴が用意できるとは思えません」

たしかにその通りだ。やはり、千羽鶴を逮捕し二十八年前の屈辱を晴らしたいという願望で、自分の目が濁っていたのかもしれない。桜井は腕を組んで唸った。

「同一犯でもなければ、模倣犯でもない。だとすると、湊君はどんな犯人像を描いているの？」

「二十八年前と今回のヤマで、ホシはなんというか……、世代交代したんじゃないかと」

「世代交代？」

「そうです。連続幼女殺人事件のホシと今回のホシは師弟に近い関係なんじゃないでしょうか」

「シリアルキラーに弟子入りした奴がいると？」桜井は眉根を寄せる。

「本当に弟子入りしたってわけじゃありません。ただ、二十八年前の犯行を身近に目撃していた人物が、同じ手口で女性を殺しはじめたんじゃないかと」

「身近に目撃……、ということは血縁関係だね。おそらくは……親子」

「はい、その可能性が一番高いと思います。父親と同じ年代になり、なにかのきっかけで自分も殺人に手を染めはじめた。そして、父親が残していた折り紙を現場に残すことで、自らの犯行をアピールするとともに、捜査の攪乱（かくらん）を狙った」

「なにかのきっかけ……か」

「もしかしたらですけど、父親が亡くなったんじゃないでしょうか。先代の死をきっかけに、自分が後を継ごうと決めた。そういうのはどうでしょうか？」

「まあ、ちょっと強引だけど、筋は通っていなくはないかなぁ」

　気のない返事をしながら、桜井は思考を巡らせる。今回の犯行のきっかけが、水城穰の死であることは間違いないだろう。ただ、犯人が世代交代していたという湊の説にも一理ある。彼が言うように、千羽鶴はすでに死亡しているのかもしれない。

　そう仮定すると、穰と千羽鶴の関係はどのようなものになるだろう。陣内桜子の遺骨の場所を知っていたことから、穰が事件の真相に迫っていたのは間違いないだろう。もしかしたら、犯人が誰か知っていたかもしれない。

　しかし、五人もの子供を殺害した犯人の正体を知っていながら、告発しないなどということがあるだろうか。あるとすれば……。

「水城さんはホシに弱みを握られていた……？」

　ぼそりとつぶやくと、湊が「なにか言いました？」と顔を覗き込んでくる。

「いや、なんでもないよ」慌ててごまかしながら、桜井は額を押さえた。

　犯人と穰、お互いが相手の秘密を握り合っていた。そう考えれば状況に合致する。穰がいつも八木沼建設の喫煙所にいたのは、そこから犯人が見えるから。もしこれ以上犯行を重ねれば、自らの秘密が暴かれても告発する。お前と一緒に地獄に落ちてやる。そういう牽制（けんせい）の意味合いがあったのではないか。

　そこまで考えたところで、思考が袋小路に突き当たる。五人もの子供を殺害した罪。それに見合う秘密などあるのだろうか。

「桜井さん」湊が声をかけてくる。「それで、これからどうしましょう」

「ん？　どうしましょうって？」

「ですから、俺が言ったようにもし犯人が世代交代していたとしたら、これからどういう捜査をしていけばいいと思いますか？」

「どういう捜査？　もちろん引き続き、陣内桜子ちゃん誘拐事件の資料を調べるんだよ」

「でも、同一犯じゃないかもしれないんですよ」湊は不満げに言う。

「同一犯だろうが二代目だろうが、捜査方針は大きくは変わらないよ。現在の事件については有賀さんの指示のもとにみんなが当たっているんだ。私たちにできることは陣内桜子ちゃん誘拐事件を徹底的に調べ直すことだよ。湊君の説なら、先代が犯行を止めるきっかけになった事件だ。きっとなにか手がかりが埋まっているはずさ」

　そう、あの事件こそがすべての鍵だ。水城さんがなにか弱みを握られたとしたら、そのタイミングだったはずだ。桜井が内心でつぶやいていると、湊はやや不貞腐れた態度で「分かりましたよ」と再び資料に視線を落とす。湊の肩を軽く叩くと、桜井も冊子をめくりはじめた。

　陣内桜子誘拐事件だけを調べると言っても、資料は大量にある。その中から、あてもなく手がかりを探すという行為は、干草の山から一本の針を探すようなものだった。桜井は資料を斜め読みしながらページをめくっていく。時間がさらさらと流れていった。

　細かい文字を追っていたせいで目の奥に鈍痛を感じはじめたころ、桜井の指の動きが止まった。鼻の付け根にしわが寄っていく。それは、なんの変哲もない日誌だった。関係者から集めた情報を書き留めたもの。記されている情報も大して重要な内容ではない。ただ、問題は署名欄だった。そこには癖の強い字で『桜井』と記されていた。

私の署名？　混乱した桜井は、顔を机に近づける。

二十八年前の捜査本部で、自分以外に桜井という名字の者はいなかったはずだ。つまり、この資料は自分が書いたもの。しかし、そこに記されている文字は明らかに自分の筆跡ではなかった。

誰かが資料を改竄した。誰が？　決まっている、水城さんだ。

桜井は沸き上がってくる興奮を必死に抑え込みながら頭を働かせる。

水城さんは私が書いた日誌を破棄し、偽の内容に書き換えた。知られたくないことが書かれていたから。日誌に書かれている日付を見た桜井の口から「うっ」という声が漏れる。それはまさに、陣内桜子が誘拐された当日だった。

あの日のことを水城さんは隠したかった。あの日、私たちはどこでなにをしていた？　思い出せ、思い出すんだ。風化している記憶を必死に浚っていた桜井は、頬に視線を感じ、横を向く。湊がじっと見つめてきていた。

「なにか見つけましたね」

どきりとするが、桜井は表情を変えることなく「なんのこと？」としらを切った。

「ごまかさないでください。これまで一緒に行動してきて、もう分かってます。桜井さんはなにか事件の核心に触れることを隠しているって。まだ、パートナーである俺を騙し続けるんですか。そんなに俺は信用されていないんですか」

悔しさが充満した訴えに、心が動かされる。しかし、桜井の表情筋が動くことはなかった。

「ごまかしてなんかいないよ。本当にまだ五里霧中なんだよ」

失望の表情を浮かべた湊がさらに食い下がろうとしたとき、背後から足音が響いた。振り返った湊の体が硬直する。

「有賀管理官、お疲れ様です！」

勢いよく立ち上がった湊は、革靴を鳴らして近づいてくる有賀に直立不動で敬礼した。

「湊君、刑事は敬礼しないよ。制服警官のころのくせが抜けてないみたいだね」

桜井が言うと、湊ははっとした表情を浮かべて手を下げ、代わりに頭を下げた。桜井も立ち上がると、「どうも有賀さん」と会釈をする。

「こんなところで、なにをしている？」平板な声で有賀は言う。

「捜査ですよ。二十八年前の資料を見直しているんです。有賀さんこそ、どうしてここに？」

「私も資料を探しにだ。捜査状況の報告のために必要なものがある」

有賀は迷うことなく、棚に積まれていた段ボール箱の一つを引き出すと、その中から分厚い冊子を取り出した。

「なにか見つかったのか？」

段ボール箱をもとに戻した有賀が、鋭い視線を向けてくる。

「いやあ、だめですね。気長にやりますよ」

桜井は頭を掻く。隣に立つ湊がなにか言いたげな表情を浮かべるが、口を開くことはなかった。

「……お前との付き合いはどれくらいになる？」有賀が桜井の前に立つ。

「付き合いですか？　有賀さんが管理官になってからですから、三年くらいですかね」

「そうだ。その間、私はお前に具体的な指示を与えることなく、自由に動かせていた。どうしてか分かるか？」

「私が無能刑事で、信頼がおけないからじゃないでしょうか」

桜井が言うと、有賀は「白々しい」と舌を鳴らした。

「左近捜査一課長からそうするように言われたからだ。お前は自由に動かせておいた方が役に立つとな」

「左近さんがそんなことおっしゃってたんですか。買い被りだとは思いますが、嬉しいなあ」

「いや、たしかにお前は何度も、セオリーと違う方法で事件解決に繋がる情報を集めてきた。左近さんのおっしゃる通り、お前は優秀な刑事なのかもしれない。けれど、そのスタンドプレーは私が部下に求めているスタイルではない」

「存じ上げていますよ」

　慇懃無礼に答える桜井を、有賀は睨みつける。

「お前を自由に動かしていたが、監視もしていた。お前は鈍そうな外見に反して、刃物のような男だ。うまく利用すれば有益だが、使い方を間違えるとこちらの身を危うくする」

「自分では窓際に追いやられた出来損ないの刑事だと思っているんですが……。今回の捜査でも全然お力になれず、こうして資料を見直すくらいしかできていませんし」

「私を舐めるなよ、桜井」有賀はずいっと顔を近づけてきた。「お前はなにか情報を持っている。事件解決に繋がる重要な情報をな。けれど、それを報告せずに独自に捜査を続けているんだ」

　笑みを浮かべたまま桜井が黙っていると、有賀がシャツの襟元を摑んできた。

「捜査本部は一つの生き物だ。情報を共有し、事件解決という目的に向かって突き進んでいく。お前みたいに情報を隠し、違う方向を向いている奴は癌細胞のようなものだ。放っておくと全身に毒が回って、捜査本部が死んでしまう。だから、馬場に指示してお前がおかしなことをしないか監視させていたんだ」

「ああ、馬場君に指示をしていた『お偉いさん』は管理官でしたか」

「そんなことはどうでもいい。すぐに、お前が知っていることを報告しろ」

「お言葉ですが有賀さん、私は癌細胞なんかじゃありません。ちゃんと、みんなと同じ方向を見ていますよ。なんとしてもホシを挙げて、ホトケの無念を晴らすという方向をね」

桜井は浮かべていた笑みを消すと、低い声で言う。至近距離で衝突した二人の視線が火花を上げた。触れれば切れそうなほど空気が張り詰めていく。数十秒の沈黙ののち、有賀は襟を摑んでいた手を引くと、踵を返した。湊が安堵（あんど）の息を吐く音が聞こえてくる。

「情報を隠す必要があるんだな？」

背中を向けたまま、有賀は抑揚のない声で言った。

「情報を共有するとホシを挙げられる可能性が低くなる、だから報告できない。そういう意味なんだな？」

さすがは管理官、鋭いねぇ。感心しつつ、桜井は「ご想像にお任せします」と答える。有賀は出入り口に進んでいった。

「今回に限っては、手段を問わない。お前は、お前なりの方法で、死に物狂いでホシを追え。なんとしても、七人もの女性を手にかけた鬼畜の正体をあばき、その手にワッパをかけるんだ」

「承知いたしました」

桜井が答えると、有賀は部屋から出ていった。同時に、湊が倒れ込むように椅子に腰かける。

「あれ、湊君。腰が抜けちゃったかな？」

「そりゃあそうですよ。捜査一課の管理官なんて雲の上の存在なんですから。そんな人とばちばちやりあうなんて」

「ちょっと立ち話をしただけだって」

「いいんですか、桜井さん。管理官、情報を隠していることに気づいていましたよ。なにか手がかりが摑めればいいですけど、そうでなかったらペナルティを食らうかもしれませんよ」

「なんにも隠してなんかいないってば。なんでみんな、私を信用してくれないんだろうな」

　桜井は大きく両手を広げる。

「それより湊君。君の仮説を伝えなくてよかったの？　管理官は今回の事件、連続幼女殺人事件と同一犯だと思っていたよ」

「そんなことできる雰囲気じゃなかったじゃないですか」

　湊が不満の声を上げたとき、ジャズミュージックが響き渡った。パイプ椅子の背に掛けていたコートからスマートフォンを取り出した桜井は、液晶画面に表示されている『刀祢先生』の文字を見てまばたきをする。

「桜井さん、どこへ？　誰からの電話ですか？」

　出入り口に向かうと、湊が声をかけてくる。桜井は着信音を鳴らしているスマートフォンを掲げた。

「さっき言った、狙っているホステスからの営業電話だよ」

　顔をしかめる湊を置いて部屋を出た桜井は、『通話』のアイコンに触れる。

「はい、もしもし。桜井ですが」

『刀祢です。お時間いいですか』

　紫織の声に深刻な響きを感じ、桜井は姿勢を正す。

「有力な情報でも手に入れましたか」

　スマートフォンから『はい』という、弱々しい返事が聞こえる。

「なんですか、なにが分かったんですか!?」

『まだ言えません』

「なんですって？」

『はっきりした結果が出るには時間がかかる。だから、待って。とても重要な話、とても信じられないような話なんで、憶測では喋れないんです』

喉元まで出かかった文句を桜井はなんとか呑み込む。自分も有賀に対して同じようなことをした。紫織を非難する資格はない。

「では、どうして連絡をしてきたんですか？」

『訊きたいことがあるから。陣内桜子ちゃんが誘拐された日、穣さんにどこからか連絡がありませんでしたか。そして、穣さんは一人で電話をしに行ったりはしませんでしたか？』

「……陣内桜子ちゃんが誘拐された日？」

桜井は声を押し殺す。穣が資料を改竄して、行動を隠そうとした日。なぜその日のことを紫織が訊ねてくるんだ。事件の核心に近づいている実感が、体温を上げていく。

『そうです。その日のことを思い出して。できるだけ詳しく』

「ちょ、ちょっと待ってください」

桜井は額に手を当てて考え込む。さっきは思い出すことができなかった。しかし、紫織が口にしたやけに具体的な質問が、脳の奥底に眠っていた記憶を刺激する。

桜井は目を見開くと、両手でスマートフォンを握りしめた。

「思い出しました！　そうです、あの日ポケベルに連絡が入って、水城さんは一人で公衆電話を探しに行きました」

『穣さんの態度がおかしくなったのはそのあとじゃ？』

「そうです！　そうでした！　その日、電話から戻ってきたとき、水城さんは青い顔をしていて、突然、一人で調べたいことがあるから、手分けして捜査しようって言い出したんです」

記憶がどんどんと鮮明になっていくのを感じながら、桜井は興奮してまくし立てる。

「どうして分かったんですか!?　いったいなにに気づいたんですか!?」

『ですから、確証が得られるまで教えません』

にべもなく断られ、桜井は唇を嚙む。

『もう一つ思い出して。水城さんのポケベルに連絡があったとき、なにをしていましたか』

「たしか……、ある工場に聞き込みに行っていました。そこの従業員に、女児にいたずらをした前歴者がいたので」

『なんていう工場ですか』

「それは……、ちょっと待ってくださいね」

桜井は固く目を閉じて考え込む。瞼の裏に、うっすらと二十八年前の光景が映し出される。体育館のような工場と、その出入り口わきにかけられている看板。桜井は大きく目を見開いた。

「立花です。立花材木という工場でした」

第四章　死者からのメッセージ

1

白衣を纏(まと)ってロッカールームを出た水城千早は、廊下を進んでいく。二週間程、休んでいただけなのに、病院に来るのがやけに久しぶりに感じる。忌引きを終えた千早は、今日からまた勤務に戻っていた。

「よお、水城」

背後から声を掛けられ振り返ると、外科の先輩である向井が片手を挙げていた。

「お前、もう仕事に戻っていたのか」

「今日から復帰です。ご心配おかけしました」

近づいてきた向井は、周囲を見回すと声を潜める。

「なあ、親父さんの件、解決したのか？」

「ええ、ほとんど解決しました。問題ありません」千早は無理やり笑顔を作る。

「そうか。で、あの暗号みたいなのは……」

そこまで言ったところで、向井ははっとした表情を浮かべて口を押さえる。

「あまり立ち入ったことを訊くのは良くないな。なんにしろ、問題がないならいいんだ」

「気を遣ってもらってすみません」

千早が会釈すると、向井がじっと見つめてきた。

「水城、本当に大丈夫なのか？　外科の奴らも、お前のこと心配してる。なんでも力になるぞ」

「ありがとうございます。でも、本当に大丈夫です」

上下関係が厳しく、よく『軍隊』と揶揄される外科だが、いまはその結束の固さが嬉しかった。しかし、父が連続殺人事件に深くかかわっていたなどと言えるはずもない。

「ならいいんだ。それじゃあ、今度飲みにでも行こうぜ。おごってやるからよ」

千早の背中を軽くたたき、向井は去っていく。「楽しみにしてます」と小さく手を振った千早は、軽く自分の頰を張って気合を入れると、足を踏み出した。

「おはようございます」

病理診断室に入ると、まだ始業時間まで三十分ほどあるというのに、病理部の部長である松本が仕事をはじめていた。千早は一番奥にある松本の席に近づいていく。

「長くお休みをいただいて申し訳ありませんでした。本日より復帰させていただきます」

「ああ、水城先生」顕微鏡から顔を上げた松本は笑みを浮かべる。「大変だったね。落ち着いた？」

「はい、まだ少しだけやることは残っていますが、とりあえずは」

そう、まだやることは残っている。千早は心の中でつぶやく。父がおそらく、立花材木の工場を監視していたことまで突き止めることができた。あの工場の従業員の中に、折り紙殺人事件に深くかかわっている人物がいる。そう確信していた。あとはそれが誰なのか。どのような形で、あの恐ろしい事件にかかわっているのか。それを明らかにするだけだ。

工場の従業員に、連続殺人犯がいると思いたかった。そうであれば、母が少女たちを殺していたという疑いを晴らすことができるから。

「じゃあ、とりあえず今日からまたよろしくね」

千早は「こちらこそよろしくお願いします」と答えると、自分のデスクへと着き、隣の席に視線を向ける。指導医である紫織は、まだ出勤していなかった。今朝、久しぶりの出勤ということで早めに起きて朝食をとった際、「一緒に行かない？」と声をかけたのだが、紫織は心ここにあらずといった様子で、「少し後から行く」と答えていた。

まあ、いい。仕事前にちょっと落ち着く時間が欲しかった。千早はゆっくりと仕事の準備を整えつつ、一連の事件について思いを馳せる。

これから、どうするべきだろうか。立花材木の従業員たちを調べるべきなのは分かっていたが、具体的にどうすればいいか見当がつかなかった。それに、もし従業員に千羽鶴がいたとしたら、何度もあの工場に姿を見せるのは危険だ。父と千羽鶴の間にどのような関係があったかは分からないが、友好的なものでなかったことは間違いない。水城穣の娘だと知られたら、身に危険が及ぶ可能性がある。

「いや、もう危険は迫っているか……」

千早は口の中で言葉を転がす。実家に火を放たれているのだ。あれが千羽鶴によるものだという確証はないが、すでに狙われている可能性はある。

桜井に情報提供をして、立花材木を調べてもらうのが一番安全だろう。しかし、彼にすべてを伝えることに抵抗を覚えていた。桜井は見た目に反して優秀な刑事だ。すべての情報を教えれば、おそらくあの男は事件の真相をあばく。それがどんなに恐ろしい真相だとしても。

体が震える。立花材木の従業員に千羽鶴がいるといくら自分に言い聞かせても、母が殺人鬼だったかもしれないという疑いが、風呂場に巣くったカビのように頭にこびりついて取れなかった。自分だけで真実にたどり着きたい。そんな自分勝手な思いが、桜井に連絡を取ることをためらわせていた。

やがて、病理医たちが次々と部屋にはいってきて、自らのデスクに着く。しかし、始業時刻になっても、隣の席はまだ空いたままだった。

「すみません、遅刻しました」勢いよく扉が開き、息を切らした紫織が姿を現す。

「ああ、刀祢先生、気にしなくていいよ。遅刻って程じゃないから。けど、君が遅れるなんて珍しいねえ」

松本が軽い口調で言う。紫織は首をすくめて、もう一度「すみません」と謝罪をすると、自分の席に座った。

「どうしたのよ、あんたが遅れるなんて。なにかあった?」

小声で話しかけると、紫織の目が泳いだ。

「べつに……、少しぼーっとしていただけ」

「ぼーっとって……」

様子がおかしい紫織に戸惑うが、勤務時間にいつまでも話をしているわけにもいかない。千早は手に取ったプレパラートを顕微鏡にセットした。

「それじゃあ、お疲れ様」

松本が出ていき、病理診断室には千早と紫織だけが残される。腕時計を見ると、時刻は午後五時半を回っていた。

「ねえ、いったいどうしたのよ」

千早が声をかけると、顕微鏡を覗き込んでいた紫織は「なにが？」と顔を上げる。

「なにがじゃないでしょ。全然仕事に身が入っていないじゃない」

勤務時間中に担当する検体の観察が終わらず、残業をしていた紫織は、「ちょっと調子が悪くて……」と言葉を濁す。

「最近、なんとなく心ここにあらずって感じだよね。もしかして、なにか隠していることとかあるんじゃないの」

紫織の表情が引きつったのを見て、千早は身を乗り出した。

「やっぱりそうなんだ！　なにを隠しているのよ。手がかりとか見つけたんでしょ」

「……まだ言えない」

「言えないってどういうこと？　私にとってすごく重要なことなの」

「重要なことだからこそ言えない。まだ、仮説でしかないから。確証が得られたら、ちゃんと全部あなたに話す。……それが、どんなに残酷なことでも」

悲愴感が滲む紫織の態度に、怒りが収まっていく。千早の喉がごくりと鳴った。

「その確証って、いつ得られるの？」

「大至急で調べてもらっているから、たぶん今日か明日には。だから、それまで待って」

数秒、口を固く結んで黙ったあと、千早は「分かった」と頷いた。

「それでかまわない。私は私で、色々と調べておくから」

「調べるってなにを？」

「父さんがいつも喫煙所にいた理由が分かったの。立花材木って会社の工場を監視していたの。そこを私なりに調べてみるつもり」

「立花材木……」

紫織の目が大きくなった。その反応に、千早は前のめりになる。

「立花材木のことを知ってるの!?　あなたの『仮説』って、立花材木が関係しているの？」

「だから、それはまだ言えない」

言えなくても、あんたの態度を見れば分かる。やっぱりあの工場が関係しているのね」

自分の勘は間違っていなかった。やはり調べるべきは立花材木だ。いまからでもあそこに行って、情報を集めよう。高揚感に突き動かされて立ち上がると、紫織が白衣の袖(そで)をつかんできた。

「立花材木には行っちゃダメ」

「なんでよ？　あそこが事件に関係しているんでしょ」

「だからこそ、あなたは行っちゃダメなの！」

紫織の剣幕に千早は目を丸くした。いつもテンションが低い同居人が、ここまで感情をあらわにする姿を見たことがなかった。

「どうして、私が行っちゃダメなの？」

紫織は言葉を探すように視線を彷徨(さまよ)わせる。

「……危険だから」

「あなたは立花材木に千羽鶴がいると思っているのね。だから、近づくなと警告している」

紫織は黙り込む。その沈黙は肯定に等しいものだった。

「べつに工場に乗り込もうってわけじゃない。周囲の人から話を聞いたりするくらいよ」

「いいえ、それでも危ない。……私の仮説が正しければ、犯人はあなたを狙う可能性が高い」

「私を？　どうして？　父さんの娘だから？」

「それはまだ言えない」

力なく首を振る紫織に、千早は焦れる。立花材木の従業員が千羽鶴なら、母が少女たちを殺していたという疑惑を晴らすことができる。一刻も早く母の無実を確信したかった。

「お願いだから、あと二日……、ううん、一日だけ待って。きっと明日には、穣さんの検査の結果が分かるから」

「検査結果？　いったいなにを調べているのよ」

紫織は無言で固く口を結ぶ。千早は大きくため息をついた。

「さっきからあなた、なんにも教えてくれないじゃない。それで納得しろっていうの？」

「そう、穣さんのために」

「父さんの？」

千早が眉根を寄せると、紫織は大きく頷いた。

「検査の結果さえ分かれば、穣さんからのメッセージを聞くことができる。その想いを汲み取って、正確にあなたに伝えることができる。だから、少しだけ待って。お願いだから」

縋りつくように言葉を重ねる紫織に圧倒され、千早は思わず後ずさる。

「分かった。分かったわよ。今日はすぐにマンションに帰る。それでいいんでしょ」

投げやりに言うと、紫織の顔に安堵が浮かんだ。

「その代わり、明日中に『父さんからのメッセージ』ってやつを教えてもらうからね」

「分かった。約束する」

緩んでいた表情を引き締めると、紫織は重々しく頷いた。見つめてくる紫織の瞳に深い憐憫の情が浮かんでいるように感じ、千早は不安をおぼえる。いったい紫織はなにに気づいたというのだろう。明日、私はどんな恐ろしいことを知らされるのだろう。

千早は反射的に、袖をつかんでいる紫織の手を振り払った。

「あっ、あのさ。私もう仕事終わったから、先に帰るね」

「そう、お疲れ様」

普段通りの淡々とした口調に戻った紫織を残して、千早は出入り口へと向かう。

「あんたもあんまり遅くならないようにしなさいよ」

扉を開けながら振り返ると、顕微鏡を覗き込んだまま紫織が軽く手を挙げた。


「まだ帰ってこないの？」

ソファーに横たわりながら、千早は壁時計を見る。時刻は午後十時を過ぎていた。勤務を終えて病院を後にした千早は、約束通りまっすぐに紫織のマンションへと戻った。レトルトのカレーを温めて夕食をとったが、紫織から言われたことが気になってほとんど味が分からなかった。

一人でいるとどうしても、痛みを耐えるかのような表情で見つめてくる紫織の顔が脳裏に浮かんでしまう。彼女はいったいなにに気づいたというのだろう。それが気になって、ずっと落ち着かなかった。紫織が帰ってきたら、少しだけでも話を聞かせてもらおう。そう思って待っているのだが、こんな時間になっても帰宅しない。

まだ仕事が終わっていないのだろうか。それとも、なにかトラブルが……。

胸騒ぎをおぼえた千早が電話をしようかと思ったとき、着信音が部屋の空気を揺らした。

ローテーブルに置いておいたスマートフォンの液晶画面を見た千早は、表示されている名前を見て首をひねる。なんであの人が？　千早は『通話』のアイコンに触れると、スマートフォンを顔の横に持ってくる。

『こんばんは、水城千早さん』

「はぁ、こんばんは。どうされたんですか、こんな時間に」

『あなたのお父様のことで、思い出したことがあったので、連絡したんですよ』

「父の？　いったいなんですか？」

『実は以前、お父様からあるものを預かっていたんです』

「あるもの!?　それってなんですか？」千早の声が大きくなる。

『USBメモリーですよ。もしも自分になにかあったら娘に渡してほしいって』

USBメモリー。そんなものを父は遺していた？

その中に、決定的な手がかりがあるかもしれない。それさえ手に入れれば、二十八年前から続く一連の事件の真相をあばけるかもしれない。スマートフォンを摑む手に力がこもる。

「それを渡してください。どこに行けばいいですか？」

『いま、ちょうど車に乗っているので、あなたの家の前まで持っていきますよ。その方が早いだろうから。どこに行けばいいですか？』

ここに届けにくる？　そこまでしてもらっていいのだろうか。そもそも、自分の居場所を教えるのは危険ではないか。

「あの、私から向かうのではダメでしょうか？」

『これから出張で、車で小田原の方まで行かないといけないんですよ。一週間後には帰ってきますから、もしそのときでも構わないなら……』

「いえ、すぐに頂きたいです。それじゃあお言葉に甘えて、こちらに届けていただいてもよろしいでしょうか。住所は……」

千早は早口でマンションの住所を告げる。一週間も待てるはずがなかった。一秒でも早くこの恐ろしい事件の真相を知りたかった。

『そこなら近いんで、すぐに着きます。エントランスで待っていてください』

電話が切れる。千早はスマートフォンを片手に早足で玄関へと向かった。

通話を終えて十分ほどで、マンションの前にワゴン車が停まった。

運転している人物が「千早さん」と笑顔で手を振る。千早は小走りで車に近づいていく。

「すみません、わざわざ届けてくださって。それで、USBメモリーはどこにありますか」

「後ろの席に置いてある荷物の中に入っています。ちょっと待ってくださいね」

運転手は車から降りると、後部座席の扉を開ける。中は暗く、よく見えない。

「あの……、荷物なんて見当たらないんですけど」

車内を覗き込みながらつぶやいた瞬間、首筋に強い衝撃が走った。体中の筋肉がこわばり、視界が真っ白になっていく。

「お前が荷物だよ」

意識が闇に落ちる寸前、そんな声が遠くから聞こえてきた。

2

「やっと終わった」

病理組織の所見を打ち込んだ紫織は、大きく息をつきながら電子カルテを閉じる。壁時計に視線を向けると、時刻は午後七時を回っていた。日常業務でここまで遅くなったことはない。どうにも今日は集中できず、仕事が滞ってしまった。

原因は分かっていた。三日前、知り合いに依頼した検査の結果がそろそろ出るからだ。それにより、自分の仮説が正しいと証明されれば、二十八年前から続く恐ろしい事件は一気に解決に近づくはずだ。しかし同時にそれは、千早に残酷な真実を突き付けることになる。

そんなことをしていいのだろうか。自分にそんな資格があるのだろうか。この数日間、何度も自問してきた。ふと、紫織はデスクの脇の棚を開けると、水城穣の組織標本を取り出す。並んでいるプレパラートの一枚を顕微鏡にセットした紫織は、接眼レンズに目を当てた。ハンドルを操作して焦点を合わせると、副甲状腺（せん）の組織が浮かび上がってきた。

これを観察したとき、声が聞こえた気がした。

「きっと、穣さんの声……」天井を見上げ、紫織はぼそりとつぶやく。

病理医の仕事は、患者が遺した想いを汲み取り、それを遺族に伝えること。なら、私もその使命をまっとうしよう。それがいかにつらいものだとしても。

決心したとき、電子音が響いた。体を震わせた紫織は、白衣のポケットから院内携帯を取り出す。病理医の院内携帯に連絡が来ることはまれだ。だとすると……。

紫織はおずおずと携帯電話を耳に近づける。

「やあ、刀祢。法医学の沢井（さわい）だけど、いま大丈夫かな」

紫織はかすれ声で「大丈夫」と答える。

「最初はスマホの方に掛けたんだけど、繋（つな）がらないからこっちに連絡したんだ。こんな時間まで仕事してたの？　珍しいね」

「ちょっと、仕事が溜（た）まっていて……」

「そっか、無理しないようにね。ところで、この前依頼された、遺伝子検査の結果が出たよ。大至急ってことだったんで、頑張ってやったんだ」

医学部時代の同級生で、法医学講座の准教授である沢井に、紫織は先日、ある検査の依頼を出していた。

「あ、あの。それで……、結果は……」

　舌がこわばってうまく声が出ない。心臓の音が鼓膜まで響く。

「刀祢が予想していた通りさ。X鎖に異常が確認された」

　雷に貫かれたかのような衝撃が全身に走る。手から携帯電話が零れ落ちそうになった。

「もしもし？　あれ、聞こえてる？　刀祢、大丈夫？」

「……うん。本当にありがとう」

　紫織は礼を言って通話を終えると、目を閉じる。自分の仮説が外れてくれと、この数日間、何度も祈った。しかし、その願いはかなわなかった。

　いや、逆に考えるんだ。これで事件の全容が分かった。きっとすぐに千羽鶴を逮捕することができる。痛いほどに加速している心臓の鼓動が収まるのを待った紫織は、院内携帯を外線に繋ぎ、記憶しておいた番号を打ち込んでいく。これからどういう行動を取るべきかは、何度も繰り返しシミュレーションをしていた。

　二回ほど呼び出し音が鳴ったところで回線が繋がる。

『はい、桜井ですが、どちら様でしょうか』中年刑事の気の抜けた声が聞こえてくる。

「刀祢です。桜井さんにお話ししたいことがあります」

『……刀祢先生でしたか。なんでしょう？』

　桜井の口調が、一転して刃物のような鋭さを孕んだ。

「事件の真相が分かった。穣さんが、連続殺人事件にどうかかわっていたのか」

『では、その仮説とやらについて、具体的にお話しいただけますか』

「電話でするような話じゃない。私の自宅マンションの近くに、ファミリーレストランがあります。そこで待ち合わせしましょう」

『承知しました。それでは、私と刀祢先生、そして千早さんの三人で集まるということですね』

「千早は連れていかない。まず、桜井さんと二人だけで話をさせてください」

『なぜでしょう？』探るように桜井は言う。

「千早にとって、とても残酷な事実が分かったから。それをどうやって伝えればいいのか、桜井さんに相談に乗って欲しい」

祈るような気持ちで紫織は答えを待った。電話の奥から小さく息を吐く音が聞こえてくる。

『分かりました。それでは、一時間後にファミレスで待ち合わせにしましょう』

「ありがとうございます」

ファミリーレストランの場所を伝えて電話を切った紫織は、顕微鏡にセットされているプレパラートに触れる。滑らかで冷たいガラスの感触に目を細めながら紫織が口を開いた。

「あなたの想い、しっかり千早に伝えます。穣さん」


「どうもどうも、お待たせしました」

コートを着た猫背の男が、片手を挙げながら近づいてくる。紫織の対面の席に腰かけた桜井は、ウェイトレスに「ブレンドを」と注文すると、テーブルに肘（ひじ）をつき、両手を組んだ。

「今日は一日、捜査で歩き回ったんで、本当はビールでもグイッといきたいんですけどね」

へらへらとした笑みを浮かべているが、その目だけは鋭い光を湛（たた）えていた。紫織はごくりと唾（つば）を飲み込む。

「捜査の進展は？」

「まあ、少しずつですが、それなりに。今回の事件では成人女性が被害者なので、おそらくホシは車を使っているものと思われます。おそらくは、バンなどの大型車をね。というわけで、事件が起きた前後に遺体遺棄現場の近くを通った車を洗い出しています。それに、陣内桜子ちゃんの遺骨が発見される前夜、付近にいた怪しい人物の特定も進んでいますよ」

桜井は目を細める。

「それは牽制？　情報をよこさないと遺骨を掘り起こしたことをばらすという意味ですか？」

「まさか。大切な協力者を売ったりするわけないじゃないですか」

桜井が芝居じみた仕草で両手を振ったとき、ウェイトレスがコーヒーを持ってきた。

大量に砂糖とミルクをコーヒーに投入している桜井を見ながら、紫織は訊ねる。

「桜井さんも、犯人が使っている車の捜査をしているの？」

「いえいえ、ありがたいことに自分の好きに捜査させていただいてますからね、防犯カメラの画像を一日中調べるような、つらいことはしていませんよ。今日は八木沼建設と、その隣にある立花材木の工場を調べていました」

「どうしてそこを!?」

紫織が目を見開くと、桜井はコーヒーを一口すする。

「当然じゃないですか。先日の通話から、立花材木が怪しいとあなたが見当をつけているのは明白だ。なにも説明してくれなかったとしても、それくらいは分かります。それに私は私で、立花材木を疑うに足る手がかりを見つけましたから」

「手がかりってなんですか？」

「二十八年前の記録ですよ。水城さんは、陣内桜子ちゃんが誘拐された当日の記録を改竄していた。自分がその日、立花材木に聞き込みに行ったことを隠そうとしていたんです」

「やっぱり……」

無意識に言葉をこぼした瞬間、桜井の顔から笑みが消えた。

「やっぱりというのは、どういう意味ですか。刀祢先生、そろそろ教えていただけませんかね。あなたがいったいなにに気づいたのか」

コーヒーカップをソーサーに戻した桜井の体が前傾していく。

「……分かりました」

紫織は覚悟を決めると、静かに語りだした。

「水城穣さんがあなたに伝えたかったことを教えます」


「以上です」

すべての説明を終えた紫織は、ストローでアイスティーを一口含んだ。乾燥していた口腔内が、冷たい紅茶で潤っていくのを感じながら、向かいの席で固まっている桜井に視線を送る。

「専門的な内容も多かったけど、理解できました？」

桜井は我に返ったのか、はっとした表情を浮かべる。

「い、いや、理解はできましたが……。それは間違いないんですか？」

「間違いありません」

紫織が断言すると、桜井はコーヒーカップに震える手を伸ばす。気を落ち着かせるためか、冷め切ったコーヒーを一気に呷った桜井は、虚ろな目を天井に向けた。

「そうなると、事件の全容が大きく変わってくる。二十八年前、ホシを挙げられなかったのも当然だ」

「ええ、そう。けれど、このことが分かったなら、犯人を見つけるのは難しくないはず」

「そうかもしれませんが……」

桜井は目を閉じると、鼻の付け根を強くつまんで黙り込む。数秒の沈黙ののち、桜井はゆっくりと瞼を上げた。

「なんにしろ、この時間では捜査本部に報告するわけにはいきません。そもそも、いまの事実を公にしていいものなのかどうか……」

「それは、あなたが判断するべきです。穣さんはあなたに向けて、胃に情報を刻んだ。あなたなら、正しい判断ができると信頼したから」

「そうですよね。……ああ、その通りだ」

桜井は険しい表情で俯き、腕を組んだ。数分間、唸りながら考え込んだあと、彼は顔を上げる。

「捜査本部に報告しましょう。ホシはいま、歪な欲望に呑み込まれて暴走している。いつ次の犯行に及んでもおかしくない状態です。これ以上、犠牲者を出さないことを最優先にしないと」

「分かりました。けど、その前にすることがある」

「ええ、千早さんに真実を伝えないと。……この残酷な真実を」

桜井の眉間に深いしわが寄った。

「どうすれば、千早にショックを与えずに伝えることができますか？」

紫織がためらいがちに訊ねると、桜井は首を横に振った。

「そんなことはできません。どれだけオブラートに包んで伝えたとしても、千早さんは強い衝撃を受けるでしょう」

「千早は……大丈夫かな？」

「大丈夫かそうでないかは、あなたしだいだと思いますよ」

「私しだい？」

「水城さんの遺した情報は、たしかにショッキングなものだ。ただ、あなたは解剖した遺体から、情報を読み取るだけじゃないんでしょ。その人物が秘めていた想いを汲み上げ、ご遺族に伝えるんじゃなかったですか」

桜井は柔らかく微笑んだ。

「水城さんがどんな想いであの暗号を胃に刻んだのか、それに耳を傾けてください。そうすれば、きっとどのように千早さんに伝えるのがベストなのか、答えが出ると思いますよ」

視界が開けたような気がして、紫織は体を震わせる。遺体からできるだけの情報を読み取ること。その技術をずっと追求してきた。けれど、遺体の想いを汲むとは、それだけではない。

——君に幸せに長生きしてほしい。それがきっとお母さんの遺志だったんだよ。

かつて松本に掛けられた言葉が耳に蘇る。胸の中がほんのりと温かくなった。

そうだ。恐ろしい真実を見つけただけでは、まだ不十分だ。穣がなぜ、そしてどんな想いでその情報を胃に刻んだのか、それを千早に伝えてこそ、理想とする病理医の姿に近づける。

紫織は瞼を落とす。これまで見聞きしてきた情報が、頭の中で溢れかえる。紫織は意識を集中して、そこから浮かび上がってくる水城穣の遺志を必死に探っていく。

——たんに血が繋がっているからといって、親子になれるわけじゃない。父さんは私にそう言ったの。

悔しげにつぶやく千早の姿が、脳裏をよぎる。その瞬間、紫織は大きく目を見開いた。

「なにか、気づいたみたいですね」

目を細めた桜井が声をかけてくる。紫織は大きく頷くと、勢いよく立ち上がった。

「ええ、もう大丈夫です。千早に話をしに行きましょう」

「まだ千早さん、出ないんですか」

　隣を歩く桜井が声をかけてくる。紫織は呼び出し音を鳴らしているスマートフォンを耳から離すと、『終了』のアイコンに触れた。

「出ません。もしかしたら寝ているのかも」

「いろいろあってお疲れでしょうから。もう十時半を回っていますし」

　桜井が腕時計を確認する。ファミリーレストランをあとにした紫織は、桜井とともに自宅マンションへと向かっていた。その間、何度か電話したのだが、千早が出ることはなかった。

　できれば前もって連絡をして、心の準備をしておいてもらいたかったが、仕方がない。スマートフォンをバッグにしまった紫織は、足早に夜道を進んでいく。

　数分歩いてマンションの前までやってきた紫織は、鍵を取り出してエントランスに備え付けられたオートロックの扉を開けようとする。

「あ、刀祢先生。ちょっと待ってください」

「なんですか？」

「いや、もう一度だけ電話した方がいいんじゃないですか。私も一緒だということだけでも伝えておかないと、千早さんが混乱して落ち着いて話ができないかもしれませんし」

　どちらにしろ、真実を告げれば千早は混乱するだろうから、いまさらだと思ったが、よく考えたら千早はかなりラフな恰好でいることが多い。桜井を連れていくことだけは告げておいた方がいいかもしれない。紫織は再びスマートフォンを取り出すと、千早に電話をかける。次の瞬間、背後からポップミュージックが響き、紫織と桜井は同時に振り返った。その音は、マンション前の植え込みから響いていた。小走りに植え込みに近づいた桜井が、生い茂る葉の中に腕を突っ込み、着信音を鳴らしているスマートフォンを取り出した。

「これって、千早さんのスマホですか?」

「そうです。どうしてそんなところに……」紫織はかすれ声で言う。

「ただ、落としただけならいいんですが……」

桜井は両手で枝を掻き分け、植え込みの中を覗き込む。紫織も慌てて、それに倣った。生い茂った葉に街灯の光が遮られ、よく見えない。紫織はスマートフォンの懐中電灯アプリを起動させると、植え込みの中を照らして目を凝らす。次の瞬間、紫織は「ひっ」と悲鳴を漏らす。氷の手で心臓を鷲摑みにされた気がした。桜井が「どうしました!?」と声をかけてくる。

「あ、あれ……」

震える指で植え込みの中をさす。そちらに視線を向けた桜井が絶句した。

そこには折り紙でできた奴さんが、落ち葉をベッドに横たわっていた。


「それじゃあ、よろしくお願いします」

桜井が通話を終えるのを待って、紫織は「どうなりましたか!」と声を張り上げる。

「うちの班長に連絡を入れました。すぐに機動捜査隊と鑑識がやってくるはずです」

「千早を助けることができるんですね。検問を敷いたりして、犯人を捕まえられるんですね」

早口でまくし立てると、桜井の眉間にしわが寄った。

「それは難しいと思います。まだ、千早さんが誘拐されたというはっきりした証拠はない。まずはこの周囲を封鎖して、鑑識が辺りを調べます。そのうえで……」

「そんな悠長なことしていたら間に合わない!」

「刀祢先生、ここは東京のど真ん中です。無数の道がある。犯人がどこに向かったか分からないし、そもそも千早さんがいつ誘拐されたかも不明だ。検問を張ったところで意味がありません」

「じゃあ、どうすれば？」

「あの折り紙が連続殺人犯の遺留品だと断定されれば、マンションやこの周囲の防犯カメラから、千早さんが誘拐された時刻、その前後にこの道を通った車を割り出すことができます。そこから、主要道路を通る車のナンバーを読み取って記録しているNシステムなどを利用して、犯人の向かった場所を大まかに絞り込んでいくことができます」

「それってどれくらいかかるの？」

　縋りつくように訊ねると、桜井の眉間のしわが深くなった。

「どんなに急いだとしても、一日以上はかかります。いまは深夜だということを考えると、三日ほどは見ておいた方がいいでしょう。……そして、これまでの事件では、誘拐して半日以内にホシは被害者を手にかけています」

「それじゃあ間に合わない！」

「ええ、間に合いません。ただ、これは正規の捜査を行った場合の話です」

　桜井がじっと目を覗き込んできた。

「刀祢先生がさきほど説明して下さったおかげで、私たちはだいぶホシを絞り込めています。うまくいけば、すぐにでもホシの居場所を突き止められるかもしれません」

　紫織が「じゃあ」と前傾すると、桜井は手を突き出してきた。

「最後まで話を聞いてください。さっき言ったように、これは正規の捜査ではありません。本来踏むべき手順をいくつも飛ばしています。私たちが罰せられる可能性も否定できません」

「……罰せられる」

「そうです。あまり詳しくないんですが、たしか医師が刑事事件で罪に問われると、一定期間、医師免許を停止されたり、最悪の場合は、剝奪(はくだつ)されたりするんじゃなかったですか」

その通りだった。犯罪行為に手を染めた医師は、医道審議会に掛けられ、処分を受ける。

「私はいまから、『正規でない捜査』を行うつもりです。場合によっては警察を懲戒解雇されるかもしれませんが、かまいません。水城さんのためにも、なんとしても千早さんを助けたいと思っています。ただ、あなたに同行を求めることはしません。よろしければ、ここで別れましょう」

医師免許を剝奪される。母を喪(うしな)ってから、必死に目指してきた病理医として働けなくなる。その恐怖が言葉を奪った。

「迷っている時間はありませんので、私は失礼します」

身を翻した桜井のコートの裾を、紫織はとっさに摑む。桜井は顔だけ振り返った。

「行きますか？」

頷きたかった。しかし、首が動かない。強い自己嫌悪に襲われ紫織は目を固く閉じる。瞼の裏に、優しく微笑む女性の姿が映った。ずっと自分を支えてくれた母の姿。

紫織は目を大きく見開く。そうだ、病理医になることが本当の目標ではない。私はただ、命を喪い、物言えなくなった人々の想いに耳を傾け、彼らが愛した人々にそれを伝えたかっただけだ。松本先生が、お母さんの想いを伝えてくれたように。

私がいまするべきこと、それは穣さんが遺した大切な想いを千早に伝えること。

「行きます！」

紫織は腹の底から声を出す。「いいんですね？」と訊ねてくる桜井に、紫織は大きく頷いた。

「もちろん。千早は友達だから。……初めてできた、私の友達」

3

深い闇の底から意識が浮き上がってくる。千早はゆっくりと瞼を上げた。まぶしさに目がくらむ。薄目を開けているると、次第に明るさに慣れ、周囲の様子が見えてきた。

小学校にある体育館のように天井が高く、がらんとした空間。そこに置かれた椅子に千早は座っていた。壁際にはうずたかく、様々な種類の木材が積み上げられている。奥にはフォークリフトが一台停まっていた。

「ここは……」

口からこぼれた声は、自分でもおかしく感じるほどにかすれていた。千早は漬物石でも詰まっているかのように重い頭を振る。思考に霞がかかって、状況がよく理解できない。

とりあえず、辺りを見て回ろう。そう思って立ち上がろうとした瞬間、手首と肩に痛みが走った。小さく悲鳴を上げた千早は、首だけ振り返る。両手首が荒縄で、椅子の背に縛り付けられていた。椅子自体も、コンクリートの床にボルトで固定されている。

混乱した千早は、激しく身をよじる。しかし、固く縛られた荒縄が手首に食い込むだけで、拘束が解ける気配はなかった。

荒縄がやすりのように皮膚を削り、血が滲んでくる。千早は顔をしかめ、動くのをやめる。

痛みのおかげで、思考がいくらかクリアになった。荒い息をつきながら、頭の中で状況を整理していく。どうやら、何者かに拉致監禁されたらしい。いったい誰に？

千早は必死に記憶をたどる。たしか、居候している紫織のマンションに戻ると、スマートフォンに着信があって……。そこまで思い出したとき、千早は目を見開いた。そうだ、あの人だ。あの人がなにか重要な情報を思い出したと言うから、マンションを出てワゴン車に……。

「なんであの人が……？」

呆然とつぶやくと同時に、扉が開く音が響いた。体を硬直させた千早は、おそるおそる音がした方に視線を向ける。意識を失う寸前に会っていた人物がそこにいた。

「やっと意識を取り戻したか。このまま死んじまうんじゃないかって心配していたんだよ」

その人物は、着ているジャケットのポケットから黒くて無骨な機器を取り出した。

「スタンガン……」

「ただのスタンガンじゃない。特別に改造して、電圧を上げているんだ。ガタイのいい男だって、これを食らったら一発で失神しちまうってしろものさ」

得意げにスタンガンを見せびらかしながら、その人物は「ただし、心臓が停まる危険もあるけどな」と軽い足取りで近づいてきた。

「近づかないで！　それでなにをするつもり！」

「これ？」その人物はにっと口角を上げると、スタンガンを無造作に投げ捨てた。「こんなもの、もういらねえよ。お前をここに連れてくる必要があったから使っただけだ」

「……なんで私を？」

「お前と話がしたかったんだよ。ここでしかできない秘密の話をね」

「……どんな話ですか？」

「そうだなあ、例えば……」

その人物の顔に無邪気な笑みが浮かんだ。昆虫の脚を一本一本もいでいく幼児のように、無邪気でどこまでも残酷な笑み。

「私が千羽鶴だってこととかかな」

千早の喉の奥から、笛のような音が漏れた。恐怖で内臓が凍りついたかのような心地になる。

「そ、そんなわけない。あなたが千羽鶴だなんて」

前のめりになった千早がかすれ声を絞り出すと、その人物は額が付きそうなほどに顔を近づけてくる。ガラス玉のように空虚な双眸(そうぼう)に自らの姿が映っているのを見て、千早の背筋に冷たい震えが走った。

「どうして私が千羽鶴じゃないって言いきれるんだよ」

「だって……、二十八年前だったらあなたは……」

舌がこわばってうまく声が出ない。その人物はくっくっと忍び笑いを漏らした。

「よく考えてみろよ、相手は小さなガキだぜ。簡単さ。逆に私みたいなやつの方が、手際よくできるんだよ」

「じゃあ、本当にあなたが……。なんでそんなことを……」

「お前さ、最初の犠牲者の親父が、どんな奴だったか知ってるか」

嬲(なぶ)るような笑みを浮かべていたその人物、千羽鶴の顔が険しくなった。

「たしか、高利貸しだったとか」

「そうだ。うちはな、あいつからかなり金を借りていたんだ。私が地獄にいるような毎日を送っていたのも、全部あいつのせいだったんだよ！」

千羽鶴は苛立(いらだ)たしげに床を蹴(け)った。

「だから、娘さんを殺したの？」

「あの日、私はふらふらと家の近くを歩いていた。なんのためだと思う？　糞(くそ)みたいな人生にピリオドを打ちたかったのさ。そんなとき、うちに金を貸しているあの男が見えて、私は物陰に隠れた。何度も取り立てに来ているから、顔は知っていた。取り立てのときは怒鳴り散らして、家にある物を手あたり次第に壊していたあの男が、娘にはデレデレしながら猫なで声を出して、一緒に遊んでやっていたんだぜ。それを見て、はらわたが煮えくり返ったよ。人の人生めちゃくちゃにしておきながら、自分は幸せそうな家庭生活を送ってやがって。だから、あの男が家に入って、娘が一人で残されたのを見て、体が勝手に動いたんだ」

千羽鶴は細めた目で空中を眺めながら話し続ける。二十八年間、誰かに犯行を伝えたかったのだろう。懺悔としてではなく自らの栄光として。その口調には隠しきれない悦びが滲んでいた。

「ポケットに入っていた、二つの奴さんの折り紙を見せると、あのガキは目を輝かせて受け取った。だから私は、『もっといいものを見せてあげるよ』って言ったんだ。あの馬鹿なガキは、なんの疑いもなくついてきたよ」

「奴さんの折り紙……」

千早がつぶやくと、千羽鶴は「ああ、そうだ」と唇の端を上げた。

「うちではな、裏にあるプレハブ小屋でそろばんなんかを教えたり、おもちゃを置いて児童館みたいに近所のガキどもに開放したりしていたんだよ。私もそれを手伝わされた。イベント用に百人一首を書いた折り紙を作らされたんだよ。まあ、最初の一首を作ったところで、面倒になってポケットに突っ込んでいたけどな」

千羽鶴は言葉を切ると、皮肉っぽく肩をすくめる。

だから誘拐された現場と、遺体から折り紙が見つかったのか。無言で話を聞く千早の前で、千羽鶴は言葉を続ける。

「少し歩いたところにおあつらえ向きの廃屋があったんでな、私はあのガキをそこに誘い込んで、首を吊るために持っていた紐で絞め殺した」

事件を再現するかのように、千羽鶴は顔の前で拳を固く握ると、左右に力強く引いた。

「じゃあ、そのあとも次々と子供を殺していったのは、疑いを逸らすためだったの？　そうすれば、事件が無差別通り魔だと思われて、怨恨による犯行ではないとごまかせるから」

「たしかにそれもあるけれど、一番の理由じゃない」

千羽鶴は言葉を切ると、手の甲で口元を拭った。

「最高だったんだよ……。初めて人を殺したとき、生まれてこの方、味わったことのない快感が脳天を貫いた。セックスで絶頂に達するより、何倍も強い快感だ。いまも瞼を閉じれば、昨日のことのように思い出すことができるよ。両手に伝わってきた抵抗。恐怖と絶望に染まって、いまにも眼球と舌が飛び出しそうな顔。鼓膜を揺らす、か細い悲鳴。この瞬間のために生きてきた。そう確信できるほど、最高の経験だった」

焦点を失った瞳で天井あたりを眺めながら、千羽鶴はつぶやく。頬は紅潮し、悦楽の記憶をかみしめるその表情は蕩けていた。あまりにもおぞましい光景に、千早は視線を逸らす。

「ただ計算違いはな、あのガキが折り紙を一つ、落としていったことだ」

千羽鶴は忌々しげに顔をしかめる。

「あんな大事そうにしていやがったのに。攫った場所に折り紙が落ちていたって、翌日の新聞で見たときは肝が冷えたよ。けどな、私はそれを逆手に取る方法を思いついた。あの折り紙を、私の名刺にすることにしたのさ。名刺なら、名前が必要だろ。だから『千羽鶴』っていう署名を入れることにした。なかなか洒落た名前だと思わないか？」

「それで、五人もの女の子を……」

千早が絶句すると、千羽鶴は目を大きくしばたたいたあと、忍び笑いを漏らした。小馬鹿にするようなその笑い声に、千早は「なにがおかしいの⁉」と声を荒らげる。

「なにも分かってないんだな。本当になにも分かっていない」

不吉な予感をおぼえながら「どういうこと？」と訊ねると、千羽鶴は大きく両手を開いた。

「お前も警察も、根本的に勘違いしているってことさ。二十八年前、私が殺した子供は五人じゃない。四人だけなんだよ」

「なに言っているの。折り紙殺人事件の被害者は五人でしょ」

「そういうことになってるな。けれど車の中にいた赤ん坊を誘拐して殺したのは私じゃない」

「嘘よ！」

千早は叫ぶ。胸の奥で急速に細胞分裂して増殖していく恐ろしい想像をごまかすために。

「嘘に決まっている！　あなたじゃなければ、誰が陣内桜子ちゃんを殺したっていうの！」

千羽鶴は、目を細めると、焦らすようにゆっくりと口を開いた。

「お前の母親だよ」


視界が回る。三半規管が反乱を起こし、まるで洗濯機の中に放り込まれたかのようだった。平衡感覚を失った体が傾いていくが、後ろ手に椅子に縛り付けられているため、倒れることはなかった。手首に荒縄が食い込んで鋭い痛みが走り、希釈された現実感がわずかに戻ってくる。

「そんなわけない！　お母さんが人殺しなんてあり得ない！」

必死に体勢を立て直しながら、千早は声を張り上げる。まだ、めまいはおさまっていなかった。

「残念だけど、事実なんだよ。いやあ、おかげで助かった。逮捕されずに済んだんだからな」

「……どういうこと？」

千早が声を絞り出すと、千羽鶴はへらへらと笑いながら顔を近づけてきた。

「いくら慎重に犯行を重ねていってもな、さすがに四人も子供を殺したら警察の捜査も迫ってくる。事実、うちの工場に目をつけた刑事がいた。お前の父親だ」

「父さんが……」

「そうだ。あの日の夕方、お前の父親はうちの工場に聞き込みに来ていた。その様子を隠れて見ながら焦っていたよ。もう逮捕されると思った。けどな、そのとき天が味方したんだ」

千羽鶴は楽しげに話し続ける。

「お前の父親はポケベルに入った連絡を見て、うちの工場の敷地のそばにある電話ボックスに行ったんだ。私はあいつに気づかれないように工場の裏手に回って聞き耳を立てた。あいつがパニックになっていたおかげで、ブロック塀越しでも十分に聞こえたよ。『子供を攫った？』『死んだってどういうことなんだ!?』って声がな」

半開きの千早の口から、「そんな……」という弱々しい声が零れる。

「私は本能的に気づいた。これはチャンスだってな。だから、あいつのあとを追ったんだ。刑事のくせに、全く私の尾行に気づかず、あいつは青い顔で押上にある家まで行ったよ」

「私の実家……」

「そうだ。本当なら中を覗きたかったんだが、さすがにそこまではできずにその日は帰った。けど、問題はなかったよ。次の日には近所の噂になっていたからな。昨日の昼頃、ショッピングセンターの駐車場で赤ん坊が誘拐されたって。下町はすぐに噂が広がるんだよ」

千羽鶴は笑い声を漏らした。

「まさに地獄に垂れた糸さ。赤ん坊が誘拐された時間、私には完ぺきなアリバイがあった。だから、すぐに誘拐現場に向かって、捜索している警察の目を盗んで置いてきたんだよ。百人一首が書かれた奴さんの折り紙をな」

「だから、陣内桜子ちゃんの事件は、千羽鶴の犯行だとされた……」

「そう。ただ、それだけでは不十分だった。私に一番迫っている刑事、お前の父親だけは赤ん坊の誘拐が一連の事件とは関係ないことを知っている。あいつの口を封じる必要があった」

「……父さんに折り紙を送り付けたのね」

千早が言うと、千羽鶴は「ご名答」と楽しげに指を鳴らした。

「お前の実家の郵便受けに折り紙を入れておいたんだよ。分かりやすいメッセージだろ。『お前らがなにをしたか知っている。黙っていて欲しければ、お前も黙っていろ』ってな。あいつはその通りに動いてくれたよ。まあ、連れ合いが赤ん坊を誘拐して殺したんだ。当然だな。けれど、一つだけ問題があった」

楽しげに話していた千羽鶴の顔が、憎々しげに歪(ゆが)む。

「あいつも気づきやがったんだ。工場の敷地内から電話を聞かれたって。私が工場の関係者だってな。あいつはそれ以来、工場の周りに姿を現すようになった。警察を辞めた後は、工場を監視できる場所で仕事をするっていう徹底ぶりだ。あいつがどういうつもりか、すぐに分かったよ。『もしお前が犯行を続ければ、すべてを捨てて告発する』。あいつはそう警告していたんだ」

ああ、そうか。千早は霞がかかった頭で考える。父さんがあの工場を監視していたのは、そこに千羽鶴がいることは分かっていたが、それが誰かまでは特定できていなかったからなのか。

「あいつと私はお互いを縛りあってきた。二十八年間、ずっとな」

父さんは命が尽きるまで、あの工場を監視し、警告を発し続けた。新しい犠牲者が出ないように。千早は唇を固く嚙(か)む。

「けれど、そんな息が詰まる状況もやっと終わった。あいつが癌で死んじまったからな」

千羽鶴の声には歓喜の色が滲んでいた。唇を嚙む千早の歯に力がこもる。犬歯が薄く唇を破った。鋭い痛みが、思考にかかった霞を晴らしてくれる。

「だから、うちの実家を燃やしたの？」

「そうさ。あの男が、なにか私についての情報を遺していたかもしれないからな」

「けれど、あなたは放火をする前に、ＯＬを絞め殺している」

千早の指摘に、千羽鶴の顔から潮が引くように表情が消えていった。

「……我慢できなかったんだ。……できるわけがなかった」

囁くような声に強い恐怖をおぼえ、千早は身をこわばらせる。

「あいつのせいで、二十八年間も耐え続けた。酒を飲んでも、クスリをやっても、この渇きは癒せなかった。だから、あの男が死んだと知った瞬間、殺さずにはいられなかった」

なにかに憑かれたように、千羽鶴は話し続ける。

「二十八年間、想像の中で何度も女を絞め殺していた。犯行に最適な場所も探して、いつでも行動に移せるように準備していた。だから、すぐに動くことができた」

「で、でもなんで、大人の女性を狙ったの？」

千早は声を張り上げる。そうしないと、恐怖に呑み込まれてしまいそうだった。

「お前だよ」

千羽鶴が頬を撫でてくる。千早は「ひっ」と悲鳴を漏らして身を引こうとするが、椅子に縛られたままでは動けるはずもなかった。

「二十八年前はあの高利貸しが誰よりも憎かった。だから、あいつの娘を狙った。けれど、私が誰よりも憎い人物は変わった」

「……父さん」

「そうさ。お前の親父のせいで、私はずっと胸の中で暴れ狂う衝動に耐えないといけなかった。それがどれだけつらいか、お前に分かるか。頭がおかしくなってしまいそうだった」

千羽鶴は唇を舐める。その姿が、巨大な蛇がちろちろと舌を出しているかのようだった。

「だから、あいつの娘であるお前を殺したかった。想像の中で、何度も何度も繰り返し、お前の首を絞め、その柔肌にロープを食い込ませた。それが私にとっての唯一の癒しだったんだよ」

千羽鶴の手が移動し、千早の首にかかる。千早は必死に身をよじった。

「本当なら、いの一番にお前を殺しに行きたかった。ただ、あいつに娘がいることは知っていても、どこにいるのかまでは分からなかった。それに、父親が死んですぐに娘が殺されたら、鈍い警察だってさすがに、あの男の死によって私が動き出したと気づく。だから、仕方なくお前ぐらいの年頃の女を狙ったんだ。予定では、あと数人殺してから本命のお前を手にかけるつもりだった。ただな、誤算があってそうもいかなくなったんだよ」

背骨が折れそうなほどの恐怖に必死に耐えながら、千早は「……誤算？」と聞き返す。

「ああ、そうだ」千羽鶴は大きく頷いた。「まず、お前が自ら私の前に現れたことだ。一人殺すことで一時的に収まっていた欲望が、お前を目の当たりにしたことで爆発した。だから、すぐに次の獲物を襲わないといけなかった」

自分がこの人物に近づいたせいで、新しい犠牲者が出た。罪悪感で言葉を失う千早を睥睨しながら、千羽鶴は言葉を続ける。

「あまりにも衝動的に動いたせいで、冷静に犯行を進めることができなかった。いろいろと手がかりを残しちまって、そのせいか今日うちの工場に小汚いコートを着た刑事がやってきた」

桜井だ。桜井が真相に近づいていた。きっと自分が消えたことに気づいた紫織は、桜井に連絡を入れるだろう。二人はここにたどり着くかもしれない。それまで時間を稼がないと。

「あの刑事さんと私は連絡を取り合ってるの。私が誘拐されたって分かったら、きっと彼はここを見つけ出して、あなたを逮捕する。だから、私を解放して」

千早が必死にまくしたてると、千羽鶴は「そんなことどうでもいいんだよ」と鼻を鳴らした。

「どうでもいい？」千早は耳を疑う。

「ああ、どうでもいい。遅かれ早かれ、警察は私にたどり着く。六人も殺しているんだ。逮捕されりゃ当然死刑さ。ただ、すぐに吊られるならかまわないけど、執行まで何年も待つのは勘弁だ。また、あの衝動に耐えながら生きていくなんて我慢ならない。だから、最後に最高の快感を味わって、その余韻が残っているうちに、人生に幕を下ろしてやるんだ」

「自殺するつもりなの!?」

千早が甲高い声を上げると、千羽鶴はポケットから丸めたロープを取り出した。

「こんな人生に未練なんかない。ああ、二十八年も待ったりしないで、最初からこうしていれば良かったんだ」

恍惚(こうこつ)の表情を浮かべると、千羽鶴は抱きしめるようにロープを持った手を千早の首にまわす。

「待って！　お願いだから待って！　殺さないで！」

千早の命乞(いのちご)いを心地よさそうに聞いた千羽鶴は、無造作に両手を左右に引いた。ロープが首に巻き付き、絞め上げる。千早は必死に逃れようとするが、後ろ手に縛られた状態ではどうすることもできなかった。

気管が押しつぶされ息ができない。頸(けい)動脈の血流が途絶え、意識が薄くなっていく。

千早の視界に、上方から白い幕が下りてきた。

4

「ここですか？」

タクシーから降りた紫織は、目の前に建つ日本家屋を眺める。桜井は答えることなく、門扉のわきについているインターホンを続けざまに押した。

千早が誘拐されたことに気づいた紫織と桜井は、タクシーで巣鴨にやってきていた。ここに住んでいる元刑事なら、千早を誘拐した人物が分かるはずだ。桜井がそう言ったのだ。

『誰だ、こんな夜中に！』インターホンから苛立たしげな声が聞こえてくる。

「井ノ原さん、桜井です」

『桜井？　なんの用だ？』

「緊急でうかがいたいことがあるんです。どうか中に入れてください」

焦燥が色濃く滲む声で桜井はまくしたてる。数瞬の沈黙のあと『待っていろ』という返事があった。すぐに玄関扉が開き、甚平姿の老人が姿を現した。

「なにがあった、桜井？　なにをそんなに急いでいる？」

「水城さんの娘さんが誘拐されました。現場には折り紙が残されていました」

老人の腫(は)れぼったい目が大きく見開かれる。

「百人一首が書かれた奴さんの折り紙か!?」

「そうです、井ノ原さん」

桜井が答えると、井ノ原と呼ばれた老人は「上がれ」と手招きをする。紫織と桜井は靴を脱いで家に上がると、井ノ原に続いて廊下を進んでいく。

「どういうことだ？　なんで水城の娘が誘拐されたんだ？　やったのは千羽鶴か？」

振り返ることなく、井ノ原は早口で訊ねてくる。

「すみません、井ノ原さん。説明をしたいのはやまやまなんですが、時間がないんです」

「いきなり押しかけて、情報だけもらっていこうってわけか。虫のいい話だな」

桜井が「申し訳ありません」と謝罪すると、井ノ原は廊下の突き当りにある扉を開けた。中を見た紫織は、目を丸くする。四畳半ほどの大きさの書斎には、四方の壁にそって天井まで届く本棚が立っており、そこには大量のノートやバインダー、そして折り紙殺人事件について書かれた書籍がぎっしりと詰め込まれていた。

「ここには、俺が二十八年間かけて独自にまとめた折り紙殺人事件についての資料が詰まっている。知りたいことがあるなら、なんでもすぐに答えてやる。その代わり……」

振り返った井ノ原は、あごを引くと桜井を睨め上げる。

「絶対に千羽鶴を挙げて、殺された子供たちを成仏させてやるんだ。分かったか」

「分かりました。約束します」

桜井が即答すると、井ノ原の表情がいくらかやわらいだ。

「期待しねえで待ってるよ。それで、なにが知りたい？」

「立花材木という会社はご存じですか？」

井ノ原の顔が再び引き締まる。

「ああ、知っている。事件が起きた当時、資金繰りが悪くなっていて、最初のガイシャの父親から多額の借金をしていた。それに会社だけでなく、個人的に金を借りていた従業員もいたし、社長は工場の裏手に近所の子供が集まれるような施設を作っていやがった。疑われて当然だ」

「ホシと思われるような人物はいましたか？」

「いや、いねえな」井ノ原はかぶりを振る。「少しでも怪しい奴は全員徹底的に調べた。特に社長をはじめ、直接金を借りていた奴はな。けれど、全員が五つの事件のどれかにアリバイがあった。あの会社の関係者にホシはいねえよ」

「それでは井ノ原さん」桜井はぐいっと顔を近づける。「怪しい人物の中に、第五の事件、陣内桜子ちゃん誘拐事件にだけアリバイがある奴はいませんでしたか」

「……どうしてそんなことを訊く？」

「陣内桜子ちゃん誘拐事件だけは、違う人物による犯行の可能性が高いからです」

「なに言っているんだ？　誘拐現場に折り紙が落ちていたんだぞ。ほかの四つの事件現場に残されていたのと、同じ人物によって作られた折り紙だ」

「それは、捜査を攪乱するため、千羽鶴があとで置いたものです」

「そんなことをしても、もし誘拐犯が捕まったらアリバイ工作したってばれる。やぶへびになる可能性が高い」

「千羽鶴は、陣内桜子ちゃん誘拐事件が解決しないと確信していたんですよ」

「どういうことだ？　そもそも、子供を攫って殺すような奴が、同時期、同地区に二人も出てくるなんて偶然、あるわけないだろ」

「井ノ原さん」桜井は低い声で言う。「いまは説明している余裕がありません。どうか私を信じ、なにも訊かずに質問に答えてください」

井ノ原は硬い表情で口をつぐむと、本棚から分厚いファイルを取り出してデスクの上に広げる。

「これが、立花材木の関係者についてまとめたファイルだ」

「この中で、陣内桜子ちゃん誘拐事件にだけアリバイがあった容疑者はいましたか」

「……いた」重々しく井ノ原は頷いた。「俺が一番疑っていた奴だ。素行が悪く、暴力行為などで何度もトラブルを起こしていた奴だ」

「誰ですか！　そいつは誰なんですか!?」

桜井が早口で訊ねると、井ノ原は静かに言った。

「あの頃まだ中学生だった社長の子供だよ」

5

頬に衝撃が走り、灼けるような痛みをおぼえる。千早はのろのろと顔を上げた。

「おっ、生きてたか。死んじまったんじゃないかと心配したよ」

目の前に立つ人物が愉しげに言う。

生きている？　この状態を生きているというのだろうか。重い頭で千早は考える。

すでに四回もロープで首を絞められて失神しては、殴られて目を覚ますということをくり返している。最初に意識を取り戻したときは、まだ生きていることに安堵した。しかし、二度、三度と絞め落とされ、自分がただ嬲られるために生かされていることに気づいてからは、絶望以外の感情が消え去っていた。

「なんだよ、黙ってないでなにか言えよ」

千羽鶴は嗜虐に満ちた笑みを浮かべながら、千早の頭を小突く。しかし、もはや言葉を発する気力など残されていなかった。千羽鶴は大きく舌を鳴らす。

「人形みたいな奴を痛めつけたって愉しくねえんだよ。ほら悲鳴上げたりとか、命乞いしたりとか、いろいろあるだろ」

そんなことをしても、目の前の人物を悦ばせるだけだ。千早は目を伏せたまま、固く口を結ぶ。

「お互い最後の時間だっていうのに、これじゃ興ざめだろ。もっと愉しもうぜ」

千羽鶴は顔を近づけてくると、千早の頬を舐めた。皮膚の上をナメクジが這うような感触に全身に鳥肌が立ち、千早は身をよじる。

「そうそう、そういう反応だよ。そうだ、最後だし少しいい思いさせてやろうか？」

千羽鶴はジーンズに包まれた千早の膝を撫でまわす。その手が、じわじわと太腿、そして股間へと這い上がってきた。顔を引きつらせた千早は、歯を食いしばって身を反らすと、思い切り勢いをつけて、千羽鶴の横っ面に額をぶつけた。不意打ちを食らった千羽鶴はバランスを崩すと、鬼の形相で拳を振るってきた。力任せに頰を殴られ、視界が大きくゆがむ。口の中に生臭い鉄の味が広がった。吐き気をおぼえた千早は、横を向いて口腔内にたまったものを吐き捨てる。赤黒い血液が、コンクリートの床を叩いた。

「ふざけたことしてんじゃねえ！　ぶっ殺すぞ！」

怒鳴りつける千羽鶴を、千早は睨みつける。

「やりなさいよ！　どうせ殺すつもりなんでしょ。さっさと一思いにやればいいじゃない！」

視線が空中で火花を散らした。十数秒、睨み合ったあと、千羽鶴はふっと表情を緩める。

「その手には乗らないよ。せっかくなんだから、徹底的に愉しまないとな。お前にはもっともっと、付き合ってもらう。お願いだからもう殺してくださいって懇願するまでな」

絶望がさらに深くなっていく。涙があふれ、視界が滲んできた。

「おやおや、かわいそうに」千羽鶴はからかうように言う。「恨むなら、親父さんを恨むんだな。あのクズの娘に生まれたのが、お前にとってなによりの不幸だったんだから」

「父さんはクズなんかじゃない！」

無意識に自分が発した言葉に、千早自身が驚く。あれだけ疎ましく感じていたというのに、父をけなされた瞬間、激しい怒りが燃え上がっていた。

千羽鶴は「んー？」と顔を覗き込んでくる。

「お前、親父のことを嫌っていたんじゃなかったのか。あいつは私と同じ、人でなしだぞ」

「父さんは立派な刑事だった。それに、寡黙でなにを考えているか分からなかった人だけど、責任感が強くて……優しい人だった。家族を、……私を愛してくれていた」

　止め処なく涙を流しながら、千早は切れ切れに言う。

　これまで、父がどんな人物か見えなかった。見ようとしてこなかった。しかし、事件の真相を探っていくうちに、知らない父の姿が少しずつ明らかになってきた。

　父は優秀な刑事だった。ずっと、父が自分との間に壁を作っていると思っていた。そして、不器用ながらも優しい人だった。市民のために日夜凶悪犯を追っていた。けれど、実際に壁を作っていたのはきっと自分だったのだ。もっと早くそのことに気づけていたら、父と『家族』になれていたのかもしれない。強い後悔が胸を焼く。

「責任感が強い？　優しい？　なに馬鹿なことを言ってるんだよ。あいつは妻が赤ん坊を殺したことを隠すため、警察の捜査を攪乱したんだぞ」

「そんなことない！　お母さんは陣内桜子ちゃんを殺したりしていない。それに父さんは、責任をもってあなたを監視し続けた。あなたがまた人を殺さないように！」

　自分が言っていることが支離滅裂であることは理解していた。それでも両親への想いが胸の中で暴れまわり、叫ばずにはいられなかった。

「分かんねえ女だな」千羽鶴はがりがりと頭を掻く。「あいつのおかげで、私は時効まで逃げ切ることができたんだ。いわば共犯なんだよ。水城穣は私と同罪だ」

「違う、父さんはあなたみたいな卑怯者じゃない！」

「卑怯者？」千羽鶴の端整な顔が歪んでいく。「……卑怯者だって？　私がどんな地獄を見てきたのか、お前に分かるか。私は社会に復讐しているだけだ。これは正当な権利なんだ」

「いいえ、あなたは歪んだ性的衝動に任せて人を殺しているたんなる変態よ。そして、父さんはそんなあなたの犯行を、一生をかけて抑えてきたの。一緒にしないで！」

千早が声を嗄らして叫ぶと、千羽鶴の顔がみるみる紅潮していった。

「……訂正しろ。いま言ったことを訂正するんだ」

地の底から響いてくるような声で、千羽鶴は言う。

「そうしないと殺すっていうの？　やりなさいよ。もう命乞いをして、あなたを悦ばせるようなことはしない。あなたに殺されても、私は絶対に屈しない」

千早は大きく息を吸うと、腹の底から声を出した。

「私は父さんの、水城穣の一人娘なんだから！」

歯茎が見えるほどに唇を歪めると、千羽鶴はロープを千早の首にまわし、力任せに腕を左右に引いた。これまでとは比較にならない力で、ロープが皮膚に食い込む。舌骨がミシミシと軋む音が喉元から聞こえてくる。

怒りの炎が燃え上がる双眸に、苦痛に歪む自分の顔が映るのを眺めながら、千早は死を覚悟する。意識が希釈されていく。苦痛が消えていく。白く染まっていく視界に、父の姿が映った気がした。生前見たことがないほど、優しく微笑む父の姿が。

……父さん、ごめん。千早が内心でつぶやいたとき、唐突に何か重いものが倒れるような音が響き、続いて怒声が空気を揺らした。骨を砕かんばかりに首を絞めあげていたロープの圧力が消える。千早は大きく息を吸うと、激しくせき込んだ。

白く濁る視野の中で、人影がもつれ合っているのがかすかに見える。しかし、酸欠で意識を失う寸前だった脳細胞はなにが起きているのか理解できなかった。

「……千早」

耳元で名前を呼ばれた千早は目を見開く。首の痛みに歯を食いしばりながら振り返ると、涙を流した友人の顔が、焦点が合いはじめた網膜に映し出された。

「紫織!?」

喉をつぶされた千早がしわがれた声を上げた瞬間、紫織は抱き着いてきた。長い髪が頰を撫で、かすかな嗚咽が鼓膜をくすぐった。

「よかった……。間に合って本当によかった」

「なんであなたがいるの？　早く逃げないとあいつが……」

喉の痛みに耐えながら言うと、紫織は体を離し、「大丈夫」と正面を指さす。そちらを見た千早の口が半開きになる。猫背の中年刑事が、さっきまで千早に暴行をくわえていた人物の腕をひねり上げ、コンクリートの床に磔にしていた。千羽鶴は「放せ！　放せぇ！」と叫びながら必死に逃れようとするが、腕と肩の関節を極められたうえ、肩甲骨の間に膝で体重をかけられて、ほとんど身動きができずにいた。

「無駄な抵抗はやめてください」

千羽鶴を制圧した桜井はいつも通りの、どこか気の抜けた口調で言う。

「立花和歌子。お前を殺人未遂の現行犯で逮捕する」

八木沼建設の副社長である八木沼和歌子は、憎しみに燃え上がる瞳で桜井を睨んだ。

「立花和歌子……？」

状況がつかめず、千早は呆然とつぶやく。

「ああ、失礼。もう立花ではなく、八木沼和歌子さんでしたね」

肩をすくめる桜井を見て、千早は「え、それじゃあ……」と眉根を寄せる。

「ええ、この方は元々、立花材木の社長令嬢だったんですよ。学生時代はいろいろと暴力沙汰などのトラブルを起こし、高校卒業後は夜の街で働いていた。けれどその後、持ち前の美貌で付き合いがあった八木沼建設の社長を籠絡して後妻におさまり、さらに夫の死後には副社長にまで上り詰めましたけどね」

千早は立花材木の現社長が、八木沼建設から支援を受ける代わりに色々なものを差し出したと言っていたことを思い出す。てっきり、土地でも取り上げられたのかと思っていたが、姉を後妻に取られたという意味だったのか。

「……詳しいんだね」暴れることをやめた和歌子は、憎々しげにつぶやいた。

「折り紙殺人事件の捜査に一生を費やした元刑事から聞いたんですよ。その人は、怪しい人間について事細かに調べ上げていました。あなたの生い立ち、それに立花材木が材木を保管しているこの倉庫の場所までね。警察官の執念を甘く見ていましたね」

「なにが執念だ。結局、時効まで私を捕まえられなかったじゃねえか」

「仕方がないですよ。あなたには鉄壁のアリバイがありましたからね。第五の事件、陣内桜子ちゃん誘拐事件が起きた時間、あなたは中学校で授業を受けていた。教師や同級生もそれを認めていました。いくら怪しくても、あなたを逮捕することなどできませんでした」

「なら、私は犯人じゃない。分かったら放せよ！」

「この期に及んでまだそんなことを言うんですか。往生際の悪い。そもそも、あなたは二十八年前の事件で逮捕されるんじゃありません。殺人未遂の現行犯で逮捕されるんですよ」

和歌子は無言のまま、鼻の付け根に深いしわを寄せた。

「ただ、折り紙殺人事件で第五の事件だけ犯人が違うということに気づかなければ、あなたが千早さんを誘拐したと確信してここに来ることはできませんでした。すべてはあそこにいる刀祢先生のおかげですよ」

千早は振り返って、手首を縛る縄を必死に解いている紫織を見る。

「どういうこと？　あなた、なにに気づいたの」

「あとでゆっくり説明する。大切な話だから」

紫織は顔を上げることなく、平板な口調で答えた。縄が解ける。手首にかかっていた圧力から解放された千早は、両手を顔の前に持ってきた。肩に鈍痛が走る。荒縄が食い込んでいた手首は皮膚が破れて血が滲み出し、赤い手錠がかけられているかのようだった。

痛みに顔をしかめながら千早は立ち上がり、桜井に制圧されている和歌子へと近づいていく。

「さっきのこと、嘘だって言って」

千早に見下ろされながら、和歌子は不敵な笑みを浮かべた。

「さっきのこと？　なんのことだよ」

「……私の両親のことよ」

千早は声を絞り出す。喋るたびに、和歌子に絞め上げられた喉がじんじんと痛んだ。

「ああ、お前の母親が赤ん坊を誘拐して殺し、お前の父親はそれを隠すために、捜査を攪乱して私のアリバイを作ってくれたことか」

千早は慌てて桜井を見た。しかし、彼の顔に驚きの色は見えない。

桜井は知っている。第五の事件でなにが起きたのか。そして、それを解明したのは……。

千早は振り返り、硬い表情を浮かべている紫織に視線を送った。

きっと紫織は父の遺志を読み取ることに成功したのだろう。そして、事件の真相に気づいた。自分よりもはるかに深く、父の想いに触れることができた。

嫉妬（しっと）に近い感情が胸に湧くのをおぼえながら、千早は再び和歌子を睥睨する。

「そうよ。お母さんが陣内桜子ちゃんを殺したりするわけがないし、刑事だった父さんがそれを隠して、あなたを助けたりするはずがない。全部私を絶望させるための嘘だったんでしょ」

喉の痛みに耐えながら千早は早口で言う。和歌子は上目遣いに千早を見上げる。

「ああ、嘘だよ」

千早は目を大きく開くと、和歌子に一歩近づいた。

「やっぱり嘘なのね！　お母さんが赤ん坊を殺したなんてこと、なかったのね！」

「嘘って言ったのはそのことじゃない」和歌子は唇の端を皮肉っぽく上げる。「お前の父親が、暴行被害に遭った私をなぐさめてくれたっていう話、それが嘘だって言ったんだよ。私はたしかに被害に遭った。けど、警察は誰もなぐさめてなんてくれなかった。夜遊びしていた不良中学生の自業自得。そんな反応だったよ。あれを聞いて父親が優しい男だとでも思った？　おあいにく様。さっき言ったように、水城穣はクズだよ。かわいそうにねぇ。母親が赤ん坊殺しで、父親は連続幼女殺人犯の共犯者。そんなの信じられないよねぇ」

唐突に、和歌子の口から奇声が上がった。小動物の断末魔のようなその甲高い音。それが笑い声であることに千早はすぐには気づけなかった。

「いくら信じられなくても、それが真実なんだよ！　お前の両親は人殺しだ。お前はそいつらの血を引いているんだ」

笑いの合間を縫って、和歌子は声を張り上げる。

「お前を殺せないのは残念だが、これはこれで面白い。お前はこれからの人生ずっと、両親の犯した罪を背負っていくんだ。一思いに絞め殺されるより、ずっと苦しいかもな。水城穣のせいでお前が歩んでいく悲惨な人生を想像して、私は死刑になるまでゆっくり愉しむことにするよ」

和歌子の笑い声が倉庫の壁に反響し、四方八方から聞こえてくる。千早は両手で耳を塞いで、精神を蝕むようなその声を遮断しようとする。そのとき、肩に手が置かれた。見ると、いつの間にか紫織が隣に立っていた。普段は無表情なその顔には、慈愛に満ちた微笑が浮かんでいる。耳を塞いでいた千早の手が垂れ下がる。

「あなたのお母さんは誰も殺してなんかいない」

囁くような小さな声。しかし、その言葉は千早の全身の細胞を揺さぶった。

「どういうこと？　お母さんは陣内桜子ちゃんを殺していないの!?」

両手で紫織の肩を摑みながら千早が訊ねる。紫織は大きく頷いた。

「ええ、あなたのお母さんは人殺しなんかじゃない」

「ふざけるな！」

耳をつんざく絶叫がこだまする。和歌子の顔から笑みがはぎ取られ、般若（はんにゃ）のように歪んだ表情がそこには浮かんでいた。

「適当なこと言うんじゃねえ！　二十八年前、私はこの耳ではっきり聞いたんだよ。電話ボックスに入った水城穣が『子供を攫った!?』って声を張り上げるのをな」

「ええ、たしかに千早のお母さんは陣内桜子ちゃんを誘拐した。けれど、殺してなんかいない」

「本当なの!?　じゃあ、神社で掘り出した遺骨は!?　教えて、二十八年前になにがあったのか」

かすかな希望に縋りつく千早の目を、紫織はまっすぐに見つめてきた。

「本当にいま知りたいの？」

「……どういうこと？」

「もっと落ち着いてから、ゆっくりと説明するつもりだった。病理解剖を通じて私がたどり着いた真実は、きっとあなたに大きなショックを与えるから」

紫織の口調の重さに、千早は痛む喉を鳴らして唾を飲み込む。

「それでも、いま知りたい？」紫織は氷のように冷たい視線を和歌子に注いだ。「この女に全部聞かれてもいい？」

　千早は迷う。二十八年前の事件の裏に潜んでいた真実、それがどれだけ恐ろしいものなのか、紫織の態度から伝わってくる。けれど……。

「聞かせて」千早は拳を握りしめる。「いま聞かないと、この殺人鬼は私に、……父さんに勝った気になる。自分の命で罪を償うその瞬間まで、私が苦しみ続けていると信じ、それを慰めに生き続ける。そんなの絶対に赦(ゆる)せない。なんの罪もないのに殺された被害者たちのためにも」

　紫織は「分かった」と頷くと、大きく息を吐いたあとに話しはじめた。

「手がかりは、穣さんの副甲状腺の組織にあった」

「副甲状腺？」千早は眉根を寄せる。

「そう、甲状腺の裏側に二対あって、ホルモンを生産する米粒くらいの臓器。副甲状腺ホルモンがどんな作用をするか覚えている？」

「え、副甲状腺ホルモン……」

　唐突な質問に戸惑いつつ、千早は医師国家試験の際におぼえた古い記憶を探る。

「たしか、血中のカルシウム濃度を上げて、リンの濃度を下げるんじゃなかったっけ」

「正解。穣さんの副甲状腺の組織を調べてみたところ、明らかな過形成が認められた。おそらく、穣さんは副甲状腺機能亢進(こうしん)症を患っていた。状況からみて、おそらく他の疾患の結果、副甲状腺の機能が上昇する二次性副甲状腺機能亢進症」

「二次性副甲状腺機能亢進症……。それって、たしか腎(じん)不全なんかで起こるはずよね。でも父さんは腎不全なんかなかった。入院中何度も採血したけど、腎機能は正常だった」

「二次性副甲状腺機能亢進症を引き起こす疾患は腎不全だけじゃない。低リン血症性くる病の治療によって起きることがある」

「低リン血症性くる病……」

医学生時代、教科書でさらっと触れたことしかない疾患の名を、千早はくり返す。

「尿中にリンが排出されることによって、血中のリン濃度が下がる疾患。リンは骨形成に必要な物質だから、典型例では骨の成長障害が起こって低身長になる」

「たしかに父さんは小柄だったけど、そんな病的ってほどじゃ……」

「低リン血症性くる病でも、病状が軽くて成長障害が目立たず、大人になるまで疾患に気づかない人もいる。ただ、骨の石灰化が不十分なせいで痛みが生じたり、簡単に骨折したりする、骨軟化症を呈する場合が多い」

千早は息を呑む。たしかに、父が若い頃に何度か骨折をしたと聞いたことがある。それに、よく腰の痛みを訴えていた。

「低リン血症性くる病の可能性に気づいた私は、穣さんのX線写真を見返した。そしてわずかな脊柱（せきちゅう）の湾曲と、骨自体が不明瞭（ふめいりょう）になっているのを認めた。ただ、おそらく穣さんは治療を受けていたから、注意しなければ気づかないくらいの変化だったけど」

「治療……」

堀医院で話を聞いたときのことを思い出す。穣は色々な薬を処方するように求めてきたと、堀は言っていた。その中には低リン血症性くる病に対する薬もあったのかもしれない。

「低リン血症性くる病の治療は、リンと活性型ビタミンDの経口投与。ただ、リンの量が多すぎると逆に高リン血症になり、それを下げるために副甲状腺ホルモンが大量に分泌される二次性副甲状腺機能亢進症になることがある」

そこまで説明を聞いた千早は、あることに気づき目を見開いた。

「ま、待ってよ。低リン血症性くる病って、たしか遺伝性疾患じゃなかった？」

「遺伝とは関係ない孤発例もあるけれど、大部分は性染色体であるX鎖が原因の遺伝性疾患。だから、法医学講座の知り合いに頼んで、穣さんの遺伝子検査をしてもらった。結果は、想像通りX鎖に異常が見つかった」

「そんな……」

絶句する千早の前で、紫織は淡々と説明をする。

「子供の性別は、父親からXとYどちらの性染色体を受け継ぐかで決定される。男児だったらYを、女児だったらXを。つまり……」

呆然と千早がつぶやくと、紫織はあごを引いた。

「私は父さんのX染色体を受け継いでいる……。じゃあ、私も低リン血症性くる病だってこと」

「本当ならそうなるはず。けれど、あなたは女性の平均より身長が高いし、大学時代に空手部に所属してハードな稽古に明け暮れていた。骨の形成不全があるとは思えない」

「じゃ、じゃあどうなるの。なんで私は発症してないの？」

「論理的に考えられる答えは一つしかない」

紫織は顔の前で立てた人差し指を千早に向けた。

「あなたは水城穣さんの娘じゃない」

足場が崩れ、空中に放り出されたかのような錯覚に襲われる。

「な、なに言っているのよ。父さんの娘じゃないって……、じゃ、じゃあ私は、いったい……誰だって言うの？」

息も絶え絶えに千早が訊ねると、紫織はどこまでも哀しげに微笑み、ゆっくりと口を開いた。

「あなたは陣内桜子。二十八年前、車から連れ去られた赤ん坊よ」

6

「私が……、陣内桜子……？」

千早はかすれ声でつぶやく。言われたことの意味が、うまく脳に浸透してこなかった。助けを求めるかのように千早は視線を彷徨わせる。組み敷かれた和歌子は目を大きく見開いているが、桜井の顔に驚きの色は浮かんでいなかった。

「じゃあ、神社に埋められていた遺骨は……」

「おそらく、水城千早ちゃんの遺骨」

「私の遺骨……？」

「いいえ、あなたじゃない。水城穣さんの実の娘、本物の水城千早ちゃんの遺骨よ」

「どういうこと……、どうしてそんな……」

素手で脳髄をかき回されたかのように思考がまとまらず、言葉が出てこない。

「ここからはあくまで私の推測。ただ、かなり真実に近い推測だと思っている」

そう前置きすると、紫織は淡々と語りはじめた。

「二十八年前、あなたが車から誘拐された日、赤ん坊だった水城千早ちゃんは命を落とした」

「命を落としたってどうして!?　誰かに殺されたの？」

「いいえ、たぶん事故で亡くなった」

「で、でも、神社で見つかった遺骨には殺された形跡があったじゃない」

「遺骨で確認されたのは、頸椎が骨折していたということだけ。それだけじゃ、事件なのか事故なのかは判別できない。絞殺されたことによる骨折だと推測されたのは、あの遺骨が千羽鶴に誘拐された被害者のものだと思われていたから」

「じゃあ、本当に事故で……」

「事件当時、水城千早ちゃんは一歳前後だった。普通なら歩きはじめるころ。きっと、千早ちゃんは転んだかなにかした際に頸椎を骨折して死亡した」

「そんな……。小さな子でも、転んだくらいで首の骨を折って死ぬなんて普通はないでしょ」

「たしかに普通はそうあることじゃない。けど、千早ちゃんは普通の状態じゃなかった」

　紫織の言葉の意味を理解して、千早は息を吞む。

「低リン血症性くる病……」

「そう。さっき言ったように、父親のX鎖の変異が原因の低リン血症性くる病の場合、娘も百パーセント発病する。ただ、症状の強さは個人差が大きい。穣さんのように、成人になるまで明らかな症状が出ない人もいれば、乳児期から骨の発育不全が顕著に表れる場合もある。おそらく、水城千早ちゃんもそのタイプだった」

「……だから、骨が脆（もろ）かった。転んだ衝撃で、容易に骨折してしまうくらいに」

　半開きの千早の口から、弱々しい声が漏れる。紫織は大きく頷いた。

「私の仮説はこう。その日、水城千早ちゃんは深夜に目を覚まし、暗い部屋で母親を探そうと立ち上がり、そして転倒した。その衝撃で千早ちゃんは頸椎を骨折し命を落としてしまう。朝になって母親は、隣で眠っていた娘がこと切れて、冷たくなっているのを発見する。なかなか妊娠せず悩んだ末に授かった一人娘を喪った母親は、その事実を受け入れることができなかった。そして、混乱状態のまま外に出て徘徊（はいかい）しはじめた」

「どうして外に？」

「たぶん、理由は二つあったんだと思う。我が子が亡くなっているという事実から逃れるためと、大切な一人娘を捜すため」

それほどまでに精神の均衡を失っていたというのか。千早の背中に、冷たい汗が伝った。

「そうして何時間も彷徨った母親は、ショッピングセンターの駐車場で見つけたの。一人、車に残されて泣いている赤ん坊を。彼女にはそれが、捜し続けた自分の娘にしか見えなかった。だから、すぐに車から助け出した」

千早は立ち尽くし、紫織の話に耳を傾け続ける。

「けど、自宅に赤ん坊を連れ帰った母親は、命を落としている我が子を再び目撃することになる。娘は自分の腕の中にいるはずなのに、寝室で命を落としている。その状況に精神的負荷が限界になった彼女は助けを求めた。事件の捜査で何日も家に帰っていない夫、穣さんに」

濃い霧の中に隠れていた二十八年前の真実が、じわじわとその姿を現してくる。千早は息苦しさをおぼえ胸を押さえた。

「立花材木で聞き込みをしていた穣さんは、妻からポケベルに連絡を受けて工場の裏手にある電話ボックスで家に電話を掛けた。完全に混乱状態になっている妻の話を聞いて大変なことが起こったことに気づいた穣さんは、すぐに自宅へと帰り、亡くなっている我が子と、妻が連れ帰った赤ん坊を目撃する。刑事だった彼は、きっと通報しようとしたと思う。けれど、それをすれば妻の精神がもたないことに気づき、できなかった。そして、どうするべきか決断できないまま翌日になると、事態はさらに悪化する。その人がショッピングセンターの駐車場に折り紙を置いたことで、陣内桜子ちゃんの誘拐事件は、千羽鶴の仕業だとされてしまった」

紫織は和歌子を見下ろす。和歌子は忌々しそうに舌を鳴らした。

「最初はなにが起きたか分からなかった穣さんだったけど、家に折り紙が送り付けられてようやく気づいた。千羽鶴に利用されたんだと。もし通報すれば犯人を追い詰められるけど、妻は正気を失ってしまうだろうし、誘拐犯として逮捕されてしまう。さらに自宅が知られた以上、下手なことをしたら自分たちの身に危険が及ぶかもしれない。それに、赤ん坊は虐待していた親のもとへ戻される。悩みに悩みぬいた末に、穣さんは決断した」

「……私を、娘として育てると」

　千早が喉の奥から声を絞り出すと、紫織は「そう」とあごを引いた。

「まず、穣さんは亡くなった千早ちゃんの亡骸を火葬して、骨壺を桐の箱に入れて丁寧に埋葬した。なかに折り紙を入れたのは、真実を伝えなくてはならなくなった場合に証拠となるように。それを終えた穣さんは、今度は千羽鶴を止めることにした」

　和歌子の顔がさらに険しくなる。

「千羽鶴が立花材木の関係者だと目星をつけた穣さんは、その後、工場を監視することで、警告を発し続けた。捜査本部が解散したあとは警察を辞めて警備員になり、穣さんは二十八年間、犯人を牽制し続けた。けれど、その膠着（こうちゃく）状態にもとうとう終わりが見えた」

「……父さんが末期癌になった」

　千早が小さくつぶやくと、紫織は哀しげに頷いた。

「自分という枷（かせ）が外れたら、犯人がまた動き出す。だから死後に桜井さんに捜査してもらうよう、胃に暗号を刻んだ。それに、神社に埋めた遺骨を掘り出してもらうのも目的だったんだと思う。自分が生きているうちはお参りできるけど、死んだら誰にも知られずに冷たい土の下に放置されることになる。大切な一人娘の遺骨を供養してもらいたかったんだと思う」

　話し疲れたのか、紫織は大きく息をつく。

「あとは知っての通り。穣さんの想像していたとおりに千羽鶴は動き出した。そして、穣さんの遺した手がかりから捕まえることができた」

紫織が話し終えると、倉庫に沈黙が降りた。立ち尽くした千早は、顔の前に両手を持ってくる。紫織が説明したことがおそらく真実であると、頭では理解していた。しかし、感情がそれを受け入れることを拒絶する。

私は陣内桜子だった。私は父さんとお母さんの娘ではなかった。

浜辺に作られた砂の城が波に浸食されるように、アイデンティティーが崩れ去っていく。

「私は、誰なの……」

か細い声が唇の隙間から漏れる。しかし、その問いに答えてくれる者は誰もいなかった。

「私はそろそろ失礼しましょうかね」

重い沈黙に耐えかねたのか、桜井がコートの懐から手錠を取り出す。魂が抜けたかのように虚ろな表情を晒した和歌子は、微動だにしなかった。

桜井が後ろ手に手錠を嵌めようとした瞬間、和歌子が甲高い奇声を上げながら、釣り上げられた魚のように体を激しくよじった。不意を突かれて桜井はバランスを崩してたたらを踏む。その隙を逃すことなく、和歌子は四つん這いのまま、猛獣が獲物に襲い掛かるかのような動きで、倉庫の隅に落ちていた黒く無骨な機器に飛びついた。

さっき投げ捨てたスタンガンを手にした和歌子が立ち上がる。二つの電極の間で放電し、ジジジと蟬の鳴き声のような音が響く。

「うわああー！」

スタンガンを構えたまま、和歌子は桜井に突っ込んでいく。桜井は身を守るように両手を体の前にかざした。

体が勝手に動いていた。桜井の体にスタンガンの電極が触れる寸前、走り込んだ千早は思い切り右足を振り上げた。蹴り飛ばされ、大きな弧を描いて飛んでいくスタンガンを、呆けた表情で和歌子が見つめる。次の瞬間、桜井が和歌子の足を無造作に払った。腰から勢いよくコンクリートの床に倒れ、苦痛の声を上げる和歌子の腕をひねり上げると、桜井が後ろ手に手錠をかける。

「油断していました。ありがとうございます」

桜井に声をかけられた千早は、「はぁ」と気のない返事をする。危険を察知してとっさに体が動いたが、脳細胞はいまだにショートしたかのように動いていなかった。

「いやあ、それにしても素晴らしい反応でしたね。さすがは水城さんの娘さんだ」

いまだ苦痛の声を上げる和歌子を強引に立たせながら桜井は言う。千早は鼻の付け根にしわを寄せて、両拳を握りしめた。

「私は父さんの、……水城穣の娘ではありません」

「いや、それは……」桜井は頰を引きつらせる。「あー、私は外に出て、応援を呼ぶことにします。お二人は中で待っていてください。このあと、少しお話をうかがうことになるでしょうから」

そう言った桜井に連れていかれる和歌子を、千早は見つめる。視線に気づいた和歌子は目を逸らすと、力なくうなだれた。

二人が出ていき、千早と紫織が倉庫に取り残される。さっきまで拘束されていた椅子に近づいた千早は、倒れるように座り込む。紫織が心配そうに「大丈夫？」と声をかけてきた。

「……分かんない」千早は床を見つめながら答える。「助かったんだから喜ばないといけないんだろうけど、ただ虚しいだけ。なんか、胸の中身がごっそり抜き取られたみたい」

「千早……」

紫織が肩に伸ばしてきた手を、千早は軽く払った。

「千早じゃないよ。……私は水城千早じゃなかった」千早は固く唇を嚙む。「でも、いまさら陣内桜子に戻れもしない。私は……誰でもないの」

「そんなことない。千早は千早。二十八年前になにがあったとしても、あなたは一人娘としてご両親に大切に育てられた。もともと誰だったかなんて関係ない。あなたは家族と一緒に成長していく過程で『水城千早』という人間になった」

　必死に紫織がかけてくる慰めの言葉も、千早の心に沁(し)み込んでくることはなかった。

「愛情をもって育てられたんなら、それで納得できるかもしれない。けど、お母さんにとって私は亡くした娘の代替品だった。父さんにいたっては、私は家に紛れ込んだ異物でしかなかった」

　二十九年の人生がすべて否定された。底なし沼に呑み込まれていくような錯覚に襲われる。

「そんなことない！」

　ひときわ大きな声に、千早は驚いて顔を上げる。紫織が顔を紅潮させ、目に涙を浮かべていた。

「最初は死んだ娘さんの代わりだったのかもしれない。けれど、一緒に生活していくうちにご両親は娘さんの死を受け入れ、そしてあなたを新しい家族として、大切な一人娘として愛していったはず」

　紫織の言葉をゆっくりと頭で咀嚼(そしゃく)したあと、千早は口を開く。

「……お母さんはそうだったかもしれない。私を一人の人間として、家族として愛していてくれた。けど、父さんは違った。どうして父さんが私を避けていたのかようやく分かった。父さんにとって、血の繋がっていなかった私は他人でしかなかった。……家に寄生している赤の他人」

「違う！」涙声で紫織が叫んだ。「穣さんはあなたのことを愛していた」

「適当なこと言わないで！　なんで他人のあなたにそんなことが分かるのよ！」

　八つ当たりであることは自覚していた。それでも、声を荒らげずにはいられなかった。

「私は穣さんの遺志を汲み取ったから。解剖を通して彼の声を聞いたから」

千早は口をつぐむ。紫織が事件の奥底に潜んでいた真実を見つけ出したのは紛れもない事実だ。反論などできるはずもなかった。

「もし、穣さんがあなたを愛していなかったら、わざわざ胃に暗号を刻む必要なんてなかった。自分が末期癌だと分かった時点で、全てを明らかにすればよかった。奥さんはすでに亡くなって、自分の命ももうすぐ尽きる。二十八年前の誘拐事件で責任を負うべき人はいなくなるんだから。けれど、あなたのためにそれはできなかった」

「私のために？」

「そう」紫織は大きく頷いた。「すべてを明らかにしたら、あなたは自分が二十八年前に誘拐された赤ん坊だということを知り、大きなショックを受けることになる」

「私にそれを知らせないように、桜井さんだけに情報を与えようとしたの？」

「桜井さんなら自分の意図を汲んで、うまく捜査をしてくれると信じていたから」

「そんなのおかしい。なら、桜井さんにだけ直接会って伝えておけばいいじゃない」

千早が指摘すると、紫織は潤んだ瞳で見つめてきた。

「それじゃあダメだったの。桜井さんでも、絶対にあなたの秘密を守ってくれるとは限らない。それどころか、千羽鶴の逮捕のためだったらすべてを明らかにして捜査する可能性の方が高い」

「胃に暗号を刻んだとしても、桜井さんが秘密を守ってくれる確率は変わらないでしょ」

「だけど、少なくとも自分の生前に、秘密が明らかになることはなくなる。穣さんはどうしても、自分が生きているうちは、血が繋がっていないことをあなたに知られたくなかった」

「どうしてそんな……」混乱しつつ、千早はつぶやく。

「死ぬ前に、あなたとの絆（きずな）が切れることが怖かったから。せめて命が尽きるまでは、心から愛するあなたと親子でいたかった。それこそが穣さんの最後の望み、最後のわがままだった」

予想だにしなかった言葉に、千早は両手で口元を押さえた。

「……違う」千早は口を覆う指の隙間から声を絞り出す。「父さんは私を愛してなんかいなかった。最期まで私を家族だと認めてくれなかった。だから、あなたは間違っている」

「いいえ、間違ってなんかいない」

揺るぎない自信に満ちた紫織の言葉に、千早は圧倒される。

「私は顕微鏡で組織を見ることで必死に穣さんと会話をしてきた。彼の想いに耳を傾け続けてきた。そこから伝わってきたのは、あなたへのどこまでも深い愛情だった」

「じゃあ、なんで最期まで父さんは私のことを拒絶したの!?」

感情の嵐に翻弄（ほんろう）されつつ、千早は叫ぶ。紫織はゆっくりと首を横に振った。

「穣さんは拒絶なんかしていない。彼が最後にあなたに掛けた言葉をよく思い出して」

「最後の言葉……」

千早の脳裏に、父との最後の思い出が蘇る。

「……たんに血が繋がっているからといって、親子になれるわけじゃない」

つぶやいた千早の体に大きな震えが走った。紫織はそっと手を伸ばして、頭に触れてくる。

「あれはあなたへの、二つの意味を持つメッセージ。一つはたとえ実の両親がどれだけひどい人間だからといって、あなたの価値は変わらないというエール。そしてもう一つの意味は……」

紫織は柔らかい笑みを浮かべた。

「たとえ血が繋がっていなくても、親子になれる。父親としてあなたのことを心から愛している。穣さんはそう伝えたかったの」

空っぽになっていた胸に、火傷（やけど）しそうなほど熱い感情が湧いてくる。それは胸腔内に収めることができず、涙となって瞳から零れてくる。

「……父さん。……父さん」

嗚咽を上げながら父を呼ぶ千早を、紫織が優しく抱きしめる。柔らかい乳房に顔をうずめながら、千早は目を閉じた。瞼の裏に、父の姿が映し出される。見たこともないほど優しく微笑む父の姿が。ひときわ大きな嗚咽は、シャツの生地に吸い込まれていく。

どれだけ泣き続けただろう。千早には数分にも、数時間にも感じられた。ようやく感情の嵐がおさまった千早は、紫織の胸から顔を離す。

「……ごめん、シャツべちょべちょにして。弁償するね」

気恥ずかしさをおぼえて首をすくめると、紫織はいつも無表情の顔にいたずらっぽい笑みを浮かべた。

「ねえ、あなたは誰?」

一瞬、「え?」と呆けたあと、紫織の意図を理解した千早はにっと口角を上げて胸を張った。

「私は水城千早。水城穣の一人娘よ」

エピローグ

日曜の正午過ぎ、陣内晋太郎は道端に痰を吐き捨てる。ここ最近、どうにも苛立ちがおさまらなかった。気を紛らわそうとパチンコに行ったのだが、大負けしてさらに気分がすさんでいる。

「あいつのせいだ」

晋太郎は大きく舌を鳴らす。数週間前に猫背の刑事に話を聞かれてからというもの、どうにも調子が悪かった。

覚醒剤の常習者であると言い当てられ、それ以来、警察がやって来ることに怯えて吸うことができずにいる。そもそも、わずかな生活保護の収入では、よほどパチンコに大勝ちしたときでもなければ、覚醒剤を買うことができなかった。

これを機にシャブから足を洗ってみるか。一日何度かそう思うのだが、すぐに覚醒剤に対する狂おしいほどの欲望が沸きあがって決意を呑み込んでいく。

俺はなんのために生きてるんだろうな。

抜けるように青い空を眺めながら、ふと晋太郎はそんなことを考える。若い頃から欲望に任せて生きてきた。それでいいと思っていた。しかし、五十代も半ばになってふとかえりみると、自分がとてつもなく意味のない人生を送ってきたことを突きつけられる。

このままではダメだ。数年前からそんな思いにかられ、仕事を探そうとするのだが、ほとんど職歴のない五十代の男を雇ってくれるようなところは見つからず、やけになってまた覚醒剤に逃げるということをくり返していた。

このまま、自分は腐るように死んでいく。確信にも近いその想像に、追い詰められていた。そんな惨めな余生を送るくらいなら、一思いに……。

すぐわきにあるマンションを見上げた晋太郎は、大きく頭を振った。

こんなとき、シャブがあれば全部忘れられるのに。

体の奥底から沸き上がってくる欲望に身もだえしながら帰路を急ぐ。自宅アパートにたどり着いた晋太郎は、玄関前に人影が立っているのを見て身をこわばらせた。

一瞬、警官がやって来たのかと思った。しかし目を凝らすと、そこに立っていたのはスーツ姿の若い女だった。

安堵（あんど）の息を吐く晋太郎に、女が近づいてくる。

「陣内晋太郎さんですか？」

緊張した様子で女は訊（たず）ねてきた。その顔に見覚えがある気がした。どこかで会ったのだろうか？　しかし、それがどこなのか思い出せない。

「そうだけど、あんた誰だよ？」

「水城千早と申します」

女は慇懃（いんぎん）に答える。

「聞いたことねえな。あんた、俺と会ったことあったっけ？」

「はい、ずっと昔、私がまだ小さかった頃に」

小さかった頃か。なら、人相も変わっているだろう。覚えていなくても仕方がない。そう思いながら、晋太郎は女の顔を凝視する。なぜか、胸の奥が温かくなっていく。

かのような笑みを。

「で、俺になんか用かい？」

沸きあがる感情に戸惑いつつぶっきらぼうに言うと、女は笑みを浮かべた。なにか吹っ切れたかのような笑みを。

「お礼を言いにまいりました」

「お礼？」

女は「はい、そうです」と言うと、唐突に深々と頭を下げた。

「ありがとうございます」

「おい、なんなんだよ。どうしてお礼を言われなきゃなんないんだ」

「あなたのおかげで父に会うことができたからです」

「父親に？」

「はい、そうです。父は寡黙で生真面目で無愛想でしたけど、とても優しく、そして心から私を愛してくれました。父と会えたからこそ私はいま、水城千早として胸を張って生きることができます」

意味が分からず眉間(みけん)にしわを寄せる晋太郎に向かい、女は再度、頭を下げた。

「もう二度とあなたに会うことはありません。ただ、陰ながらあなたの幸せを願っています」

頭を上げた女は、少しだけ哀しげに目を細めると、晋太郎とすれ違って去っていく。

「なんだったんだ？」

女の背中を見送った晋太郎は首をひねった。あの女がなにを言っていたのかさっぱり分からなかった。

玄関扉に向き直った晋太郎は、ふと胸元に手を当てる。さっきまでそこにわだかまっていた、覚醒剤に対する狂おしいまでの欲望が消え去っていた。

なんとなしに大きく深呼吸をする。何十年かぶりに新鮮な空気が肺の隅々まで行き渡るような感覚をおぼえる。いつも重い倦怠感に悩まされていた体が、いくらか軽くなった気がした。

「幸せ……か」

今度こそ真面目に働いてみるのも悪くないかな。唇の端を上げると、晋太郎はドアノブに手を伸ばした。

「お疲れ様」

陣内晋太郎のアパートから離れると、待っていた紫織が普段通りの覇気のない声をかけてきた。

「終わった？」

「ええ、終わった。私なりにけじめをつけてきた」

「そう、なら帰ろう」

身を翻す紫織に、千早は「ありがとうね」と声をかける。

「なにが？」

「私のけじめに、わざわざついて来てくれたこと」

「お礼を言われることじゃない。穣さんの解剖を担当した私にとっても、これは一つのけじめだから」

そっけなく言う紫織に苦笑した千早は、青い空を見上げた。

立花和歌子が逮捕されてからすでに一ヶ月以上経っていた。桜井によると、すでに送検された和歌子は、検察でも完全に黙秘を貫いているらしい。しかし、二人の女性の殺害については次々と証拠が挙がっており、千早への殺人未遂も含めて間違いなく裁判で有罪となり、おそらくは極刑が言い渡されるだろうということだった。

二十八年前の事件については、和歌子が犯人で間違いないとされているものの、すでに時効が成立していることにより、あらためて深く調べられることはなかった。そのおかげで、千早が二十八年前に誘拐された赤ん坊だということは、警察内では知られてはいなかった。

神社で発見された遺骨については、なんとか引き取れないか桜井に働きかけていた。色々と複雑な手続きが必要だが、おそらく可能だろうというのが桜井からの答えだった。

遺骨を引き取ることができたら、両親の墓に葬ってあげよう。そうすれば、ようやく家族三人が一緒に過ごすことができる。そしていつかは私もその中に……。

青く澄んだ空の眩(まぶ)しさに千早が目を細めたとき、電子音が響いた。紫織がバッグからスマートフォンを取り出す。

「はい、刀祢です。……はい。……はい、分かりました」

短い通話を終えた紫織は、千早に向き直る。

「予定変更。あそこの大通りでタクシーを拾って病院に行く」

「え、病院？　なにがあったの？」

「病理解剖の依頼があった。ご遺体とご遺族を待たせるわけにいかない」

スマートフォンをしまった紫織は、大通りに向かって走りはじめる。

「ちょっと待ってよ。こっちはヒールなんだから、あんまり早く走れない」

呼び止めると、紫織は振り返って不思議そうに目をしばたたいた。

「千早も来るの？」

「当然でしょ。あなたは私の指導医なんだから。亡くなった患者さんと会話するあなたの技術、しっかり学ばせてもらうわよ。よろしくね」

ウインクした千早が伸ばした手を、紫織は少女のようにはにかみながら力強く握ってきた。

「こちらこそよろしく。千早」

初出
「小説 野性時代」二〇二〇年一月号～五月号、十月号～十二月号
本書は右記連載に加筆修正を行い単行本化したものです。
本作はフィクションであり、実在の個人・団体とは一切関係ありません。

装幀
長崎 綾
（next door design）

写真
©T_Motion/stock.adobe.com

知念実希人（ちねん　みきと）
1978年、沖縄県生まれ。東京慈恵会医科大学卒業。2004年から医師として勤務。11年、島田荘司選第４回ばらのまち福山ミステリー文学新人賞を「レゾン・デートル」で受賞。12年、同作を改題した『誰がための刃 レゾンデートル』でデビュー。15年、『仮面病棟』で啓文堂書店文庫大賞を受賞。18年より『崩れる脳を抱きしめて』『ひとつむぎの手』『ムゲンのｉ』で本屋大賞に３年連続ノミネート。主なシリーズ・作品に「天久鷹央」シリーズ、「神酒クリニック」シリーズ、『祈りのカルテ』『十字架のカルテ』など。

傷痕のメッセージ

2021年３月12日　初版発行
2023年４月５日　９版発行

著者／知念実希人

発行者／山下直久

発行／株式会社KADOKAWA
〒102-8177　東京都千代田区富士見2-13-3
電話　0570-002-301（ナビダイヤル）

印刷所／大日本印刷株式会社

製本所／本間製本株式会社

●お問い合わせ
https://www.kadokawa.co.jp/（「お問い合わせ」へお進みください）
※内容によっては、お答えできない場合があります。
※サポートは日本国内のみとさせていただきます。
※Japanese text only

定価はカバーに表示してあります。

ISBN 978-4-04-109409-9　C0093